EE

P.G. Wodehouse

SOS, *Jeeves!*

Roman

Aus dem Englischen von Thomas Schlachter

Edition Epoca

Titel der englischen Originalausgabe:
»Stiff Upper Lip, Jeeves«
Englische Erstausgabe 1963

Eine frühere Übersetzung von Anita Peter erschien 1980 unter dem Titel
»Was tun, Jeeves?« bei Goldmann.

2. Auflage, September 2004

Satz und Gestaltung: Tatiana Wagenbach-Stephan, Die Buchherstellung, Zürich
Einband: Tatiana Wagenbach-Stephan, Zürich
Druck und Bindung: fgb · Freiburger Graphische Betriebe
ISBN 3-905513-30-7

1. Kapitel

Schwungvoll schmierte ich mir Orangenmarmelade auf den Toast, und während ich so vor mich hin strich, war ich stärker denn je versucht, »trallala« zu singen, denn an diesem Morgen fühlte ich mich in einsamer Hochform. Gott war, wie ich Jeeves schon habe sagen hören, im Himmel, in Frieden die Welt. (Soviel ich weiß, fügte er noch irgendwas über Lerchen und Schnecken hinzu, doch das ist ein Randproblem und soll uns hier nicht beschäftigen.)

In den Kreisen, in denen er verkehrt, ist es ein offenes Geheimnis, daß Bertram Wooster, der vor Lebensfreude nur so sprüht, wenn der Startschuß für den nächtlichen Trubel fällt, am Frühstückstisch selten als Wirbelwind in Erscheinung tritt. Setzt man ihm sein Rührei mit Schinken vor, stochert er meistens nur lustlos darin herum, als müsse er befürchten, dieses springe vom Teller hoch und schnappe nach ihm. Eine reichlich unfrohe Veranstaltung. Von Bumsfallera keine Spur.

An diesem Tag aber machte sich eine ganz andere Stimmung bemerkbar. Ich barst vor Tatkraft und Vitalität, falls das der passende Ausdruck ist. Und wenn ich hier also feststelle, daß ich mich – nachdem ich bereits zwei Würstchen schnabuliert hatte, als wäre ich ein Dschungeltiger, der zum Frühstück seinen Kuli verputzt – in besagter Weise auf Toast und Orangenmarmelade stürzte, dann sagt das wohl alles.

Der Grund für diese veränderte Haltung gegenüber den Proteinen und Kohlenhydraten liegt auf der Hand. Jeeves war zurück und verdiente sich seinen Wochenlohn wieder am angestammten Ort. Nachdem ihr Butler an irgendeinem Gebrechen erkrankt war, hatte Tante

Dahlia, meine gute und achtbare Tante, Jeeves für eine Wochenendgesellschaft in Brinkley Court, ihrem Wohnsitz in der Grafschaft Worcestershire, von mir ausgeliehen, so daß er mehr als eine Woche aushäusig gewesen war. Jeeves ist selbstverständlich kein Butler, sondern das, was man einen *gentleman's gentleman* nennt, doch wenn man ihn ruft, butlert er drauflos, daß es eine Art hat. Es liegt ihm im Blut. Sein Onkel Charlie ist Butler, und bestimmt hat er diesem schon manchen Kunstgriff abgeschaut.

Kurz darauf trat er ein, um die Überreste zu entfernen, und ich fragte ihn, ob es in Brinkley schön gewesen sei.

»Äußerst angenehm, Sir, danke der Nachfrage.«

»Das kann ich leider nicht behaupten. In Ihrer Abwesenheit habe ich mich wie ein zerbrechlicher Knabe gefühlt, der ohne sein Kindermädchen auskommen muß. Es macht Ihnen hoffentlich nichts aus, wenn ich Sie mit einem Kindermädchen vergleiche?«

»Durchaus nicht, Sir.«

Und im Grunde schmeichelte ich mir mit diesem Ausdruck noch. Meine Tante Agatha etwa – das ist die, die Glasscherben verspeist und bei Vollmond zum Werwolf wird – nennt Jeeves gemeinhin meinen Hüter.

»Jawohl, Sie haben mir furchtbar gefehlt, und ich war überhaupt nicht in Stimmung, um im Drones Club auf den Putz zu hauen. Von Spiel zu Spiel sie … wie ging dieses Bonmot noch gleich?«

»Sir?«

»Sie haben es einmal auf Freddie Widgeon angewandt, nachdem ihm eines seiner Mädchen den Laufpaß gegeben hatte. Das Wort ›hetzen‹ kam drin vor.«

»Ach so, Sir. Von Spiel zu Spiel sie hetzen mich, zu mildern meine Trauer …«

»… und wenn ich lächle, glauben sie, dies Lächeln sei von Dauer.

Genau das habe ich gemeint. Stammt nicht zufällig von Ihnen?«

»Nein, Sir. Eine alte englische Liebesballade.«

»Tatsächlich? Na ja, so jedenfalls war mir zumute. Aber erzählen Sie jetzt lieber von Brinkley. Wie geht es Tante Dahlia?«

»Mrs. Travers scheint sich wie immer bester Gesundheit zu erfreuen, Sir.«

»Und wie verlief die Wochenendgesellschaft?«

»Ganz leidlich, Sir.«

»Bloß leidlich?«

»Das Gebaren von Mr. Travers überschattete die Festivitäten ein bißchen. Er war niedergeschlagen.«

»Aber das ist er doch immer, wenn Tante Dahlia die Gästescharen durchs Haus treibt. Ich habe ihn schon eine Leichenbittermiene aufsetzen sehen, als nur ein einziger Fremdkörper auf seinem Areal weilte.«

»Sehr wahr, Sir, doch im vorliegenden Fall rührte seine Schwermut wohl hauptsächlich von Sir Watkyn Bassetts Anwesenheit.«

»Sie wollen mir doch nicht erzählen, der alte Knacker sei ebenfalls dort gewesen?« fragte ich und fügte ein hitziges »Allmächtiger!« hinzu, denn ich wußte, daß es für Onkel Tom kein röteres Tuch gibt als eben diesen Bassett. »Sie überraschen mich, Jeeves.«

»Auch ich war, wie ich zugeben muß, leicht erstaunt darüber, diesen Gentleman in Brinkley Court anzutreffen, doch Mrs. Travers betrachtete es zweifellos als ihre Pflicht, sich für seine Gastfreundschaft zu revanchieren. Sie mögen sich erinnern, daß Sir Watkyn Mrs. Travers und Sie erst neulich in Totleigh Towers gastlich aufgenommen hat.«

Ich zuckte zusammen. Auch wenn Jeeves wahrscheinlich nur meinem Gedächtnis auf die Sprünge helfen wollte, riß er eine alte Wunde auf. In der Kanne befand sich noch etwas Kaffee, und so suchte ich mein

seelisches Gleichgewicht zurückzuerlangen, indem ich mir einen weiteren Schluck genehmigte.
»Die Wendung ›gastlich aufnehmen‹ trifft die Sache nicht ganz, Jeeves. Wenn es Ihrer Vorstellung von Gastlichkeit entspricht, daß man einen Burschen in seinem Schlafgemach einsperrt und ihn praktisch in Handschellen legt, derweil auf dem Rasen unter seinem Fenster die Dorfpolizei stationiert wird, damit er sich nicht an zusammengeknüpften Bettlaken abseilen kann, dann ist das Ihre Sache – meiner Vorstellung jedenfalls entspricht es in keiner Weise.«
Ich weiß nicht, wie vertraut meine Leser mit den Woosterschen Annalen sind, aber falls sie je mehr als einen flüchtigen Blick hineingeworfen haben, erinnern sie sich bestimmt noch an die finstere Episode rund um meinen Besuch auf Sir Watkyn Bassetts Landsitz in Gloucestershire. Er und mein Onkel Tom sammeln beide sogenannte *objets d'art*, und einmal klaute er meinem angeheirateten Verwandten ein potthäßliches silbernes Sahnekännchen, worauf sich Tante Dahlia und meine Wenigkeit nach Totleigh begaben, um es zurückzuklauen, ein Unterfangen, das zwar, wie man so schön sagt, von Erfolg gekrönt war, mich aber um ein Haar ins Kittchen brachte, so daß ich, wann immer man mich an dieses Haus des Schreckens erinnert, wie Espenlaub zittere, falls das fragliche Laub tatsächlich der Espe entsprießen sollte.
»Haben Sie je Albträume, Jeeves?« fragte ich, nachdem ich mit meinem Zusammenzucken fertig war.
»Nur sporadisch, Sir.«
»Genau wie ich. Doch wenn ich solche habe, spielen sie sich stets vor dem gleichen Hintergrund ab. Ich befinde mich wieder in Totleigh Towers, zusammen mit Sir W. Bassett, seiner Tochter Madeline, Roderick Spode, Stiffy Byng, Gussie Fink-Nottle und dem Hund Bartholomew. Und da sich alle wie gehabt aufführen, muß ich beim

Aufwachen feststellen – wenn Sie mir die Redensart so kurz nach dem Frühstück verzeihen –, daß ich aus allen Poren schwitze. In jenen Zeiten ward jedoch … na, Jeeves?«

»… der Männer Mut geprüft, Sir.«

»Und ob er das ward – in rauhen Mengen! Sir Watkyn Bassett, wie?« sagte ich versonnen. »Kein Wunder, daß Onkel Tom Trauer getragen und sich allen Tröstungen versagt hat. An seiner Stelle wäre ich auch niedergeschlagen gewesen. Wer war denn sonst noch vor Ort?«

»Miss Bassett, Sir, Miss Byng, Miss Byngs Hund und Mr. Fink-Nottle.«

»Mensch! Praktisch die ganze Totleigh-Towers-Bande. Und was ist mit Spode?«

»Nein, Sir, seiner Lordschaft war offenbar keine Einladung zugegangen.«

»Seiner *was*?«

»Mr. Spode hat, wie Sie sich erinnern mögen, vor kurzem den Titel Lord Sidcup erlangt.«

»Stimmt, das ist mir glatt entfallen. Aber Sidcup hin oder her – für mich wird er immer Spode bleiben. Ein Erzschurke, wie er im Buche steht, Jeeves.«

»Ohne Zweifel eine leicht ungestüme Persönlichkeit, Sir.«

»In meinem Dunstkreis wünsche ich ihn nie mehr anzutreffen.«

»Das kann ich Ihnen gut nachfühlen, Sir.«

»Wie ich auch den Umgang mit Sir Watkyn Bassett, Madeline Bassett, Stiffy Byng und Bartholomew nicht länger suche. Gegen Gussie habe ich nichts. Er sieht zwar aus wie ein Fisch und züchtet im Schlafzimmer Molche in einem Aquarium, aber einem alten Schulfreund läßt man solche Schrullen durchgehen, wie man ja auch einem alten Oxford-Kommilitonen wie Reverend Pinker durchgehen

läßt, daß er ständig über die eigenen Füße stolpert und Dinge umstößt. Wie ging es Gussie? War er halbwegs aufgekratzt?«
»Nein, Sir. Auch Mr. Fink-Nottle wirkte auf mich niedergeschlagen.«
»Vielleicht hatte ja einer seiner Molche Mandelentzündung oder so was ähnliches.«
»Das läßt sich nicht ausschließen, Sir.«
»Sie haben wohl nie Molche gezüchtet?«
»Nein, Sir.«
»Ich auch nicht, und das gleiche gilt meines Wissens für Albert Einstein, den Boxchampion Jack Dempsey und den Erzbischof von Canterbury, um nur drei zu nennen. Dennoch fühlt sich Gussie in ihrer Nähe quietschfidel und kennt nichts Schöneres, als sich mit ihnen zu tummeln. Tja, Jeeves, jedem Tierchen sein Pläsierchen.«
»Ein wahres Wort, Sir. Essen Sie heute Mittag hier?«
»Nein, ich habe ein Rendezvous im Ritz«, erwiderte ich und kehrte ihm den Rücken, um mich in die dem englischen Gentleman geziemende Schale zu werfen.
Während ich mich ankleidete, kehrten meine Gedanken zu den Bassetts zurück, und ich überlegte mir gerade, was Tante Dahlia nur dazu gebracht haben mochte, die frische Luft von Brinkley Court durch Sir Watkyn samt Anhang verpesten zu lassen, da klingelte im Flur das Telefon, und ich ging es abnehmen.
»Bertie?«
»Ach, grüß dich, Tante Dahlia.«
Ihre holde Stimme hatte ich auf Anhieb erkannt. Wie immer, wenn wir fernmündlich verkehren, ließ diese mein Trommelfell beinahe platzen. Besagte Tante war einst in Jagdkreisen hochgeachtet gewesen und hatte sich im Sattel angeblich nicht nur auf der von ihr gerade berittenen Flur oder Wiese Gehör verschafft, sondern auch in

mehreren angrenzenden Grafschaften. Selbst heute, wo sie der Fuchshatz nicht mehr aktiv frönt, neigt sie dazu, mit einem Neffen in dem gleichen Ton zu verkehren, der früher Hunden vorbehalten blieb, die sich absentiert hatten, um Kaninchen zu jagen.

»Dann bist du also auch schon auf den Beinen, wie?« dröhnte sie. »Ich dachte, du liegst noch in den Federn und verschläfst den halben Tag.«

»Es ist zwar eher untypisch für mich, um diese Zeit schon in Umlauf zu sein«, konzedierte ich, »aber heute war ich mit der Lerche auf den Beinen – und vermutlich auch mit der Schnecke. Jeeves!«

»Sir?«

»Haben nicht Sie mir einmal erzählt, Schnecken seien Frühaufsteher?«

»Jawohl, Sir. Der Dichter Browning konstatiert in seinem Werk *Pippa geht vorüber* zu Beginn, daß es sieben Uhr früh sei, und fährt dann mit den Worten fort: ›Die Lerch' ist im Flug, die Schnecke am Dorn.‹«

»Vielen Dank, Jeeves. Ich hatte also recht, Tante Dahlia. Als ich unter der Bettdecke hervorgekrochen bin, war die Lerch' schon im Flug, die Schnecke am Dorn.«

»Was zum Teufel faselst du da?«

»Frag nicht mich, frag den Dichter Browning. Ich wollte dir bloß mitteilen, daß ich beizeiten aufgestanden bin. Das war wohl das mindeste, was ich tun konnte, um Jeeves' Rückkehr zu zelebrieren.«

»Dann ist er also zurück?«

»Braungebrannt und kerngesund.«

»Er hat hier brilliert wie selten zuvor. Bassett war schwer beeindruckt.«

Dankbar ergriff ich die Gelegenheit, das Rätsel zu lösen, über das ich mir schon die ganze Zeit den Kopf zerbrach.

»Damit sprichst du«, sagte ich, »just ein Thema an, das der Klärung bedarf. Was hat dich nur dazu gebracht, den alten Bassett nach Brinkley einzuladen?«

»Ich tat's für Weib und Kind.«

Ich zeigte mich verwirrt. »Könntest du dich ein bißchen klarer ausdrücken?« bat ich. »Das war mir etwas zu hoch.«

»Tom zuliebe natürlich«, erwiderte sie mit einem schallenden Lachen, das mich bis in die Grundfesten erschütterte. »Tom war in letzter Zeit leicht geknickt wegen der Steuern, die er als Halsabschneiderei tituliert. Du weißt ja, wie ungern er mit der Kohle rausrückt.«

Das wußte ich nur zu gut. Wenn es nach ihm ginge, bliebe dem Fiskus noch der flüchtigste Blick in Onkel Toms Geldbeutel verwehrt.

»Na ja, und da habe ich mir gedacht, wenn er mit Bassett zu fraternisieren hätte, brächte ihn das auf andere Gedanken, müßte er doch einsehen, daß es auf dieser Welt noch Schlimmeres gibt als die Einkommenssteuer. Die Idee habe ich übrigens von unserem Dorfarzt. Neulich hat er mir von der sogenannten Hodgkin-Krankheit erzählt, die sich heilen läßt, indem man dem Patienten Arsen gibt. Das Prinzip ist dasselbe. Dieser Bassett macht aber auch wirklich vor nichts halt! Wenn wir uns treffen, muß ich dir unbedingt die Sache mit der schwarzen Bernsteinstatuette erzählen. Eine solche hat er nämlich gerade für seine Sammlung angekauft. Als er hier war, präsentierte er sie Tom mit hämischer Freude. Tom, das arme alte Kerlchen, litt Höllenqualen.«

»Jeeves hat mir erzählt, er sei niedergeschlagen gewesen.«

»Das wärst du doch auch, wenn du zusehen müßtest, wie sich ein dir besonders verhaßter Sammlerkollege ein Ding unter den Nagel reißt, für das du dein letztes Hemd hergegeben hättest.«

»Ich verstehe, was du meinst«, sagte ich und staunte nicht zum erstenmal darüber, daß Onkel Tom Objekten, für die man meines

Erachtens einen Waffenschein haben müßte, solch hohen Wert beimaß. Das weiter oben erwähnte silberne Sahnekännchen war eines davon, denn dieses hatte – und auf eine derart grauenvolle Idee muß man erst einmal kommen – die Form einer Kuh. Ich habe stets furchtlos die Meinung vertreten, daß das geistige Zuhause all dieser Sammler eine Gummizelle in der Klapsmühle ist.

»Tom bekam prompt die übelste Magenkolik, seit man ihn das letztemal überredet hat, Hummer zu essen. Und wo wir gerade von Magenkoliken reden: Ich bin übermorgen in London und werde dich bitten müssen, mich zum Mittagessen einzuladen.«

Ich versicherte ihr, daß dafür gesorgt werde, und nach dem Austausch weiterer Artigkeiten legte sie auf.

»Das war Tante Dahlia, Jeeves«, sagte ich und trat vom Apparat weg.

»Jawohl, Sir, ich glaubte Mrs. Travers' Stimme erkannt zu haben.«

»Ich soll sie übermorgen zum Mittagessen einladen. Wir machen das wohl besser hier. Auf Restaurantküche ist sie nicht besonders erpicht.«

»Sehr wohl, Sir.«

»Was ist das übrigens für eine schwarze Bernsteinstatuette, die sie da erwähnt hat?«

»Das ist eine ziemlich lange Geschichte, Sir.«

»Dann heben Sie sie für später auf. Wenn ich mich nicht beeile, komme ich zu spät zu meinem Rendezvous.«

Ich griff nach Hut und Schirm und wollte mich schon ins Freie stürzen, als ich Jeeves' wohlvertrautes Hüsteln vernahm. Ich drehte mich um und stellte fest, daß sich gleich ein Schatten auf den bisher von Wiedersehensfreude geprägten Tag legen würde. In Jeeves' Blick, der mich streng fixierte, erkannte ich jenen tantenartigen Schimmer, der Mißfallen auszudrücken pflegt, und als er nun auch noch in blasiertem Ton »Entschuldigung, Sir, aber gedenken Sie tatsächlich mit diesem Hut das Hotel Ritz zu betreten?« sagte, da wußte ich, daß der Moment gekommen war, die eiserne Entschlossenheit an den Tag zu legen, für die Bertram so berühmt ist.

Was die Hutmode betrifft, hinkt Jeeves hinter dem modernen, aufgeklärten Denken her, ja man könnte direkt behaupten, er trage Scheuklappen, weshalb ich mich auch von Anfang an gefragt hatte, wie er wohl auf den blauen Tirolerhut mit der rosaroten Feder reagieren würde, den ich in seiner Abwesenheit gekauft hatte. Nun wußte ich es. Ich erkannte sogleich, daß er ihm nicht das geringste abgewinnen konnte.

Ich dagegen war Feuer und Flamme für diesen Tirolerdeckel. Zwar hätte ich durchaus zugegeben, daß er sich eher für den Einsatz auf dem Lande anbot, doch andererseits galt es zu beachten, daß er meinem Äußeren eine gewisse *diablerie* verlieh, und ein Äußeres wie das meine braucht jede *diablerie*, deren es nur habhaft werden kann. Deshalb fiel meine Antwort auch eher schroff aus.

»Jawohl, Jeeves, haargenau das gedenke ich zu tun. Gefällt Ihnen der Hut nicht?«

»Nein, Sir.«

»Mir schon«, erwiderte ich ziemlich schlagfertig und begab mich hinaus, den Hut über dem linken Auge fast unmerklich, dafür um so wirkungsvoller hinabgezogen.

2. Kapitel

Im Ritz war ich mit Emerald Stoker verabredet, der jüngeren Filia des berüchtigten Seeräuberkapitäns Stoker, welcher mich einst auf seiner Jacht festgehalten hatte, weil er mich nötigen wollte, seine ältere Tochter Pauline zu heiraten. Eine lange Geschichte, auf die ich hier nicht näher eingehen will – nur soviel sei gesagt: Das alte Kamuffel sah die Beziehung zwischen seinem Augenstern und mir in vollkommen falschem Licht, dabei waren wir beide, wie man so schön sagt, nichts als gute Freunde. Gott sei Dank ging die Sache glimpflich aus, denn die Kleine gab schließlich meinem alten Kumpel Lord Marmaduke Chuffnell das Jawort, und wir sind gute Freunde geblieben. Hin und wieder schiebe ich bei ihr und Chuffy ein Wochenende ein, und wenn sie mal in London weilt, um Einkäufe oder ähnliche Dinge zu tätigen, dann sorge ich dafür, daß sie was zwischen die Zähne kriegt. Und so ist es nur natürlich, daß sie, als ihre Schwester über den großen Teich kam, um an der *Slade School* Malerei zu studieren, mich bat, auf Emerald aufzupassen und sie von Zeit zu Zeit zum Mittagessen auszuführen. Auf den guten alten Bertram ist eben Verlaß!

Ich war, wie bereits angedeutet, etwas spät dran für das Stelldichein, und als ich am Ziel meiner Reise anlangte, war Emerald bereits da. Wie immer, wenn ich sie zu Gesicht bekomme, staunte ich auch diesmal darüber, wie grundverschieden die Mitglieder einer Familie aussehen können – wie stark sich also rein äußerlich Mitglied A von Mitglied B unterscheidet, oder natürlich auch Mitglied B von Mitglied C, falls man meinen Ausführungen folgen kann. Nehmen wir die Stoker-Truppe. Von außen betrachtet hätte man sie nie und nimmer für Blutsverwandte gehalten. Der alte Stoker glich einem

dieser Burschen, die in Gangsterfilmen Nebenrollen bekleiden; Pauline war von solch strahlender Schönheit, daß ihr gestandene Männer auf der Straße hinterherpfiffen; in krassem Gegensatz dazu sah Emerald vollkommen normal aus und unterschied sich in nichts von einer Million anderer netter Mädchen – oder doch höchstens in einem leicht pekinesenhaften Zug um Nase und Augen und einer das übliche Maß sprengenden Anzahl Sommersprossen.
Mir macht es immer Freude, mit ihr was spachteln zu gehen, verströmt sie doch eine Art Mütterlichkeit, die ich als beruhigend empfinde. Sie ist eine dieser trostreichen, verständnisvollen Frauen, denen man sein Herz ausschütten kann, weil man weiß, daß sie einem die Hand halten und das Haupt tätscheln werden. Ich war immer noch leicht vergrätzt wegen der Sache mit Jeeves und dem Tirolerhut, die ich ihr selbstverständlich brühwarm erzählte, und ihre Haltung zeugte von höchstem Zartgefühl. Sie sagte, Jeeves klinge ganz wie ihr Vater – sie hatte ihn nie gesehen, Jeeves natürlich, nicht ihren Vater, den sie logischerweise schon öfters gesehen hatte –, und dann fügte sie hinzu, ich hätte gut daran getan, ihm zu zeigen, wo der Barthel beziehungsweise Bertie den Most hole, denn man dürfe sich von anderen nicht tyrannisieren lassen. Ihr Vater versuche ständig, seine Mitmenschen zu tyrannisieren, und sie sei sicher, daß eines schönen Tages ein hochfahrendes Wesen tüchtig ausholen und ihm eins auf die Nase geben werde, was ihm, wie sie meinte – und ich stimmte ihr zu – nur guttun könne.
So dankbar war ich für ihre warmen Worte, daß ich sie fragte, ob ich sie am folgenden Abend ins Theater ausführen dürfe, denn ich könne zwei Karten für ein Musical beschaffen, über das man nur Gutes höre, doch sie antwortete, leider sei sie verhindert.
»Ich fahre heute nachmittag zu Leuten aufs Land. Ich nehme den 4-Uhr-Zug ab Paddington.«

»Bleibst du lange dort?«
»Etwa einen Monat.«
»Und die ganze Zeit im gleichen Haus?«
»Selbstverständlich.«
Sie sagte das ganz beiläufig, doch ich betrachtete sie mit neuem Respekt. Mir sind noch nie Gastgeber untergekommen, die meine Anwesenheit länger als eine Woche ertragen konnten. Doch auch schon vor Ablauf dieser Frist ist beim Abendessen auffällig oft von der Vorzüglichkeit der Zugverbindungen nach London die Rede, wobei sich die Anwesenden offenbar sehnsüchtig der Hoffnung hingeben, Bertram möge die Gelegenheit beim Schopfe packen. Ganz zu schweigen von den im Schlafzimmer ausliegenden Fahrplänen, auf denen der Zug um 14 Uhr 35 mit einem großen Kreuz und dem Hinweis »erstklassige Verbindung, kann nur empfohlen werden« markiert ist.
»Ihr Name ist Bassett.« Ich zuckte merklich zusammen. »Sie wohnen in Gloucestershire.« Ich zuckte merklich zusammen. »Ihr Anwesen heißt …«
»Totleigh Towers?«
Sie zuckte merklich zusammen, was unter dem Strich drei Fälle von merklichem Zusammenzucken ergab.
»Ach, du kennst sie? Das trifft sich ja prima. Dann kannst du mir bestimmt etwas über sie erzählen.«
Ich war leicht erstaunt.
»Warum, kennst *du* sie nicht?«
»Ich habe nur Miss Bassett kennengelernt. Wie sind denn die anderen?«
Dies war ein Thema, über das ich einiges zu berichten hatte. Dennoch zögerte ich, mußte ich mich doch ernsthaft fragen, ob ich dieser zartbesaiteten Person wirklich eröffnen durfte, auf was sie sich

da einließ. Doch dann beschloß ich, daß die ungeschminkte Wahrheit ans Licht müsse. Wie grausam wäre es doch, ihr nicht klaren Wein einzuschenken und sie arglos nach Totleigh Towers ziehen zu lassen.

»Die Insassen der fraglichen Leprakolonie«, sagte ich, »bestehen aus Sir Watkyn Bassett, seiner Tochter Madeline, seiner Nichte Stephanie Byng, einem Kerl namens Spode, der neuerdings den Titel Lord Sidcup führt, sowie Stiffy Bings Scotchterrier Bartholomew, welchen du im Auge behalten solltest, falls er deinen Knöcheln zu nahe kommt, denn er beißt wie eine Schlange und sticht wie eine Natter. Dann hast du also Madeline Bassett kennengelernt? Was hältst du von ihr?«

Sie schien die Frage vorsichtig abzuwägen. Es verstrichen ein paar Sekunden, bevor sie wieder aus der Versenkung auftauchte. Als sie sprach, klang sie leicht reserviert.

»Seid ihr sehr eng befreundet?«

»Aber woher!«

»Ich halte sie für eine Schmalznudel.«

»Sie *ist* eine Schmalznudel.«

»Aber hübsch sieht sie aus, das muß man ihr lassen.«

Ich schüttelte das Haupt.

»Man sollte nicht immer nur aufs Äußere schauen. Ich gebe gern zu, daß jeder heißblütige Sultan oder Pascha, dem sich die Gelegenheit böte, sein Haremspersonal um M. Bassett zu ergänzen, ohne Zögern zugreifen würde, doch sein überstürztes Handeln täte ihm spätestens nach einer Woche bitter leid. Sie gehört zu jenen gefühlsduseligen Frauen, die nichts als Kokolores im Kopf haben. Sterne zum Beispiel hält sie für Gottes Gänseblümchenkette und Kaninchen für Zwerge, die der Elfenkönigin aufwarten. Und wenn sich eine Elfe das schnucklige Näschen putzt, soll jedesmal ein Kindlein auf die Welt kommen. Dabei wissen wir doch alle, daß das nicht der Fall ist. Sie ist ein Schmachtlappen.«

»Ja, so hat sie auch auf mich gewirkt. Fast wie eines dieser liebeskranken Mädchen in *Patience*.«

»Worin?«

»In *Patience*. Von Gilbert und Sullivan. Hast du das Stück nie gesehen?«

»O doch, jetzt fällt es mir wieder ein. Tante Agatha hat mich einmal genötigt, mit ihrem Sohn Thos hinzugehen. Ein hübsches Operettchen, wenn auch ziemlich hochgestochen. Und nun kommen wir zu Sir Watkyn Bassett, Madelines Vater.«

»Ja, ihren Vater hat sie erwähnt.«

»Und mit gutem Grund.«

»Wie ist er denn?«

»Eines dieser Monster aus dem Weltraum. Der Vorwurf mag ungerecht klingen, aber in meinen Augen ist Sir Watkyn Bassett ein noch größerer Stinkstiefel als dein Vater.«

»Würdest du meinen Vater einen Stinkstiefel nennen?«

»Ins Gesicht hinein vielleicht nicht gerade.«

»Er hält dich für plemplem.«

»Wirklich reizend von ihm!«

»Und du kannst nicht behaupten, er habe nicht recht. Jedenfalls ist er gar nicht so übel – man muß ihn nur richtig anfassen.«

»Das kann schon sein, aber wenn du glaubst, ein vielbeschäftigter Mann wie ich habe Zeit, deinen Vater ständig anzufassen, und sei's mit Glacéhandschuhen, dann bist du auf dem Holzweg. Übrigens fällt mir beim Wort ›Stinktier‹ ein, daß man Totleigh Towers wenigstens eines zugute halten muß, nämlich die Anwesenheit des Kuraten H.P. (›Stinker‹) Pinker, der im Nachbardorf wohnt. Du wirst ihn mögen. Früher hat er für England Rugby gespielt. Aber hüte dich vor

Spode. Mißt etwa zweieinhalb Meter, und seine Augen knacken jede Auster auf sechzig Schritt Entfernung. Laß einmal alle Gorillas Revue passieren, denen du je begegnet bist, dann hast du ein Bild.«

»Du scheinst ja nette Freunde zu haben.«

»Freunde kann man das nicht nennen. Obwohl ich die kleine Stiffy wirklich gut leiden mag und auch jederzeit an meinen Busen drücke, falls sie mal nichts im Schilde führt. Aber irgendwas führt sie leider immer im Schilde. So, und damit wäre die Namensliste wohl abgehakt. Ach nein, Gussie. Jetzt hätte ich um ein Haar Gussie vergessen.«

»Und wer ist das?«

»Ein Bursche, den ich seit vielen, vielen Jahren kenne. Er ist mit Madeline Bassett verlobt und heißt Gussie Fink-Nottle.«

Sie stieß einen spitzen Schrei aus.

»Trägt er eine Hornbrille?«

»Ja.«

»Und züchtet er Molche?«

»In Hülle und Fülle. Sag bloß, du kennst ihn!«

»Ich bin ihm neulich begegnet – auf einer Vernissage.«

»Ich wußte gar nicht, daß er auf Vernissagen geht.«

»Auf dieser jedenfalls war er, und wir haben uns fast den ganzen Abend unterhalten. Mir ist er wie ein Lamm vorgekommen.«

»Du meinst wie ein Fisch.«

»Nein, ich meine nicht wie ein Fisch.«

»Aber er sieht aus wie ein Fisch.«

»Nein, er sieht nicht aus wie ein Fisch.«

»Ganz wie du meinst«, gab ich mich tolerant, denn ich wußte, daß es müßig war, mit einer Frau zu streiten, die einen Abend lang Gussie Fink-Nottle vor sich gehabt hat und nicht glaubt, er sehe aus wie ein Fisch. »Da hast du also dein Totleigh Towers. Keine zehn Pferde bringen mich dorthin – was sie wohl gar nicht erst versuchen werden. Doch wahrscheinlich gefällt es dir ganz gut dort«, sagte ich, denn ich wollte sie nicht unnötig betrüben. »Es ist ein hübscher Ort, und du gehst ja nicht hin, um ein Kuhkännchen zu mopsen.«

»Um *was* zu tun?«

»Ach, nichts. Mir ist da nur gerade etwas eingefallen«, antwortete ich und lenkte das Gespräch in eine andere Richtung.

Als wir uns schließlich trennten, machte sie auf mich einen eher versonnenen Eindruck, was ich ihr gut nachfühlen konnte, denn auch mir war alles andere als unversonnen zumute. Ich bin dem Aberglauben nicht ganz abhold, und die Art, wie der Bassettsche Haushalt sein häßliches Haupt zu heben schien – falls der Leser weiß, was ich meine –, befremdete mich enorm. Mir war so ... wie heißt es noch gleich ... fängt mit einem B an ... nein, nicht blumig ... blümerant, genau ... mir war so blümerant, denn ich spürte, wie mich mein Schutzengel diskret darauf aufmerksam machen wollte, daß sich Totleigh Towers wieder in mein Leben zu schleichen versuche und ich gut daran täte, auf der Hut zu sein und wie ein Schießhund aufzupassen.

Deshalb sah man im Rauchsalon des Drones Club eine halbe Stunde später auch einen bedrückten Bertram Wooster vor seinem Becher Malvasier sitzen. Gegenüber den Lockrufen anderer Clubmitglieder, die mich von Spiel zu Spiel hetzen wollten, stellte ich mich taub, denn ich wünschte nachzudenken. Und als ich mir gerade einzureden versuchte, daß die Sache mit Totleigh Towers reiner Zufall sei und überhaupt nichts zu bedeuten habe, kam der Rauchsalonkellner angeschlichen und teilte mir mit, draußen warte ein Herr, der mich sprechen wolle. Ein geistlicher Würdenträger namens Pinker, fügte er hinzu, und ich zuckte wieder einmal merklich zusammen und verspürte die Blümeranz stärker denn je.

Nicht, daß ich etwas gegen diesen komischen Heiligen gehabt hätte. Ich liebe Pinker wie einen Bruder. Wir haben beide in Oxford studiert und schon immer wie David und Jonathan zueinander gestanden. Doch obwohl er strenggenommen gar kein Bewohner von Totleigh Towers war, unterstützte er den Vikar im Nachbardorf Totleigh-in-the-Wold dabei, das Seelenheil der Bauerntölpel zu mehren, und besagtes Dorf lag dem Herrenhaus so nahe, daß Pinkers unverhoffter Auftritt meine Befürchtungen nur verstärken konnte. Wären in diesem Moment Sir Watkyn Bassett, Madeline Bassett, Roderick Spode und der Hund Bartholomew Arm in Arm hereinspaziert, hätte das dem Ganzen nur noch die Krone aufgesetzt. Mein Respekt vor dem Scharfsinn meines Schutzengels erreichte einen neuen Höhepunkt. Dieser finstere Geselle neigte zwar allzu stark dazu, den Teufel an die Wand zu malen und mir eine Gänsehaut über den Rücken zu jagen, doch es gab nichts daran zu deuteln, daß er etwas von seinem Handwerk verstand.

»Na, dann rein mit ihm«, sagte ich matt, und wenig später trottete Reverend Pinker über die Schwelle und stolperte, die Hand zum Gruß ausgestreckt, über die eigenen Füße, wobei er ein Tischchen umwarf, was fast immer geschieht, wenn er sich in einem möblierten Raum von einem Punkt zum anderen bewegt.

3.Kapitel

Und das ist eigentlich recht seltsam, denn nachdem er für seine Universität vier Jahre und für sein Land sechs Jahre lang auf dem Rugbyfeld gestanden hat, tritt er am Samstag, sofern er keinen seelsorgerischen Pflichten nachgehen muß, weiterhin für die Harlequins an, und auf dem Rasen bewegt er sich so sicher wie ein Hirsch oder Reh – oder wie diese Tiere eben heißen, die nicht ständig über die eigenen Füße stolpern und Dinge umwerfen. Ich habe ihn schon ein paarmal in Aktion gesehen und sein virtuoses Spiel bewundert. Rugby ist für mich im Grunde ein Buch mit sieben Siegeln, denn ich habe mich nie aktiv damit beschäftigt, doch selbst mir war sein Können nicht verborgen geblieben. Die Geschmeidigkeit, mit der er hierhin und dorthin lief, war genauso imponierend wie die Mordlust, die er beim sogenannten Tackling an den Tag legte. Wie die berittene kanadische Polizei ließ er seinen Mann nie entwischen, und in solchen Fällen erschallte auf der Tribüne das ausgelassene Geschrei der Leichenbestatter, die ihre Gebote für den Verblichenen abgaben.

Er ist mit Stiffy Byng verlobt, und seine langjährige Rugbyerfahrung müßte eigentlich eine hervorragende Vorbereitung für die Gründung eines Hausstandes mit besagter Dame sein. Meines Erachtens kann einen Burschen, dessen Gesicht seit frühester Jugend jeden Samstag als Tanzboden für zahllose Rabauken mit Stollenschuhen hat herhalten müssen, irgendwann nichts mehr schrecken, nicht einmal die Ehe mit einer Frau wie Stiffy, die von klein auf kaum einen Tag hat vorbeigehen lassen, ohne irgendeinen hirnverbrannten Schabernack auszuhecken, bei dem noch dem Unerschrockensten die Haare zu Berge stehen müssen.

Reverend Pinker geizte beileibe nicht mit seinen Pfunden. Bestimmt war er schon als Knabe aus allen Nähten geplatzt und hatte mancher Standwaage den Garaus gemacht, und seit er den Kinderschuhen entwachsen war, hätte man ihn geradezu für Roderick Spodes Zwillingsbruder halten können. Natürlich nur in bezug auf Muskeln, Sehnen und Tonnage, denn während Roderick Spode ständig Ausschau hielt, wen er als nächstes zu Hackfleisch verarbeiten könnte, und eine stete Gefahr für alles organische Leben darstellte, war Stinker – der zweifelsohne ein Satan in Menschengestalt war, sobald er das Rugbyteam der Harlequins dabei unterstützte, eine gegnerische Sportlertruppe in ihre Einzelteile zu zerlegen – im Privatleben ein sanftmütiges Wesen, mit dem selbst ein Kind hätte spielen können. Und tatsächlich bin ich schon Zeuge geworden, wie ein Kind eben dies getan hat.

Wenn man diesem Gottesmann begegnet, strahlt er meistens vor sich hin. Sein heiteres Lächeln gilt in Totleigh-in-the-Wold vermutlich als die gleiche Sehenswürdigkeit, die es schon im Magdalen College, Oxford, war, das wir zusammen besuchten. Doch nun glaubte ich in seinen Zügen eine gewisse Strenge zu erkennen, als habe er in seiner Herde gerade ein Schisma entdeckt oder ein paar Chorknaben beim heimlichen Rauchen auf dem Kirchhof ertappt. Er wirkte auf mich wie ein Schwergewichts-Kurat, dem neben einem deftigen Mittagessen noch ganz andere Dinge im Magen liegen. Nachdem er einen weiteren Tisch umgeworfen hatte, setzte er sich und gab seiner Freude darüber Ausdruck, mich hier anzutreffen.

»Ich dachte mir schon, daß ich dich im Drones Club finden würde.«

»Und das hast du auch«, versicherte ich ihm. »Was führt dich in die Hauptstadt?«

»Das Komitee der Harlequins ist zusammengetreten.«

»Und wie geht's den Burschen?«

»Ach, gut.«
»Freut mich, freut mich. Ich hab' mir schon solche Sorgen gemacht wegen eures Komitees. Na, Stinker, wie läuft's denn immer?«
»Ganz anständig.«
»Hast du heute abend schon was vor?«
»Ja, ich muß leider zurück nach Totleigh.«
»Schade. Jeeves hat mir erzählt, Sir Watkyn, Madeline und Stiffy seien bei meiner Tante in Brinkley gewesen.«
»Ja.«
»Sind sie wieder zurück?«
»Ja.«
»Und wie geht's Stiffy?«
»Ach, gut.«
»Und Bartholomew?«
»Ach, gut.«
»Und deinen Pfarrkindern? Die stehen doch hoffentlich voll im Saft, oder?«
»O ja, denen geht's gut.«
Ich weiß nicht, ob dem Leser während des obigen Gedankenaustausches etwas aufgefallen ist. Nein? Ganz sicher nicht? Da saßen wir, Stinker Pinker und Bertram Wooster, zwei Kumpel, die sich praktisch kannten, seit sie aus dem Ei geschlüpft waren, und redeten so steif wie zwei Fremde im Zug, welche Konversation machen. Er jedenfalls tat dies, und mir wurde dabei immer klarer, daß seine Brust voll von jener gift'gen Last war, die schwer das Herz bedrückt, wie Jeeves es einmal formuliert hat.
Unbeirrt versuchte ich ihm die Zunge zu lösen.
»Na, Stinker«, sagte ich, »was gibt's Neues? Hat dir der alte Bassett das Vikariat schon gegeben?«
Nun legte er seine Zurückhaltung ab. Er wirkte plötzlich lebhafter.

»Nein, noch nicht. Er scheint sich mit der Entscheidung schwerzutun. Manchmal sagt er, genau das gedenke er zu tun, um schon am nächsten Tag wieder zu behaupten, er sei sich nicht ganz schlüssig und müsse es sich noch einmal überlegen.«
Ich runzelte die Stirn. Dieses Hin und Her wollte mir gar nicht gefallen, sah ich doch, wie fundamental es Stinkers Außenpolitik zuwiderlief, wodurch seine Lage sehr ungemütlich und er in Angst und Schrecken versetzt wurde. Mit seinem Kuratensalär kann er Stiffy unmöglich heiraten, weshalb die beiden warten müssen, bis ihm der alte Bassett aus seiner Pfründe ein Vikariat gibt. Und während ich – bei aller Liebe zu der kleinen Nervtöterin – eine gemessene Meile in zu engen Schuhen gerannt wäre, um Stiffy nicht heiraten zu müssen, konnte er sich nichts Schöneres vorstellen als die Gründung eines gemeinsamen Hausstands.
»Ständig hält ihn irgend etwas ab. Vor seiner Abreise nach Brinkley war er drauf und dran, das Geschäft zum Abschluß zu bringen, doch unglücklicherweise warf ich eine wertvolle Vase um und zerdepperte sie. Das schien ihn ganz schön zu wurmen.«
Ich stieß einen Seufzer aus. Es ist, mit Jeeves zu sprechen, immer höchst betrüblich, wenn es bei jemandem, mit dem man einstmals die buchstäblichen Bande der Freundschaft geknüpft hat, nicht so läuft, wie man es ihm von Herzen wünscht. Ich war ja gerne bereit, die Laufbahn des besagten Pinker mit regem Interesse zu verfolgen, doch langsam sah es so aus, als könne von einer zu verfolgenden Laufbahn keine Rede mehr sein.
»Die Wege des Stinker sind unergründlich. Du würdest wohl noch in der Wüste Gobi irgendwas umwerfen.«
»Ich war noch nie in der Wüste Gobi.«
»Um so besser, dort wimmelt es nämlich von Gefahren. Ich nehme an, Stiffy ist sauer über diesen … na, wie sagt man noch gleich? …

Nein, nicht Wankelmotor ... Wankelmut, genau. Ich kann mir gut vorstellen, daß Bassetts Wankelmut sie zur Weißglut bringt und es ihr gegen den Strich geht, wie bei ihm ›Ich fürchte‹ auf ›Ich möchte‹ folgt, der armen Katz' im Sprichwort gleich. Ist übrigens nicht auf meinem, sondern auf Jeeves' Mist gewachsen. Es fuchst sie also gewaltig, nicht wahr?«

»Kann man wohl sagen.«

»Wer will es ihr verdenken? So was würde jede Frau in Rage bringen. Der alte Bassett hat kein Recht, der wahren Liebe Knüppel zwischen die Beine zu werfen.«

»Nein.«

»Was er braucht, ist ein kräftiger Tritt in den Hintern.«

»Ja.«

»Ich an Stiffys Stelle würde ihm eine Kröte ins Bett legen oder Strychnin in die Suppe streuen.«

»Ja. Und wo wir gerade von Stiffy sprechen, Bertie ...«

Er verstummte, und ich musterte ihn genauer. Ein Zweifel an der gift'gen Last war nicht länger möglich. Seine Brust schien randvoll davon.

»Irgendwas ist doch los, Stinker.«

»Nein, warum sagst du das?«

»Dein Verhalten ist seltsam. Du erinnerst mich an einen treuherzigen Hund, der zu seinem Herrchen aufsieht, als wollte er diesem etwas sagen. Willst du mir etwas sagen?«

Er schluckte ein- oder zweimal, und sein Teint färbte sich noch dunkler, was einiges heißen will, denn er sieht selbst in entspannter Stimmung wie eine rote Bete im Ornat aus. Der Kragen, den er im Nacken zuknöpft, schien ihn zu würgen, und er sprach mit heiserer Stimme:

»Bertie.«

»Ja?«

»Bertie.«

»Immer noch zur Stelle, alter Knabe, bin ganz Ohr.«
»Bertie, bist du momentan sehr beschäftigt?«
»Im üblichen Rahmen.«
»Könntest du dich für ein, zwei Tage freimachen?«
»Das müßte sich einrichten lassen.«
»Dann kannst du also nach Totleigh kommen?«
»Du meinst, um bei dir abzusteigen?«
»Nein, um in Totleigh Towers abzusteigen.«
Ich betrachtete den Mann und staunte die sprichwörtlichen Bauklötze. Hätte ich nicht zufällig gewußt, daß er die Enthaltsamkeit in Person war und nur selten mehr als ein kleines Helles kippte, und auch das nur außerhalb der Fastenzeit, dann wäre ich zu dem Schluß gekommen, daß neben mir ein Kurat saß, der kräftig einen über den Durst getrunken hatte. Meine Augenbrauen hoben sich so weit, daß sie mir beinahe das Haupthaar zerzausten.
»*Wo* soll ich absteigen, Stinker? Du bist wohl nicht bei Trost, sonst würdest du nicht solch wirres Zeug faseln. Bestimmt erinnerst du dich noch an die Nöte, die ich bei meinem letzten Aufenthalt in Totleigh Towers ausgestanden habe.«
»Ich weiß. Aber Stiffy will, daß du ihr einen Gefallen tust. Sie hat mir nicht verraten, worum es geht, aber es soll ungeheuer wichtig sein, und du mußt dafür vor Ort weilen.«
Ich richtete mich auf. Meine Haltung war kühl und resolut.
»Du spinnst, Stinker!«
»Wie kannst du nur so was sagen!«
»Ich will dir gern verraten, warum dein Plan auf Sand gebaut ist. Erstens: Erscheint es dir wahrscheinlich, daß Sir Watkyn B. nach allem, was zwischen uns vorgefallen ist, einen Menschen zu sich einladen würde, den er schon immer als den quälendsten aller Quälgeister empfunden hat? Wenn es einen Mann gibt, der auf gar keinen

Fall an meiner Seite durchs Leben schreiten will, dann ist es der besagte Bassett. Ein glücklicher Tag zeichnet sich in seinen Augen dadurch aus, daß zwischen ihm und Bertram ein Sicherheitsabstand von mindestens hundert Meilen liegt.«

»Madeline lädt dich bestimmt ein, wenn du sie telegrafisch fragst, ob du für ein, zwei Tage auf Besuch kommen darfst. Sie nimmt keine Rücksprache mit Sir Watkyn und entscheidet nach eigenem Gutdünken darüber, welche Gäste ins Haus kommen.«

Das entsprach, wie ich wußte, den Tatsachen, doch ich überhörte den Vorschlag geflissentlich und fuhr unbarmherzig fort.

»Zweitens kenne ich Stiffy. Eine reizende junge Frau, die ich, wie ich eben erst Emerald Stoker erzählt habe, jederzeit an meinen Busen drücke – oder dies zumindest täte, wenn sie nicht mit dir verlobt wäre. Gleichzeitig ist sie aber auch eine Kreuzung zwischen einer tickenden Zeitbombe und einem Poltergeist. Ihr geht jene souveräne Urteilskraft ab, die wir an jungen Frauen so schätzen. Ständig verfällt sie auf irgendwelche Ideen, und wenn du diese Ideen bizarr nennen willst, habe ich nichts dagegen. Ich brauche dir wohl nicht in Erinnerung zu rufen, daß sie dich bei meinem letzten Besuch in Totleigh Towers dazu aufgestachelt hat, den Helm von Polizeiwachtmeister Eustace Oates zu klauen, also genau das, was sich ein Kurat unter allen Umständen verkneifen sollte, so er es im Klerus zu etwas bringen will. Kurzum, sie ist die beklopptestekleine Kröte, die je mit zerzauster Frisur durch die Gegend spaziert ist. Welcher Art der Auftrag ist, den sie für mich ausersehen hat, läßt sich nicht sagen, doch nach der Papierform zu urteilen, wird er dem menschlichen Stoffwechsel kaum zuträglich sein. Hat sie nicht wenigstens angedeutet, worum es geht?«

»Nein. Ich habe sie natürlich gefragt, aber sie hat nur gemeint, sie behalte das lieber für sich, bis sie dich zu Gesicht bekomme.«

»Sie bekommt mich aber nicht zu Gesicht.«
»Dann läßt du dich also nicht in Totleigh blicken?«
»Dieser Jauchegrube nähere ich mich nicht auf fünfzig Meilen.«
»Stiffy wird furchtbar enttäuscht sein.«
»Dann leistest du ihr eben seelischen Beistand, das ist schließlich dein Metier. Sag ihr, dies sei eine jener Prüfungen, die uns das Schicksal auferlegt.«
»Wahrscheinlich wird sie heulen.«
»Genau das Richtige für ihr Nervensystem! Soll die Drüsentätigkeit irgendwie anregen. Jeder gute Hals-Nasen-Ohren-Arzt wird dir das bestätigen können.«
Wahrscheinlich erkannte er, daß mein eiserner Widerstand nicht zu brechen war, denn er verzichtete auf weitere Versuche, mir die Idee schmackhaft zu machen. Mit einem Seufzer, der von seinen Fußsohlen aufzusteigen schien, erhob er sich, sagte adieu, stieß das Glas um, an dem ich mich gelabt hatte, und ging von dannen.

Jeder, der weiß, wie ungern Bertram Wooster einen Freund im Stich läßt und ihm in der Stunde der Not die Unterstützung versagt, denkt jetzt wohl, diese betrübliche Szene habe mich erschüttert. In Wirklichkeit hatte sie mich aufgemöbelt wie ein Tag am Meer.
Rekapitulieren wir: Seit dem Frühstück hatte mich mein Schutzengel wiederholt in Panik versetzt, indem er mir durch die Blume vermittelt hatte, Totleigh Towers dränge mit Macht in mein Leben zurück, und inzwischen war auch klar, daß er sich darunter eben diese Aufforderung an mich vorgestellt hatte, den Gang dorthin anzutreten. Er schien nämlich geglaubt zu haben, daß ich mich in einem schwachen Moment, und wider alle Vernunft, dazu breitschlagen ließe. Die Gefahr war nun glücklich abgewendet.

Totleigh Towers hatte zum Sprung angesetzt und war prompt auf die Nase gefallen, wodurch ich aller Sorgen ledig war. Beschwingt gesellte ich mich zu einer Gruppe von Vergnügungssüchtigen, die dem Dartspiel frönten, und steckte sie alle miteinander in die Tasche. Die Uhr zeigte fast drei, als ich den Club verließ und mich auf den Heimweg begab, und es ging wohl schon auf halb vier zu, als ich das Wohnhaus erreichte, in dem ich residiere.

Vor dem Haus stand ein mit Gepäck beladenes Taxi, aus dessen Fenster Gussie Fink-Nottles Kopf ragte, und bei dessen Anblick fiel mir auch wieder ein, wie falsch Emerald Stoker sein Aussehen eingeschätzt hatte. Als ich ihn mir genauer ansah – wenn auch nur im dargebotenen Ausschnitt –, erblickte ich in seinem Erscheinungsbild nicht die Spur eines Lamms; hingegen hatte er solche Ähnlichkeit mit einem Heilbutt, daß ich, hätte er keine Hornbrille getragen (was Heilbutte nur selten tun), wohl der Illusion verfallen wäre, ein Wesen anzustarren, das sich unerlaubt vom Stand eines Fischhändlers entfernt hatte.

Ich ließ ein herzliches Jodeln erschallen, und er wandte die Brillengläser in meine Richtung.

»Ach, grüß dich, Bertie«, sagte er. »Ich war gerade bei dir oben und habe Jeeves eine Nachricht für dich hinterlassen. Deine Tante läßt ausrichten, daß sie übermorgen nach London kommt und von dir zum Mittagessen eingeladen werden will.«

»Ja, sie hat mich bereits heute morgen in nämlicher Sache angerufen. Wahrscheinlich hat sie gedacht, du verschwitzt es sowieso. Komm doch rein und trink ein Glas Orangensaft«, sagte ich, denn ausschließlich diesem Gesöff gibt Gussie die Ehre, wenn er mal ein Faß aufmacht.

Er sah auf die Uhr, und der Glanz, der beim Wort Orangensaft noch jedesmal in seine Augen tritt, schwand dahin.

»Ich würde wirklich gern, aber es geht nicht«, seufzte er. »Sonst verpasse ich den Zug. Ich fahre nämlich um vier von Paddington nach Totleigh.«

»Tatsächlich? Dann halt doch Ausschau nach einer Freundin von dir, die im gleichen Zug sitzt. Emerald Stoker.«

»Stoker? Stoker? Emerald Stoker?«

»Ein Mädchen mit Sommersprossen. Amerikanerin. Gleicht einem besseren Pekinesen. Anscheinend seid ihr euch neulich auf einer Vernissage begegnet, wo du über Molche doziert hast.«

Seine Miene hellte sich auf.

»Ach so, jetzt weiß ich, wen du meinst. Ich verstand damals ihren Namen nicht genau. Ja, wir unterhielten uns lange über Molche. Sie züchtete als Kind selber welche, die sie jedoch Guppys nannte. Ein überaus reizendes Mädchen. Freut mich, daß ich sie wiedersehe. Ich wüßte keine, die mir je sympathischer gewesen wäre.«

»Außer Madeline natürlich.«

Seine Miene verdüsterte sich. Er wirkte wie ein Heilbutt, dem gegenüber sich ein anderer Heilbutt im Ton vergriffen hat.

»Madeline! Bleib mir mit Madeline gestohlen! Madeline steht mir bis hierhin!« zischte er. »Paddington!« rief er dem Wagenlenker zu und stob im nächsten Moment davon, während ich ihm in blankem Entsetzen nachstarrte.

4. Kapitel

Und ich will auch gleich verraten, woher mein blankes Entsetzen rührte. Dem Leser wird meine Allergie gegenüber dieser Bassett-Gans bereits aufgefallen sein, als ich für Emerald Stoker eine Charakterskizze von ihr anfertigte. Sie ging mir kaum weniger auf den Wecker als ich ihrem Vater oder Roderick Spode. Trotzdem lief ich ernstlich Gefahr, sie in guten wie in schlechten Tagen zu lieben und zu ehren, um aus dem einschlägigen Regelwerk zu zitieren.

Der historische Hintergrund ist rasch umrissen. Gussie, bis über beide Ohren in die Bassett verknallt, wollte diese damals in seine innersten Gefühle einweihen, doch weil seine Nerven jedesmal streikten, schwadronierte er immer bloß über Molche. Und so verfiel er, da er nicht wußte, wie er das Kind schaukeln sollte, auf die Idee, mich zu seinem Fürsprecher zu machen, und als ich dann in gewünschter Weise für ihn sprach, glaubte die mit Dummheit wahrlich geschlagene Bassett tatsächlich, ich spräche für mich. Sie sagte, es tue ihr ja so leid, mir weh tun zu müssen, doch ihr Herz gehöre Gussie. Was alles gut und schön gewesen wäre, hätte sie nicht hinzugefügt, daß ich, sollte je etwas geschehen, was sie in ihrer Überzeugung, daß er ein König unter den Männern sei, erschüttern und dazu bringen würde, ihn zum Teufel zu jagen, der nächste in der Thronfolge wäre, und obschon sie mich niemals mit dem gleichen Feuer werde lieben können, das Gussie in ihr entfache, würde sie alles daran setzen, mich glücklich zu machen. Kurz und gut, ich befand mich in der mißlichen Lage eines Vizepräsidenten der USA, der sich in seiner Haut zwar vorläufig ganz wohl fühlt, indes jeden Moment damit rechnen muß, an der Reihe zu sein, falls mit dem großen Häuptling irgendwas schiefläuft.

Kein Wunder also, daß mich Gussies Feststellung, Madeline stehe ihm bis hierhin, wie ein Sack Zement traf und pfeilgeschwind ins Haus rennen ließ, wo ich brüllend nach Jeeves verlangte. Wie schon so häufig blieb mir keine andere Wahl, als mich der Schirmherrschaft einer höheren Macht anzuvertrauen.

»Sir?« sagte er und trat in Erscheinung.

»SOS, Jeeves! Etwas Grauenvolles ist passiert! Es bahnt sich eine Katastrophe an.«

»Tatsächlich, Sir? Es tut mir leid, das zu hören.«

Für eines muß man Jeeves einfach loben. Er läßt die Toten ihre Toten begraben. Auch wenn er und sein junger Herr ihre Differenzen in bezug auf Tirolerhüte mit rosaroten Federn gehabt haben, legt er seinen Groll, kaum sieht er, daß sein j. H. in die Fallstricke und Pfeile des ruchlosen Schicksals geraten ist, schleunigst ad acta und erstrahlt als die Ritterlichkeit in Person. Deshalb blieb er auch hier nicht etwa kühl und abweisend und reserviert, wie es ein weniger nobler Geist gewesen wäre, sondern reagierte hochgradig erregt und besorgt. Mit anderen Worten: Er gestattete es einer Augenbraue, sich um einen geschätzten Drittelzentimeter zu heben, denn weiter zeigt er seine Gefühle ohnehin nie.

»Worin genau besteht das Problem, Sir?«

Ich ließ mich in einen Sessel sinken und tupfte mir das Stirnbein ab. So wild hatten meine Nerven schon lange nicht mehr geflattert.

»Ich bin vorhin Gussie Fink-Nottle begegnet.«

»O ja, Sir. Mr. Fink-Nottle war vor kurzem hier.«

»Ich traf ihn vor dem Haus. Er saß in einem Taxi. Und wissen Sie was?«

»Nein, Sir.«

»Als ich zufällig Miss Bassetts Namen erwähnte, sagte er, und passen Sie jetzt gut auf, Jeeves, ich zitiere wörtlich: ›Bleib mir mit Madeline gestohlen! Madeline steht mir bis hierhin!‹ Zitat Ende.«

»Tatsächlich, Sir?«

»Klingt nicht gerade nach der Sprache der Liebe.«
»Nein, Sir.«
»Klingt eher nach der Sprache eines Mannes, dem die Angebetete aus nicht näher spezifizierten Gründen zum Halse heraushängt. Ich konnte der Sache nicht auf den Grund gehen, denn kurz darauf schoß er wie ein geölter Blitz in Richtung Paddington Station davon, doch es liegt wohl auf der Hand, daß es zu einem Sprung in der Dingsda gekommen ist. Fängt mit einem L an.«
»Ob wohl Laute das Wort ist, nach dem Sie haschen, Sir?«
»Schon möglich, auch wenn ich nicht darauf wetten würde.«
»Der Dichter Tennyson spricht von dem kleinen Sprung in der Laute, der sorgte dafür, daß die Musik abflaute und Stille sich breitete aus.«
»Dann wird es wohl Laute heißen. Und wir wissen ja, was passiert, wenn diese bestimmte Laute erst einmal im Eimer ist.«
Wir wechselten vielsagende Blicke. Mein Blick jedenfalls war vielsagend – er dagegen guckte wie ein ausgestopfter Frosch, was er immer tut, wenn er diskret erscheinen möchte. Er weiß haargenau, wie ich zu M. Bassett stehe, auch wenn wir das Thema niemals ansprechen würden, oder doch höchstens im Rahmen unseres Vielsagender-Blick-ausgestopfter-Frosch-Rituals. Schließlich kann man nicht gut über solche Dinge diskutieren. Ich weiß nicht, ob die betroffene Dame solches gerade als üble Nachrede werten würde, aber schicklich wäre es bestimmt nicht, und für einen Wooster – wie übrigens auch für einen Jeeves – geht nichts über die Schicklichkeit.
»Was sollte ich Ihrer Meinung nach tun?«
»Sir?«
»Schenken Sie sich Ihr ›Sir‹! Sie wissen so gut wie ich, daß die Stunde drängt und es rascher Tat bedarf. Gussies Verlöbnis darf unter keinen Umständen in die Binsen gehen. Maßnahmen müssen ergriffen werden.«

»Das erscheint auch mir ratsam, Sir.«
»Aber welche Maßnahmen? Selbstverständlich sollte ich mich zum Kriegsschauplatz begeben, um die Friedenstaube möglichst zügig steigen zu lassen – ich muß mir mit einem Wort Klarheit darüber verschaffen, ob ein ruhiger, freundlicher Mann von Welt die jungen Leute wieder zusammenbringen kann, wenn Sie wissen, was ich meine.«
»Ich vermag Ihren Ausführungen durchaus zu folgen, Sir. Ihre Rolle scheint mir die eines *raisonneur* zu sein, um einen französischen Ausdruck zu wählen.«
»Wahrscheinlich haben Sie recht. Aber bedenken Sie folgendes: Abgesehen davon, daß mich beim bloßen Gedanken an ein neuerliches Gastspiel in Totleigh Towers das nackte Grauen packt, hat die Sache noch einen weiteren Haken. Gerade vorhin habe ich mich mit Stinker Pinker unterhalten und dabei erfahren, daß Stiffy Byng etwas Bestimmtes von mir will. Und Sie wissen ja, welcher Art die Dinge sind, die Stiffy von einem will. Können Sie sich noch an die Sache mit Wachtmeister Oates' Helm erinnern?«
»Sehr lebhaft sogar, Sir.«
»Oates erregte damals Stiffys Mißfallen, weil er Onkel Watkyn gemeldet hatte, daß er wegen ihres Hundes Bartholomew vom Fahrrad gefallen sei und sich beim Sturz in den Straßengraben allerlei Schürfungen und Prellungen zugezogen habe. Deshalb überredete sie Harold Pinker, einen geistlichen Würdenträger, der den Kragen im Nacken zuknöpft, Oates' Helm für sie zu klauen. Was für Stiffys Begriffe noch eher harmlos war. Ihrer Phantasie sind keine, buchstäblich keine Grenzen gesetzt, wenn sie sich intensiver mit einem Thema beschäftigt. Was sie momentan für mich ausbrüten mag, übersteigt meine Vorstellungskraft.«
»Daß Sie ein ungutes Gefühl haben, kann man Ihnen kaum verdenken, Sir.«

»So sieht's also aus. Ich segle … zwischen welchen zwei Ungeheuern segelt man in solchen Fällen?«

»Zwischen Szylla und Charybdis, Sir.«

»Genau. Ich segle zwischen Szylla und Charybdis. Soll ich mich, so lautet meine Frage, vor Ort begeben, um die Reparaturfähigkeit der Laute abzuklären, oder rühre ich mich besser nicht vom Fleck und lasse dem Schicksal seinen Lauf, in der Hoffnung, daß die gute alte Zeit alle Wunden heilt?«

»Wenn ich mir einen Vorschlag erlauben dürfte, Sir.«

»Nur zu, Jeeves.«

»Wäre es Ihnen nicht möglich, nach Totleigh Towers zu fahren, Miss Byngs Ersuchen aber eine Absage zu erteilen?«

Ich überlegte hin und her. Die Idee schien gar nicht so abwegig.

»Ich soll also ein *nolle prosequi* einlegen? Und ihr mitteilen, sie könne mir den Buckel runterrutschen?«

»Ganz recht, Sir.«

Ehrfürchtig sah ich ihn an.

»Jeeves«, sagte ich, »Sie haben wieder einmal einen Ausweg gefunden. Ich bitte Miss Bassett also in einem Telegramm, sie besuchen zu dürfen, und teile Tante Dahlia in einem weiteren Telegramm mit, daß ich sie leider nicht bewirten kann, da ich außerhalb der Stadt weile. Und anschließend lasse ich Stiffy wissen, daß sie sich meine tätige Mithilfe abschminken soll. Jawohl, Jeeves, Sie haben ins Schwarze getroffen. Ich fahre nach Totleigh, obwohl ich schon bei der bloßen Vorstellung eine Gänsehaut kriege. Der alte Bassett wird dort sein. Spode wird dort sein. Stiffy wird dort sein. Der Hund Bartholomew wird dort sein. Ich begreife gar nicht, wieso die Leute früher immer so ein Tamtam wegen harmloser Himmelfahrtskommandos gemacht haben. Auf denen mußte man wenigstens nicht gewärtigen, dem alten Bassett zu begegnen. Also schön, hoffen wir das Beste.«

»Die einzig vernünftige Einstellung, Sir.«
»Sie meinen: Augen zu und durch, Jeeves?«
»Unbedingt, Sir. Halten Sie, wenn Sie mir die Bemerkung gestatten, die Ohren steif!«

5. *Kapitel*

Stinker hatte ganz korrekt prophezeit, daß Madeline Bassett meinem Besuch in Totleigh Towers keine Steine in den Weg legen würde. Meiner Bitte um eine Einladung entsprach sie umgehend. Etwa eine Stunde nach Erhalt ihres Telegramms rief mich Tante Dahlia aus Brinkley an und wollte in heiligem Zorn erfahren, was eigentlich los sei. Sie hatte dem Kabel entnehmen müssen, daß es mir wegen meiner Abreise aus der Hauptstadt nicht möglich sei, sie zu dem Mittagessen zu empfangen, das sie schon fest eingeplant hatte.

Ihr Anruf traf mich gut vorbereitet, denn ich hatte mich bereits gegen heftige Sturmböen aus Brinkley gewappnet. Mein Tantchen ist eine gute Haut und ihrem Bertram von Herzen zugetan, doch andererseits neigt sie stark zur Herrschsucht. Es mißfällt ihr, wenn man ihren Wünschen nicht willfährt, und prompt dröhnte mir ihre Stimme entgegen wie das Heulen einer ganzen Hundemeute.

»Bertie, du mieser junger Schandfleck in der Landschaft!«

»Am Apparat.«

»Ich habe dein Telegramm erhalten.«

»Das dachte ich mir schon. Sind tüchtige Leutchen auf dem Telegrafenamt.«

»Wie meinst du das, du weilst außerhalb der Stadt? Du weilst doch sonst nie außerhalb der Stadt, es sei denn, du kommst hierher, um dich in Anatoles Delikatessen zu suhlen.«

Damit bezog sie sich auf ihren unerreichten französischen Koch. Wenn ich nur schon seinen Namen höre, läuft mir das Wasser im Mund zusammen. Ein Geschenk des Himmels für die Magensäfte, wie ich ihn einmal genannt habe.

»Wo soll's denn hingehen?«

Nachdem das Wasser in meinem Mund versiegt war, antwortete ich, daß ich nach Totleigh Towers gehen würde, worauf sie ein ungeduldiges Schnauben ausstieß.

»Irgendwas stimmt nicht mit dieser verdammten Leitung. Du hast dich angehört, als würdest du nach Totleigh Towers gehen.«

»So ist es.«

»Nach Totleigh *Towers*?«

»Ich reise noch heute nachmittag ab.«

»Großer Gott, wie kommt man denn dort dazu, dich einzuladen?«

»Gar nicht. Ich habe mich selbst eingeladen.«

»Du suchst aus freien Stücken die Nähe von Sir Watkyn Bassett? Dann bist du offenbar noch behämmerter, als ich gedacht habe. Und ich sage das wohlgemerkt als eine Frau, die den alten Zausel gerade eine geschlagene Woche hat ertragen müssen.«

Ich sah, worauf sie hinauswollte, und setzte eilends zu einer Erklärung an.

»Ich gebe gerne zu, daß der alte Bassett nicht jedermanns Kragenweite ist«, sagte ich, »und man stört ihn besser nicht auf, wenn es sich vermeiden läßt, doch leider bin ich in eine ungemein brenzlige Lage geraten. Bei Gussie Fink-Nottle und Madeline Bassett herrscht dicke Luft. Ihre Verlobung taumelt dem Schmelztiegel entgegen, und du weißt ja, wie sehr mir diese Verlobung am Herzen liegt. Ich begebe mich vor Ort, um den Sprung zu kitten.«

»Aber was willst du denn tun?«

»Meine Rolle scheint die eines *raisonneur* zu sein, um einen französischen Ausdruck zu wählen.«

»Und was heißt das?«

»Da bin ich überfragt. Jeeves jedenfalls sieht mich als solchen.«

»Nimmst du Jeeves denn mit?«

»Selbstverständlich. Habe ich je einen Schritt ohne ihn getan?«
»Tja, paß auf, mehr sage ich nicht, paß auf. Zufällig weiß ich, daß Bassett ihm Avancen macht.«
»Was meinst du denn mit Avancen?«
»Er versucht ihn dir wegzuschnappen.«
Ich geriet ins Wanken und wäre wahrscheinlich sogar gestürzt, wenn ich nicht schon gesessen hätte.
»Ungläubig!«
»Falls du unglaublich meinst, irrst du dich. Ich habe dir doch erzählt, welchen Narren er in Brinkley Court an Jeeves gefressen hat. Sein Blick verfolgte ihn, wo immer Jeeves gerade butlerte, als beobachte eine Katze eine Ente, wie Anatole es formulieren würde. Und eines Morgens hörte ich, wie er ihm ein verbindliches Angebot machte. Na? Was ist denn los mit dir? Bist du ohnmächtig geworden?«
Ich erklärte ihr, mein vorübergehendes Verstummen rühre daher, daß mich ihre Worte sprachlos gemacht hätten, worauf sie erwiderte, das sehe sie überhaupt nicht ein, denn Bassett sei für mich ja kein Unbekannter.
»Du hast doch nicht vergessen, wie er mir Anatole wegschnappen wollte. Es gibt nichts, wozu sich dieser Kerl nicht hergeben würde. Er geht über Leichen. Wenn du in Totleigh bist, mußt du unbedingt bei einem Mann namens Plank vorbeigehen und ihn fragen, was er vom feinen Sir Watkyn Bassett hält. Er hat Plank, diesem armen Schlukker, doch tatsächlich eine ... Ach, verdammt!« sagte die alte Blutsverwandte, als eine Stimme »In drei Minuuuhuten« intonierte. Sie legte auf, hatte mir aber inzwischen mit dem gleichen Geschick eine Gänsehaut über den Rücken laufen lassen wie zuvor mein Schutzengel, über dessen betreffendes Talent ich mich ja bereits ausgelassen habe.
Und die Gänsehaut machte sich auch noch am Nachmittag heftig

bemerkbar, als ich meinen Sportwagen schon gen Totleigh-in-the-Wold steuerte. Natürlich war ich überzeugt, daß Jeeves nicht im Traum daran denken würde, den angestammten Posten aufzugeben, sondern auf entsprechende Vorstöße dieses vermaledeiten Bassett sein Ohr zustopfen würde wie die taube Natter, die bekanntlich darauf bestand, der Stimme des Beschwörers, der wohl beschwören kann, kein Gehör zu schenken. Doch der Haken ist, daß man sich einer Sache noch so sicher sein kann und trotzdem ganz zappelig wird, wenn man darüber nachgrübelt, und so war ich keineswegs in gelöster Stimmung, als ich meinen Araberhengst durch das Tor von Totleigh Towers steuerte, um vor dem Hauptportal Anker zu werfen.
Ich weiß nicht, ob der Leser schon einmal ein Kirchenlied gehört hat, dessen Refrain ungefähr so geht:

Pa dampa dampa dampa,
da dira dara recht,
wo allseits Anmut leuchtet,
und nur der Mensch ist schlecht.

Diese Schilderung war Totleigh Towers wie auf den Leib geschrieben. Die Fassade, die weitläufige Anlage, die sanfte Parklandschaft, der säuberlich gestutzte Rasen und alles andere waren allererste Sahne, doch was nützte das schon, wenn man genau wußte, was einen im Hausinneren erwartete? Die allseits leuchtende Anmut kann einem doch gestohlen bleiben, wenn die damit einhergehende Bagage sie so gründlich versaut.
Das Logis des alten Bassett gehörte zu den herrschaftlicheren Gutshäusern Englands. Zwar war es keiner dieser Prunkbauten, über die man oft liest, sie hätten dreihundertfünfundsechzig Zimmer, zweiundfünfzig Treppen und zwölf Innenhöfe, aber es war auch nicht bloß

ein Bungalow. Bassett hatte es vor einiger Zeit in möbliertem Zustand von einem Lord Soundso erworben, da dieser – wie heute so viele Menschen – dringend Bares brauchte.
Ganz im Gegensatz zum alten Bassett. Im Herbst seines Lebens schwamm er im Geld, ja man darf ihn ohne Übertreibung als stinkreich bezeichnen. Den Großteil seiner Arbeitsjahre hatte er als Polizeirichter in London gewirkt, wo er mich kraft seines Amtes einmal zu einer Geldstrafe von fünf Pfund verdonnerte, und dies für ein läppisches Kavaliersdelikt, das ich am Abend der großen Ruderregatta verübte und für welches ein milder Verweis weit angemessener gewesen wäre. Kurz danach verstarb einer seiner Verwandten und hinterließ ihm ein Riesenvermögen. So jedenfalls lautete die offizielle Version. In Wahrheit aber hatte er im Laufe seiner Richterjahre alle Bußgelder selbst eingestrichen und auf diese Weise sackweise Kohle gescheffelt. Fünf Pfund hier, fünf Pfund dort, das läppert sich bald zusammen.
Wir waren auf der Straße leidlich vorangekommen, und so zeigte die Uhr noch nicht einmal zwanzig vor fünf, als ich an der Haustür läutete. Jeeves fuhr den Wagen nach hinten in die Stallungen, während mich der Butler – er hieß, wie mir plötzlich wieder einfiel, Butterfield – in den Salon führte.
»Mr. Wooster«, verkündete er und ließ mich von der Leine.
Es überraschte mich nicht, daß der Nachmittagstee bereits in vollem Gange war, denn ich hatte das Geschirr schon von weitem klappern hören. Madeline Bassett führte das Oberkommando und streckte mir eine schlaffe Hand entgegen.
»Bertie! Ich freue mich ja so, dich zu sehen.«
Ich kann mir gut vorstellen, daß ein flüchtiger Betrachter, hätte ich ihm meine Vorbehalte gegenüber einer Heirat mit dieser Frau gestanden, die Stirn gerunzelt und die Welt nicht mehr verstanden

hätte, denn zweifelsohne war sie eine Augenweide: schlank, grazil und großzügig mit goldenem Haar und allem anderen Schnickschnack ausstaffiert. Übersehen hätte unser flüchtiger Betrachter freilich ihre triefende Gefühlsduselei und die vergeistigte Miene, die sie immer dann aufsetzte, wenn sie in die Babysprache verfiel. Sie gehörte zu der Sorte junger Frau, die dem Gatten, der mit einem Brummschädel ins Frühstückszimmer torkelt, von hinten die Augen zuhält und sagt: »Rat mal, wer das ist!«

Ich habe einst im Hause eines frisch vermählten Freundes logiert, dessen Gemahlin über dem Kamin des Salons, wo man so etwas unmöglich übersehen konnte, in riesigen Lettern die Inschrift »Zwei Liebende haben dieses Nest gebaut« anbringen ließ, und ich erinnere mich bis heute der stummen Pein in den Augen des Gatterichs, wann immer er ins Zimmer trat und sein Blick darauf fiel. Ob Madeline Bassett beim Einlaufen in den Hafen der Ehe zu ähnlich drastischen Maßnahmen greifen würde, ließ sich schwer sagen, doch es schien überaus wahrscheinlich, weshalb ich beschloß, meine Bemühungen, zwischen ihr und Gussie Versöhnung zu stiften, energisch voranzutreiben und nichts unversucht zu lassen.

»Du kennst doch Mr. Pinker«, sagte sie, und erst jetzt fiel mir auf, daß sich auch Stinker unter den Anwesenden befand. Er saß sicher in einen Stuhl eingekeilt da und hatte, soweit ich sehen konnte, noch nichts umgeworfen, wirkte aber auf mich wie ein Mann, der zum Sprung ansetzt und in Kürze aktiv werden will. Ein Klapptisch, der sich unter den Muffins und Gurkensandwiches bog, würde ihn, so meine Prognose, bestimmt wie ein Magnet anziehen.

Als er mich erblickte, zuckte er merklich zusammen und ließ einen Teller mit einem halben Muffin fallen, wobei er große Augen machte. Natürlich war mir klar, was ihn bewegte. Er vermutete, daß mein Kommen auf einen Sinneswandel zurückzuführen sei. Freut euch mit

mir, murmelte er wohl vor sich hin, denn ich habe mein Schaf gefunden, das verloren war.
Insgeheim bedauerte ich den armen Tropf, denn ich wußte, welchen Tiefschlag die Erkenntnis für ihn bedeuten würde, daß mich nichts dazu bewegen konnte, die fraglos haarsträubende Aufgabe zu übernehmen, die mir Stiffy zugedacht hatte. In diesem Punkt wollte ich eisern bleiben, mochte es den beiden auch noch so tiefe Seelenpein bereiten. Durch bittere Erfahrung habe ich gelernt, daß das Geheimnis eines glücklichen und erfolgreichen Daseins darin besteht, einen großen Bogen um alle Unterfangen zu machen, die diese junge Geißel der Menschheit ausheckt.
Das nun einsetzende Gespräch bezeichnet man wohl am besten als ... das Wort ist mir gerade entfallen, aber es beginnt mit einem P. Da Stinker in Hörweite war, konnten Madeline und ich nicht gut zur Sache kommen, weshalb wir einfach über Gott und die Welt plauderten ... planlos, genau, das ist das Wort, nach dem ich gesucht habe. Wir plauderten recht planlos über Gott und die Welt. Stinker sagte, er sei hier, um mit Sir Watkyn das bevorstehende Schulfest zu besprechen, und ich sagte: »Ach, steht ein Schulfest ins Haus?«, und Madeline sagte, dieses finde am übernächsten Tage statt und stehe aufgrund der Erkrankung des Vikars unter der Oberaufsicht von Mr. Pinker, worauf Stinker leicht zusammenfuhr, als ob ihm die Aussicht nicht sonderlich behagte.
Madeline fragte, ob ich eine angenehme Fahrt hinter mir hätte, und ich antwortete: »O ja, fabelhaft.« Stinker sagte, Stiffy werde sich über mein Kommen bestimmt freuen, und ich setzte ein seliges Lächeln auf. Und dann trat Butterfield ein und sagte, Sir Watkyn erwarte Mr. Pinker, und Stinker zockelte davon. Kaum aber hatte sich die Tür hinter Kurat und Butler geschlossen, faltete Madeline die Hände, warf mir einen ihrer schmalzigsten Blicke zu und sagte:

»Ach, Bertie, du hättest nicht kommen dürfen. Ich habe es nicht über mich gebracht, dir deine herzergreifende Bitte abzuschlagen, denn mir war klar, wie sehnlich du mich wiedersehen wolltest, und sei es auch nur für kurze Zeit und bar jeder Hoffnung – aber war das *weise?* Streust du damit nicht Salz in die Wunde? Wird es dich nicht unnötig quälen, in meiner Nähe zu weilen und doch zu wissen, daß wir niemals mehr sein können als gute Freunde? Es hat doch keinen Sinn, Bertie. Du darfst nicht hoffen. Ich liebe Augustus.«

Ihre Worte waren, wie man sich denken kann, Musik in meinen Ohren. Bestimmt hätte sie sich nicht so eindeutig festgelegt, wenn der Bruch zwischen ihr und Gussie ernsthafter Natur gewesen wäre. Offensichtlich war sein Ausspruch, sie stehe ihm bis hierhin, bloß ein beiläufiges Wie-heißt-es-noch-gleich gewesen und zeugte von einer kurzfristigen Verstimmung, weil Madeline vielleicht gesagt hatte, er rauche zu viel oder etwas in der Art. Jedenfalls war die Ursache für den Sprung in der Laute inzwischen vergessen und verziehen, und ich sagte mir schon, daß es mir unter diesen Umständen möglich sein sollte, am nächsten Morgen gleich nach dem Frühstück die Mücke zu machen, als ich feststellte, daß sich ein gepeinigter Ausdruck über ihre Physiognomie gelegt hatte und ihre Augen taufeucht waren.

»Deine hoffnungslose Liebe stimmt mich unendlich traurig, Bertie«, sagte sie und fügte noch irgendeinen mir nicht ganz einsichtigen Stuß über Nachtfalter und Sterne hinzu. »Das Leben ist so tragisch, so grausam. Aber was kann ich tun?«

»Rein gar nix!« antwortete ich beherzt. »Nimm bloß keine falschen Rücksichten auf mich!«

»Aber es bricht mir das Herz.«

Und bei diesen Worten begann sie, um eine geläufige Redensart zu verwenden, Rotz und Wasser zu heulen. Sie ließ sich in den Sessel sinken und vergrub ihr Gesicht in den Händen, und der Anstand schien es zu verlangen, daß ich ihr das Haupt tätschelte, wozu ich mich denn auch gleich anschickte. Im Nachhinein sehe ich, daß dies ein Fehler war. Monty Bodkin hat mir im Drones Club einmal davon erzählt, wie er einer schluchzenden Dame einst das Haupt tätschelte, ohne zu bemerken, daß ihr Verlobter hinter ihm stand und die Szene mit gespannter Aufmerksamkeit verfolgte. Er hat mir auch verraten, daß das Tätscheln von Häuptern einen entscheidenden Haken habe: Wenn man nicht wie ein Schießhund aufpasse, versäume man es, die Hand wieder wegzunehmen. Man stehe einfach da und lasse sie auf der Birne der Betreffenden ruhen, was Zaungäste unweigerlich dazu bringe, die Lippen zu schürzen.

Monty war dieser Fehler damals unterlaufen, und mir unterlief er jetzt. Das Schürzen der Lippen besorgte in diesem Fall Spode, der gerade zur Tür hereinkam. Als er das in Tränen aufgelöste Mädel sah, erschauerte er vom Scheitel bis zur Sohle.

»Madeline!« jaulte er. »Was ist los?«

»Nichts, Roderick, wirklich gar nichts«, erwiderte sie mit tränenerstickter Stimme.

Sie schwirrte ab, da sie zweifellos ein Augenbad nehmen wollte, und Spode schnellte herum und warf mir einen durchdringenden Blick zu. Seit unserer letzten Begegnung schien er noch ein bißchen gewachsen zu sein, denn inzwischen näherte er sich der Drei-Meter-Marke. Man wird sich erinnern, daß ich ihn gegenüber Emerald Stoker mit einem Gorilla verglichen hatte, wobei mir der gemeine, landesübliche Gorilla und nicht die große Luxusausgabe vorgeschwebt hatte. Inzwischen erinnerte er eher an King Kong. Seine Fäuste ballten sich, seine Augen funkelten, und noch der stumpfsinnigste Beobachter hätte erkennen müssen, daß er Bertram nicht gewogen war.

6. *Kapitel*

Um die Stimmung aufzulockern, fragte ich ihn, ob er Lust auf ein Gurkensandwich habe, doch er bedeutete mir mit herrischer Geste, daß es ihn nicht nach Gurkensandwiches gelüste. Dabei hätte ich ihm, da sie mir sehr gemundet hatten, verraten können, daß er sich etwas Gutes entgehen ließ.

»Ein Muffin?«

Nein, auch kein Muffin. Offensichtlich hielt er Diät.

»Wooster«, sagte er und ließ seine Kiefermuskeln spielen. »Ich weiß nicht, ob ich Ihnen das Genick brechen soll oder nicht.«

Ich hätte wohl für letzteres plädiert, doch er ließ mich gar nicht erst zu Worte kommen.

»Ich konnte es kaum fassen, als Madeline mir erzählte, Sie hätten die Stirn gehabt, sich selbst hierher einzuladen. Ihr Motiv liegt wohl auf der Hand. Sie sind gekommen, um Madelines Glauben an den Mann, den sie liebt, zu unterminieren und Zweifel in ihrem Herzen zu säen. Wie eine falsche Schlange«, fügte er hinzu, und es überraschte mich doch zu hören, daß Schlangen solche Dinge tun. »Sie hatten, nachdem Madelines Wahl getroffen war, nicht einmal soviel Anstand, ihre Entscheidung zu akzeptieren und Zurückhaltung zu üben. Sie hofften, sie Fink-Nottle ausspannen zu können.«

Da es mir an der Zeit schien, auch mal was zu sagen, setzte ich zu einem »Ich ...« an, doch er hieß mich abermals mit einer seiner herrischen Gesten schweigen. Ich wüßte nicht, wann mir je ein Mensch begegnet wäre, der das Gespräch so an sich gerissen hätte.

»Bestimmt werden Sie jetzt sagen, Ihre Liebe sei derart überwältigend, daß Sie dem Drang nicht widerstehen konnten, Madeline davon zu

erzählen und auf sie einzuwirken. Vollkommener Unsinn. Widerliche Charakterschwäche. Ich sage ganz offen, Wooster, daß auch ich dieses Mädchen seit Jahr und Tag liebe, was ich ihr selbstverständlich weder durch Worte noch durch Blicke je vermittelt habe. Als sie sich mit diesem unsäglichen Fink-Nottle verlobte, gab mir das einen schweren Stich, doch ich akzeptierte die Situation ohne Murren, da ich glaubte, darin liege Madelines Glück. Wiewohl betäubt, hielt ich …«
»Die Ohren steif?«
»… mit meinen Gefühlen hinterm Berg. Stolz stand ich da …«
»Wie ein Ölgötze?«
»… und offenbarte ihr mit keiner Silbe meine wahren Gefühle. Wichtig war mir einzig ihr künftiges Glück. Wenn Sie mich fragen, ob ich Fink-Nottle als würdigen Gatten für Madeline erachte, muß ich das klar verneinen. In meinen Augen kann er mit sämtlichen Qualitäten eines erstklassigen Brechmittels aufwarten, und ich darf hinzufügen, daß mein Urteil von Madelines Vater geteilt wird. Doch sie hat sich nun mal für ihn entschieden, und so beuge ich mich ihrer Wahl. Ich schleiche mich nicht hinter Fink-Nottles Rücken ein, um sie gegen ihn aufzubringen.«
»Sehr ehrenhaft.«
»Was haben Sie gesagt?«
Ich sagte, ich hätte gesagt, es gereiche ihm zur Ehre. Sehr achtbar fände ich das von ihm.
»Ach ja? Dann schlage ich vor, Wooster, Sie nehmen sich ein Beispiel an mir. Und ich versichere Ihnen, daß ich Sie keine Sekunde aus den Augen lassen werde und weniger von diesem Kopfstreicheln zu sehen wünsche, bei dem ich Sie vorhin ertappt habe. Falls nicht, werde ich …«
Was er genau zu tun gedachte, verschwieg er – obwohl ich es mir ungefähr denken konnte –, denn in diesem Moment kehrte Madeline

zurück. Ihre Augen spielten ins Rötliche, und auch sonst wirkte sie wie das heulende Elend.

»Ich zeige dir jetzt dein Zimmer, Bertie«, sagte sie mit der tonlosen Stimme einer Heiligen, und Spode warf mir einen warnenden Blick zu.

»Nehmen Sie sich in acht, Wooster, nehmen Sie sich sehr in acht«, sagte er, als wir uns hinausbegaben.

Madeline schien überrascht.

»Warum hat dir Roderick gesagt, du sollst dich in acht nehmen?«

»Das werden wir wohl nie erfahren. Ob er Angst hat, ich könnte auf dem Parkettboden ausrutschen?«

»Er klang eher so, als sei er auf dich wütend. Habt ihr euch gestritten?«

»Großer Gott, nein! Unser Gespräch spielte sich in einer Atmosphäre ausgesuchtester Höflichkeit ab.«

»Ach, und ich dachte, ihn erbittere vielleicht deine Anwesenheit.«

»Ganz im Gegenteil. Nichts hätte herzlicher sein können als sein ›Willkommen in Totleigh Towers‹.«

»Gott sei Dank! Es würde mich ja so traurig stimmen, wenn du und er … Ach, da ist Papa.«

Wir hatten eben den Korridor im oberen Stock erreicht, als Sir Watkyn Bassett aus seinem Zimmer trat, eine fröhliche Weise auf den Lippen. Diese erstarb schlagartig, als er mich erblickte, und er starrte mich entgeistert an. Irgendwie erinnerte er mich an einen dieser Burschen, die in Spukschlössern übernachten und am folgenden Morgen mausetot und mit angstverzerrten Zügen aufgefunden werden.

»Ach, Papa«, sagte Madeline, »was ich dir noch sagen wollte: Ich habe Bertie für ein paar Tage eingeladen.«

Der alte Bassett schluckte schwer.

»Mit ein paar Tagen meinst du ...?«
»Mindestens eine Woche, hoffe ich.«
»Großer Gott!«
»Vielleicht auch länger.«
»Allmächtiger!«
»Im Salon gibt's Tee, Papa.«
»Tee ist mir nicht stark genug«, murmelte der alte Bassett mit belegter Stimme und wankte davon – ein gebrochener Mann. Und wie ich seinen Kopf in die niederen Gefilde entschwinden sah, wo ihn ein tüchtiger Schluck aus der Pulle erwartete, kam mir ein Gedicht in den Sinn, das ich als Knabe oft gelesen hatte. Das meiste habe ich wieder vergessen, doch es handelte von einem Sturm auf hoher See und schloß mit den Worten: »Der Käptn rief: ›Wir sind verlor'n!‹ und torkelte treppab.«
»Papa scheint sich über irgendwas aufzuregen«, sagte Madeline.
»Das war auch mein Eindruck«, antwortete ich ziemlich grantig, denn das Gebaren des alten Krauters kränkte mich doch sehr. Zwar hatte ich ein gewisses Verständnis für ihn, denn wer ein geregeltes Leben führt, wünscht nicht plötzlich von irgendwelchen Woosters heimgesucht zu werden. Trotzdem hätte ihm nach meinem Dafürhalten etwas mehr Contenance gut angestanden. Nehmen Sie sich ein Vorbild an den Indianern, Bassett, hätte ich ihm gesagt, wenn das Klima zwischen uns besser gewesen wäre, und ihn darauf hingewiesen, daß diese Knaben es stets mit größter Heiterkeit erduldeten, wenn sie am Marterpfahl beidseitig geröstet wurden.
Eigentlich hätte man glauben sollen, eine derart peinliche Begegnung würde mich nach meiner Unterhaltung mit Spode – wenn man von Unterhaltung überhaupt sprechen kann – noch vollends verzagen lassen, doch das war mitnichten der Fall. So sehr freute mich die offizielle Bestätigung, wonach zwischen M. Bassett

und G. Fink-Nottle alles zum Besten stand, daß ich keinen Gedanken mehr daran verschwendete. Auch wenn man sich Schöneres denken kann, als in einem Haus zu weilen, dessen Besitzer, kaum bekommt er einen zu Gesicht, wie der Blitz davonsaust, um Trost im Alkohol zu suchen, sieht ein Wooster mit einem Schulterzucken über solche Nichtigkeiten hinweg. Als wenig später der Gong ertönte und zum Essen rief, befand ich mich in aufgekratzter Stimmung, ja, ich trällerte sogar ein Liedchen, als ich mir den Schlips geradezog und mich zum Futternapf aufmachte.

Das Dinner ist normalerweise die Mahlzeit, bei der Bertram zur Hochform aufläuft. Gewiß aber ist es die Mahlzeit, die mir am meisten Freude macht. Viele meiner glücklichsten Stunden habe ich in Gesellschaft von Suppe, Fisch, Fasan (oder was sonst auf dem Speiseplan steht), Soufflé, Früchten der Saison und einem krönenden Gläschen Portwein verbracht. Diese Dinge lassen mich in vorteilhaftestem Licht erscheinen. »Wooster«, so haben Bekannte von mir gelegentlich gesagt, »mag ja bei Tageslicht ein ziemlicher Blindgänger sein, aber wenn man die Welt in Finsternis taucht, die schummrige Beleuchtung anmacht, den Champagner entkorkt und ein Dinner in ihn hineinstopft, erlebt man sein blaues Wunder.«
Soll ich allerdings Krethi und Plethi mit meinem Charme verzaubern, stelle ich eine Bedingung: Die Gesellschaft muß umgänglich sein. Und etwas weniger Umgängliches als die sich an diesem Abend versammelnde Gesellschaft ist mir wohl im ganzen Leben noch nicht untergekommen. Sir Watkyn Bassett, der sich offenbar noch nicht erholt hatte von dem Schock, mich in seinem Haus anzutreffen, machte keinerlei Anstalten, den fröhlichen alten Gutsherrn zu spielen und Jubel, Trubel, Heiterkeit zu verbreiten. Immer wieder warf er mir über den Brillenrand böse Blicke zu und kniff die Augen zusammen,

als könne er einfach nicht glauben, daß ich wirklich da sei, um sich dann mit einem jähen Schaudern abzuwenden; sonst aber trug er wenig bis nichts zu der Feier des Geistes und dem Sprudeln des Gemüts bei, wie Jeeves es einmal formuliert hat. Hinzu kamen Spode (wuchtig und wortkarg), Madeline Bassett (trübselig und bedrückt), Gussie (anscheinend auch trübselig) und Stiffy (die in einer Art Tagtraum zu schweben schien) – mit einem Wort ein Bild, das einer Totenwache der weniger ausgelassenen Art ziemlich nahe kam.

Elegisch, das ist das Wort, nach dem ich gesucht habe. Die Atmosphäre war elegisch. Das Gelage hätte einem jener russischen Stücke entnommen sein können, die ich mir manchmal im Old Vic Theater mit Tante Agathas Sohn Thos zu Gemüte führen muß, auf daß er ein guter Mensch werde, denn in dieser Hinsicht hat Thos noch einiges nachzuholen.

Ungefähr in der Mitte der Mahlzeit schien es mir an der Zeit, daß endlich jemand etwas sagte, weshalb ich die Aufmerksamkeit des alten Bassett auf den Tafelschmuck lenkte. In jedem normalen Haus wäre dies eine Vase mit Blumen oder etwas ähnliches gewesen, doch da wir uns in Totleigh Towers befanden, stand dort eine kleine schwarze Figur, die aus einem Material gemeißelt war, auf dessen Namen ich gerade nicht kam. Sie war von einer so allumfassenden Scheußlichkeit, daß ich sie automatisch als ein Sammlerstück verbuchte, das Bassett wohl erst kürzlich erworben hatte. Mein Onkel Tom pflegt von Auktionen mit ganz ähnlichem Klumpatsch zurückzukehren.

»Die ist neu, nicht wahr?« fragte ich, und er zuckte heftig zusammen. Wahrscheinlich hatte er sich gerade erfolgreich eingeredet, ich sei bloß eine Schimäre, weshalb ihm die Einsicht, daß ich ein Mensch aus Fleisch und Blut war, so unter die Haut ging.

»Dieses Dingsda in der Tischmitte, das aussieht wie der Clown einer Minstrelshow. Das hatten Sie noch nicht, als ... äh ... als ich das letztemal hier war, oder?«
Ziemlich taktlos von mir, ihn an meinen letzten Besuch zu erinnern, über den ich wohl besser den Mantel des Schweigens gebreitet hätte, doch solche Dinge rutschen einem eben raus.
»Ja«, antwortete er nach heftigem Schaudern. »Es handelt sich um meine jüngste Anschaffung.«
»Papa hat es einem Herrn namens Plank abgekauft, der ganz in der Nähe, in Hockley-cum-Meston, wohnt«, erklärte Madeline.
»Ein reizendes kleines Bijou«, sagte ich. Beim Blick darauf tränten mir zwar fast die Augen, doch es konnte nicht schaden, dem alten Bassett Honig ums Maul zu schmieren. »So was hätte Onkel Tom sicher auch gern. O mein Gott!« sagte ich, denn eben war mir etwas eingefallen. »Tante Dahlia hat mir ja gestern am Telefon davon erzählt. Onkel Tom würde offensichtlich Gott weiß was geben, um es in seiner Sammlung zu haben. Ist ja auch kein Wunder. Sieht kostbar aus.«
»Es ist tausend Pfund wert«, sagte Stiffy, die aus ihrem Koma hochfuhr und zum erstenmal das Wort ergriff.
»Was du nicht sagst, so viel? Donnerwetter!« Ich fand es wirklich erstaunlich, daß sich diese Richter solche Auslagen leisten konnten, nur weil sie den Leuten über Jahre Bußen aufgebrummt und diese konsequent in die eigene Tasche gesteckt hatten. »Was ist denn das für ein Material? Speckstein?«
Prompt war ich ins Fettnäpfchen getreten.
»Bernstein«, fauchte mich der alte Bassett an und warf mir einen jener Blicke zu, die er mir schon am Polizeigericht in der Bosher Street in rauhen Mengen zugeworfen hatte. »Schwarzer Bernstein.«
»Ach ja, stimmt. Tante Dahlia hat den Namen erwähnt, jetzt fällt es

mir wieder ein. Sie hat in den höchsten Tönen davon gesprochen, wirklich in den allerhöchsten Tönen.«

»Tatsächlich?«

»O ja, durchaus.«

Ich hatte gehofft, dieser kurze Wortwechsel breche das Eis und bringe eine geistreiche Konversation in Gang, wie sie einst zwischen Männlein und Weiblein in jenen literarischen Salons betrieben wurde, von denen man so häufig liest. Weit gefehlt! Erneut trat Stille ein. Irgendwann war das Ende der Mahlzeit aber doch glücklich erreicht, und schon zwei Minuten später befand ich mich auf dem Weg in mein Zimmer, wo ich den Rest des Abends mit jenem Erle Stanley Gardner zu verbringen gedachte, den ich eingepackt hatte. Es hatte ja keinen Zweck, so fand ich, daß ich mich im Salon unters Volk mischte und von Spode anstarren, vom alten Bassett wie Luft behandeln und von Madeline Bassett bis zur Schlafenszeit auch noch mit alten englischen Volksliedern vollsäuseln ließ. Mir war bewußt, daß mein Davonschleichen einen Fauxpas darstellte, den jeder Autor einer Benimmfibel mit hochgezogenen Augenbrauen quittiert hätte, doch wenn uns das Leben eines beibringt, dann ist es das sichere Gespür dafür, wann man ein Bad in der Menge nehmen soll und wann nicht.

7. Kapitel

Ich habe es bisher nicht erwähnt, da ich zu sehr mit anderen Dingen beschäftigt war, doch während des Dinners hatte mich, wie man sich denken kann, etwas nicht losgelassen, nämlich das rätselhafte Verschwinden der Emerald Stoker.

Bei unserem gemeinsamen Mittagessen hatte sie mir klipp und klar gesagt, sie fahre noch am gleichen Nachmittag mit dem Vier-Uhr-Zug nach Totleigh. Mochte dieser Zug auch noch so gebummelt haben, mußte er irgendwann doch angekommen sein, denn auch Gussie war damit gefahren und hatte sich inzwischen eingefunden. Von ihr hingegen fehlte jede Spur. Nach reiflicher Prüfung aller Indizien konnte ich mir die Sache nur damit erklären, daß sie Wooster auf den Arm genommen hatte.

Doch warum? Mit welchem Motiv? Genau diese Fragen stellte ich mir, als ich die Treppe hochschlich, an deren Ende Erle Stanley Gardner auf mich wartete. Meinen Zustand als perplex und konfus zu bezeichnen, ist der Sache durchaus angemessen.

In meinem Gemach traf ich Jeeves bei der Erledigung seiner Dienerpflichten an, und ich legte ihm mein Problem sogleich vor.

»Jeeves, haben Sie je den Film *Eine Dame verschwindet* gesehen?«

»Nein, Sir. Ich besuche die Lichtspiele nur sehr selten.«

»Es geht darin um eine Dame, die verschwindet, wenn Sie mir folgen können, und ich komme hier einzig deshalb darauf zu sprechen, weil sich eine Bekannte von mir anscheinend in Luft aufgelöst hat – erblaßt wie ein leeres Schaugepräng', wie Sie es einmal ausgedrückt haben.«

»Höchst mysteriös, Sir.«

»Meine Rede. Umsonst suche ich nach einer Erklärung. Gestern mittag erzählte sie mir noch, sie fahre mit dem Vier-Uhr-Zug nach Totleigh Towers, und was ich eigentlich sagen will, ist bloß, daß sie nicht angekommen ist. Bestimmt erinnern Sie sich noch – ich ging mit ihr ins Ritz essen.«

»Jawohl, Sir. Sie trugen einen Tirolerhut.«

»Der Tirolerhut tut jetzt nichts zur Sache, Jeeves.«

»Nein, Sir.«

»Und falls es Sie interessiert: Im Drones Club haben etliche Leute wissen wollen, wo ich ihn herhabe.«

»Zweifellos, um einen großen Bogen um Ihr Hutgeschäft zu machen, Sir.«

Da mir weitere Diskussionen in diese Richtung fruchtlos erschienen, lenkte ich das Gespräch auf ein ersprießlicheres und weniger kontroverses Thema.

»Tja, Jeeves, Sie werden mit Freude vernehmen, daß alles in Butter ist.«

»Sir?«

»Ich rede von der Laute, über die wir uns unterhalten haben. Kein Sprung. Alles picobello. Ich weiß aus erster Hand, daß Miss Bassett und Gussie weiterhin ein Pärchen bilden. Meine Erleichterung läßt sich kaum in Worte fassen.«

Ich hatte zwar nicht direkt erwartet, daß er in die Hände klatschen und einen Freudensprung machen würde, denn so etwas tut er nie, aber die kühle Art, mit der er diese brandheißen Neuigkeiten aufnahm, traf mich doch unvorbereitet. Er ließ sich von meiner Fröhlichkeit überhaupt nicht anstecken.

»Ich fürchte, Sir, Sie sind da etwas zu blauäugig. Miss Bassetts Haltung mag ja durchaus die von Ihnen umrissene sein, doch auf Mr. Fink-Nottles Seite herrscht, wie ich mit Bedauern feststellen muß, ein gerüttelt Maß an Verstimmung und Groll.«

Das breite Lächeln, das mir eben noch im Gesicht gestanden hatte, schwand dahin. Jeeves' Bemerkungen lassen sich nur schwer in die Normalsprache übersetzen, doch die vorliegende hatte ich auf Anhieb erfaßt, weshalb mich blitzartig das durchfuhr, was die Franzosen einen *frisson* nennen.

»Sie meinen, sie begreift sich noch immer als Pärchenhälfte, er dagegen nicht?«

»Ganz recht, Sir. Ich bin Mr. Fink-Nottle vor den Stallungen begegnet, als ich gerade den Wagen parkte, und er vertraute mir seinen Kummer an. Mit Sorge vernahm ich seine Geschichte.«

Ein weiterer *frisson* durchfuhr meinen Körper, und ich hatte das lästige, mir aber nicht unvertraute Gefühl, daß eine ganze Karawane Tausendfüßler meine Wirbelsäule hinauf- und hinunterkrabbelte. Ich fürchtete das Schlimmste.

»Was ist denn passiert?« haspelte ich, falls haspeln der passende Ausdruck ist.

»Ich muß Ihnen leider mitteilen, Sir, daß Miss Bassett Mr. Fink-Nottle auf eine rein vegetarische Diät gesetzt hat. Verständlicherweise hat er vergrätzt und rebellisch darauf reagiert.«

Ich schwankte. Etwas so Grauenhaftes hatte ich mir selbst in meinen schlimmsten Träumen nicht vorgestellt. Obwohl man es nicht für möglich halten sollte, wenn man dieses zwergenhafte und nie ein Gramm Fett ansetzende Männchen sieht, ist Gussie ein ausgesprochener Schlemmer. Wenn ein Bandwurm im Drones Club zusehen könnte, wie Gussie seine Ration verputzt, würde er wohl voller Hochachtung den Hut ziehen, wüßte er sich doch in der Gesellschaft eines Meisters. Streicht man Gussie dagegen Braten und Suppenfleisch, insbesondere aber die kalte Nierenpastete – ein Gericht, das er buchstäblich zum Fressen gern hat –, bekommt man es mit einem Wesen zu tun, das zu Verrat, zu Räuberei und Tücken taugt, wie der Dichter sagt, einem

Burschen also, der eine Verlobung mir nichts, dir nichts löst. Als ich vorhin ins Zimmer getreten war, hatte ich mir gerade eine Zigarette anzünden wollen, doch nun glitt mir das Feuerzeug aus der kraftlosen Hand.

»Sie hat ihn zum *Vegetarier* gemacht?«

»So habe ich Mr. Fink-Nottle verstanden, Sir.«

»Keine Koteletts?«

»Nein, Sir.«

»Keine Steaks?«

»Nein, Sir.«

»Nur noch Spinat und ähnlichen Mist?«

»Dies war mein Eindruck, Sir.«

»Aber warum?«

»Miß Bassett soll neulich die Biographie des Dichters Shelley gelesen und sich dessen Ansicht zu eigen gemacht haben, daß Fleischverzehr ungeistig sei. Der Dichter Shelley vertrat in dieser Hinsicht sehr eherne Prinzipien.«

Wie in Trance hob ich das Feuerzeug vom Boden. Zwar wußte ich, daß Madeline B. in bezug auf Sterne, Kaninchen und die Frage, was geschieht, wenn sich Elfen ihr schnuckliges Näschen putzen, von größtmöglicher Hirnrissigkeit war, doch nie und nimmer hätte ich gedacht, daß ihre Macke solche Formen annehmen könnte. Aber als ich mir Gussie dabei vergegenwärtigte, wie er beim Dinner mit umwölkter Stirn in einer Substanz gestochert hatte, deren Ähnlichkeit mit Spinat nicht zu verkennen gewesen war, da wußte ich, daß die Geschichte stimmen mußte. Kein Wunder, daß Gussie in seiner seelischen Bedrängnis gesagt hatte, Madeline stehe ihm bis hierhin. Im gleichen Ton hätte sich wohl auch eine Pythonschlange über ihren Zoowärter geäußert, wäre dieser plötzlich darauf verfallen, ihr anstelle des täglichen Kaninchens Käsestangen vorzusetzen.

»Aber das ist ja furchtbar, Jeeves!«
»Zumindest recht betrüblich, Sir.«
»Wenn Gussie zur Weißglut gebracht wird, kann alles erdenkliche passieren.«
»Jawohl, Sir.«
»Können wir denn gar nichts tun?«
»Vielleicht wäre es Ihnen möglich, Miss Bassett gut zuzureden, Sir. *Ein* stichhaltiges Argument wüßte ich: Laut medizinischen Studien besteht die ideale Ernährung in einer ausgewogenen Synthese aus tierischen und pflanzlichen Stoffen. Von einer strikt vegetarischen Ernährung raten die meisten Ärzte ab, da diese nicht ausreichend Eiweiß bietet und besonders jenes einen Proteins ermangelt, das die vom Körper so dringend benötigten Aminosäuren enthält. Namhafte Experten haben sogar psychische Störungen auf einen diesbezüglichen Mangel zurückgeführt.«
»Und das würden Sie ihr erzählen?«
»Es könnte sich als nützlich erweisen, Sir.«
»Wohl kaum«, erwiderte ich und stieß verzagt einen Rauchkringel aus. »Ich glaube nicht, daß sie das umstimmt.«
»Wenn ich es mir genau überlege, muß ich Ihnen recht geben, Sir. Der Dichter Shelley betrachtete die Sache eher von einem moralischen denn von einem strikt medizinischen Standpunkt aus. Er fand, wir sollten anderen Lebensformen mit Ehrfurcht begegnen, und genau dieser Meinung scheint sich auch Miss Bassett angeschlossen zu haben.«
Ich stöhnte aus tiefster Seele auf.
»Zum Teufel mit dem Dichter Shelley! Soll er doch über einen offenen Schnürsenkel stolpern und sich das verdammte Genick brechen!«
»Dafür ist es zu spät, Sir. Er weilt nicht mehr unter den Lebenden.«
»Zur Hölle mit sämtlichem Gemüse!«

»Jawohl, Sir. Ihr Groll ist verständlich. Ich darf vielleicht erwähnen, daß sich die Köchin in ganz ähnlichen Worten geäußert hat, als ich sie über Mr. Fink-Nottles trauriges Los informierte. Ihr Herz schmolz, so sehr betrübte sie seine Drangsal.«

Ich war nicht in Stimmung, um mir Einzelheiten über den Aggregatszustand von Köchinnenherzen anzuhören, und wollte ihm dies auch schon mitteilen, als er fortfuhr.

»Sie bat mich, Mr. Fink-Nottle davon in Kenntnis zu setzen, daß es ihr ein Vergnügen wäre, ihm eine kalte Nierenpastete hinzustellen, falls er sich zu später Stunde, und nachdem die Hausbewohner zu Bett gegangen seien, in der Küche einfinden wolle.«

Es war, als lächelte die Sonne durch die Wolken – oder als hätte sich der krasse Außenseiter, auf den ich mein Geld gesetzt hatte, auf den letzten zehn Metern an seinen Rivalen vorbeigeschoben und mit einer halben Kopflänge Vorsprung gewonnen, denn die Gefahr, die die Achse Bassett–Fink-Nottle beinahe zerbrochen hätte, war abgewendet worden. Ich kannte meinen Gussie aus dem Effeff. Enthielt man ihm seine Proteine und Aminosäuren vor, verbitterte dies sein sonst so verträgliches Gemüt und machte aus ihm einen muffeligen Menschenhasser, den es einzig danach verlangte, seinen Liebsten an die Kehle zu springen, und zwar mit Anlauf. Doch hätte er als Ventil eine Nierenpastete, die es ihm erlaubte, seine natürlichen Instinkte auszuleben, dann würde sich der ganze Verdruß in Luft auflösen und er wieder der liebenswürdige alte Gussie werden. Die mürrische Miene würde durch das sanfte Lächeln, der gallige Seitenhieb durch das honigsüße Wort ersetzt, so daß sein Liebesleben wieder auf Touren käme. Ich fühlte tiefste Dankbarkeit für diese Köchin, deren Einfallsreichtum das Problem gelöst und das Kind geschaukelt hatte.

»Wer ist sie, Jeeves?«

»Sir?«
»Diese barmherzige Samariterin hinter dem Kochherd. Ich will sie in mein Nachtgebet einschließen.«
»Die Dame trägt den Namen Stoker, Sir.«
»*Stoker?* Sagten Sie eben Stoker?«
»Jawohl, Sir.«
»Seltsam!«
»Sir?«
»Ach, nichts. Bloß ein ziemlich komischer Zufall. Haben Sie Gussie schon davon erzählt?«
»Jawohl, Sir. Er hat sich äußerst kooperativ gezeigt. Kurz nach Mitternacht will er in der Küche vorstellig werden. Eine kalte Nierenpastete kann natürlich nur ein Notbehelf ...«
»Ganz im Gegenteil. Das ist doch Gussies Leibspeise. Ich habe im Drones Club schon erlebt, wie er sogar am Curry-Tag eine bestellt hat. Er liebt das Zeug.«
»Tatsächlich, Sir? Das ist ja überaus erfreulich.«
»Erfreulich, Sie sagen es! Und daraus lernen wir, Jeeves, daß man nie verzagen, nie die Flinte ins Korn werfen oder den Kopf in den Sand stecken soll, denn die Hoffnung stirbt zuletzt.«
»Jawohl, Sir. Haben Sie sonst noch einen Wunsch?«
»Keinen einzigen, danke. Mein Himmel hängt voller Geigen.«
»Dann wünsche ich Ihnen eine gute Nacht, Sir.«
»Gute Nacht, Jeeves.«
Nachdem er gegangen war, widmete ich mich noch ein halbes Stündchen meinem Erle Stanley Gardner, doch ich vermochte weder die Handlung noch die Schlüsselindizien im Auge zu behalten. Immer wieder schweiften meine Gedanken zu jener epochalen Köchin ab. Merkwürdig, so dachte ich, daß sie ausgerechnet Stoker hieß. Eine Verwandte vielleicht.

Ich sah die Frau genau vor mir. Eine dralle Brillenträgerin mit rotem Gesicht, vielleicht ein bißchen reizbar, wenn man sie beim Backen eines Kuchens oder beim Austüfteln einer Soße störte, doch sonst die Engelsgüte in Person. Zweifelsohne hatte ihr Gussies fahles Antlitz ans Herz gerührt (»das arme Kerlchen braucht was Anständiges zwischen die Zähne«), oder aber sie hatte eine Schwäche für Goldfische und fühlte sich zu ihm hingezogen, da er sie an einen solchen erinnerte. Vielleicht war sie auch einfach eine Pfadfinderin. Welches Motiv sich hinter ihrer guten Tat auch verbergen mochte – um Bertram hatte sie sich fraglos verdient gemacht, weshalb ich mir vornahm, sie bei der Abreise mit einem dicken Trinkgeld zu bedenken. Ich würde mit den Goldstücken nur so um mich werfen.
Ich hing immer noch solchen Gedanken nach und kam mir von Minute zu Minute großmütiger vor, als Gussie höchstselbst hereinspazierte. Sein Antlitz hatte ich mir nicht ohne Grund fahl vorgestellt. Er trug die unverkennbaren Züge eines Mannes, der seit Wochen nichts als Spinat gefuttert hat.
Ich nahm an, daß er gekommen war, um zu erfahren, was ich in Totleigh Towers suchte, denn dies mußte zwangsläufig seine Neugier geweckt haben. Doch er zeigte daran nicht das geringste Interesse, sondern verfiel augenblicklich in die schärfste Schimpftirade, die mir je gegen die Welt des Gemüses zu Ohren gekommen ist, wobei Rosenkohl und Brokkoli seltsamerweise noch schlechter abschnitten als Spinat, welchen ich eigentlich als Hauptthema erwartet hätte. Es dauerte ein ganzes Weilchen, bis ich zu Wort kam, doch als es soweit war, triefte meine Stimme von Mitgefühl.
»Ja, Jeeves hat mir davon erzählt«, sagte ich, »und mir hat das Herz geblutet.«
»Kübelweise, will ich hoffen, sofern du auch nur einen Funken Anstand hast«, brauste er auf. »Es ist mit Worten nicht zu ermessen,

was für Qualen ich ausgestanden habe, besonders während meiner Zeit in Brinkley Court.«

Ich nickte, denn mir war klar, was für ein Martyrium das gewesen sein mußte. Für einen temporären Vegetarier gibt es wohl keinen ungeeigneteren Aufenthaltsort als Brinkley, denn dort führt Tante Dahlias phänomenaler Koch Anatole das Tranchiermesser. Schon oft tat es mir, wenn ich als Gast bei der alten Blutsverwandten weilte, in der Seele leid, daß ich nur einen Magen hatte, um die abendliche Speisenfolge zu würdigen.

»Abend für Abend mußte ich Anatoles unerreichte Köstlichkeiten zurückweisen, und wenn ich dir verrate, daß er uns zweimal hintereinander seine *Mignonettes de poulet petit duc* und einmal die *Timbales de ris de veau Toulousaine* aufgetischt hat, kannst du dir ungefähr vorstellen, was ich durchgemacht habe.«

Da ich immer gern ein bißchen Glück ins Leben meiner Mitmenschen zaubere, wies ich ihn sogleich auf den Silberstreif am Horizont hin.

»Deine Qualen müssen entsetzlich gewesen sein«, stimmte ich ihm zu. »Aber Kopf hoch, Gussie. Denk an die kalte Nierenpastete.«

Ich hatte den richtigen Ton getroffen. Seine verhärmte Miene entspannte sich.

»Jeeves hat dir davon erzählt?«

»Er hat gesagt, die Köchin werde sie dir bereitstellen, und da dachte ich, sie sei bestimmt eine Perle unter den Frauen.«

»Und das ist noch zurückhaltend formuliert. Sie ist ein Engel in Menschengestalt. Ich habe ihre unermeßlichen Vorzüge auf den ersten Blick erkannt.«

»Dann hast du sie also gesehen?«

»Na selbstverständlich! Du wirst doch noch wissen, wie wir uns über sie unterhalten haben, bevor ich mit dem Taxi zur Paddington

Station fuhr. Aber was dich auf die Idee gebracht hat, sie sehe wie ein Pekinese aus, ist mir ein Rätsel.«

»Was? Wer?«

»Emerald Stoker. Sie sieht überhaupt nicht wie ein Pekinese aus.«

»Was hat denn Emerald Stoker damit zu tun?«

Er zeigte sich überrascht.

»Hat sie dir das denn nicht erzählt?«

»Was erzählt?«

»Daß sie nach Totleigh Towers fahre, um die Stelle als Köchin anzutreten.«

Ich glotzte. Zuerst dachte ich, die Entbehrungen, denen sich dieser Molchfreund gegenwärtig ausgesetzt sah, hätten sein Gehirn aufgeweicht.

»Hast du eben *Köchin* gesagt?«

»Erstaunlich, daß sie dir das nicht erzählt hat. Sie dachte wohl, ein solches Geheimnis könne man dir nicht anvertrauen. Bestimmt hat sie dir die Plaudertasche an der Nasenspitze angesehen. Jawohl, sie ist die Köchin.«

»Aber *warum* ist sie die Köchin?« kam ich sogleich auf das Kernproblem zu sprechen.

»Das hat sie mir im Zug haarklein erklärt. Offenbar ist sie auf den monatlichen Zuschuß ihres Vaters aus New York angewiesen und kommt damit normalerweise auch ganz gut über die Runden. Doch Anfang Monat hat sie ihr Geld eher unglücklich auf der Rennbahn investiert. Sunny Jim beim Drei-Uhr-Rennen in Kempton Park.«

Ich erinnerte mich an das Pferd. Nur kluge Umsicht hatte mich damals abgehalten, selber ein paar Scheinchen zu riskieren.

»Der Gaul lief in einem Siebenerfeld auf Rang sechs, so daß sie alles verlor. Nun aber mußte sie sich entscheiden, ob sie ihren Vater um Bares angehen sollte, was ein umfassendes Geständnis ihrer kopflosen

Tat erfordert hätte, oder ob sie sich eine einträgliche Stelle suchen sollte, die sie, wie sie es ausdrückte, bis zum Eintreffen der Königlichen Kavallerie über Wasser halten würde.«

»Aber sie hätte doch mich oder ihre Schwester Pauline anpumpen können.«

»Du Armleuchter, ein Mädchen wie sie borgt sich kein Geld. Dafür ist sie viel zu stolz. Sie beschloß also, Köchin zu werden. Mir erzählte sie, ihre Wahl habe schon nach dreißig Sekunden festgestanden.«

Das überraschte mich nicht. Hätte sie dem väterlichen Elternteil reinen Wein eingeschenkt, wäre ein wahres Inferno über sie hereingebrochen. Der alte Stoker gehörte nicht zu den Vätern, die nachsichtig lachen, wenn sie erfahren, daß die Tochter beim Pferderennen das letzte Hemd inklusive Mieder verwettet hat. Wahrscheinlich hat er in seinem ganzen Leben nie nachsichtig gelacht. Ich jedenfalls habe ihn noch kein einziges Mal auch nur lächeln sehen. Wäre er über das Treiben seiner Tochter unterrichtet worden, hätte er zweifellos Zustände gekriegt und sie zum reinen Vasallen degradiert. Ich habe schon miterleben müssen, wie der alte Ziegenbock vom Leder gezogen hat, und kann bestätigen, daß sein Siedepunkt sehr niedrig ist. Völlig zu Recht hatte sie beschlossen, daß Schweigen Gold war.

Ich hakte den mysteriösen Fall der Emerald Stoker mit großer Erleichterung als gelöst ab, denn ich stehe nur ungern wie der Ochs vorm Berg, und die Sache hatte mich doch ziemlich beschäftigt. Trotzdem bedurfte das eine oder andere Detail noch der Klärung.

»Was hat sie denn ausgerechnet nach Totleigh gebracht?«

»Dafür war wohl ich verantwortlich. Bei der Vernissage muß ich erwähnt haben, daß Sir Watkyn nach einer Köchin Ausschau halte, und dabei steckte ich ihr vermutlich seine Adresse zu, denn sie bewarb sich um die Stelle und bekam sie auch prompt. Diese jungen Amerikanerinnen sind voller Tatendrang.«

»Und, gefällt ihr die Arbeit?«
»Laut Jeeves ausgesprochen gut. Sie bringt dem Butler Rommé bei.«
»Hoffentlich rupft sie ihn nach allen Regeln der Kunst.«
»Das wird sie ohne Zweifel tun, sobald er das Spiel so gut beherrscht, daß er um Geld spielen kann. Und sie hat mir auch erzählt, daß ihr das Kochen Spaß macht. Wie kocht sie denn?«
Diese Frage konnte ich beantworten. Ich war schon ein- oder zweimal bei ihr zum Abendessen eingeladen gewesen, und es hatte mir ausgezeichnet gemundet.
»Ihre Speisen zergehen förmlich auf der Zunge.«
»Auf meiner bisher nicht«, sagte Gussie bitter. »Was soll's?« fügte er hinzu, und ein sanfterer Schimmer trat in seine Augen. »Mir bleibt ja die Nierenpastete.«
Und in dieser aufgeheiterten Stimmung entfernte er sich.

8. *Kapitel*

Es war schon ziemlich spät, als ich die Lektüre meines Erle Stanley Gardner beendete, und noch später, als ich aus dem leichten Schlummer hochfuhr, in den ich nach Zuklappen des Buches gesunken war. Totleigh Towers hatte längst Feierabend gemacht, und im ganzen Haus herrschte Stille, wenn man von dem rätselhaften Knurren absah, das aus meinem Inneren ertönte. Nachdem ich diesem eine Zeitlang nachgelauscht hatte, erkannte ich seine Ursache. Ich hatte nur wenig zu Abend gegessen, was sich jetzt in einem mordsmäßigen Kohldampf ausdrückte.

Ich weiß nicht, ob der Leser auch schon ähnliche Erfahrungen gemacht hat – ich jedenfalls habe des öfteren festgestellt, daß mir selbst Lappalien auf den Magen schlagen. Ist die Atmosphäre beim Mittag- oder Abendessen vergiftet, wie man so schön sagt, wirkt sich das meistens negativ auf meinen Appetit aus. So war es mir schon oft an Tante Agathas Tafel gegangen, und nicht anders ging es mir an diesem Abend. Wegen der Anstrengung, die es für mich bedeutet hatte, vom alten Bassett angefunkelt zu werden und hastig wegzugucken, von Spode angefunkelt zu werden und hastig wegzugucken, und anschließend wieder vom alten Bassett angefunkelt zu werden, war ich dem gewiß vortrefflichen Schmaus, den Emerald Stoker uns vorgesetzt hatte, in keinster Weise gerecht geworden. Man liest manchmal Geschichten, in denen jemand nur im Essen herumstochert oder den Teller von sich schiebt, ohne davon gekostet zu haben, und ganz ähnlich war es auch mir ergangen. Daher rührte nun dieses flaue Gefühl im Magen, als hätte mir eine unsichtbare Hand mit einem Suppenlöffel die Eingeweide rausgeschaufelt.

Das gebieterische Verlangen nach Nahrung hatte sich wahrscheinlich schon während der Erle-Stanley-Gardner-Lektüre gemeldet, doch ich war so versessen darauf gewesen, die Mordwaffe, den Ersatzrevolver und jenen anderen Revolver, den Perry Mason in der Strauchrabatte verbuddelt hatte, nicht aus den Augen zu verlieren, daß es mir gar nicht aufgefallen war. Jetzt aber warf sich das Hungergefühl so richtig ins Zeug, und immer deutlicher trat mir dabei das Bild jener Nierenpastete vor Augen, die in der Küche wartete; und dabei glaubte ich eine leise Stimme zu hören, die mir zurief: »Komm mich holen!«

Es ist schon komisch, wie häufig man erlebt, daß aus dem Bösen das Gute erwächst, um es mit einer bekannten Wendung auszudrücken. Dies war ein glänzendes Beispiel dafür. Meinen früheren Aufenthalt in Totleigh Towers hatte ich stets als Reinfall verbucht. Nun aber erkannte ich, daß das ein Irrtum gewesen war. Diese Tortur hatte für meine Nerven zwar eine gewaltige Zerreißprobe bedeutet, doch *einen* Bonus hatte sie immerhin abgeworfen: Ich hatte erfahren, wie man in die Küche gelangte. Die Route führte die Treppe hinunter, durch die Eingangshalle hindurch, in das Eßzimmer hinein und schließlich durch die Tür am anderen Ende. Hinter jener Tür aber vermutete ich eine Art Flur oder Korridor, der einen wohl direkt in den Nierenpasteten-Sektor brachte. Ein simpler Ausflug und verglichen mit anderen, die ich nächtens schon unternommen habe, ein reiner Klacks.

Gedacht, getan, so lautet die Woostersche Lebensmaxime, und keine zwei Minuten später war ich schon unterwegs.

Auf der Treppe herrschte Finsternis, und genau die gleiche, wenn nicht noch größere Finsternis herrschte auch in der Eingangshalle. Trotzdem kam ich leidlich voran und hatte schon die halbe Strecke durch die Halle hinter mir, als etwas völlig Unvorhergesehenes passierte. Ich stieß in einen menschlichen Körper – so ungefähr das letzte, womit ich gerechnet hatte, und einen Moment lang … na ja, ich will nicht behaupten, mir sei schwarz vor Augen geworden, denn das war es ja bereits, aber etwas entgeistert war ich schon. Mein Herz vollführte einen dieser spektakulären Sprünge, die Nijinski einst im Russischen Ballett dargeboten hatte, und ich verspürte den dringenden Wunsch, anderswo zu weilen.

Da ich aber nicht anderswo weilte, hatte ich keine andere Wahl, als mich mit diesem mitternächtlichen Marodeur zu raufen. Nachdem ich mich schon dazu angeschickt hatte, stellte ich mit Erleichterung fest, daß der Betreffende als Knabe offenbar zuviel geraucht und eine entsprechende Wachstumsstörung erlitten hatte. Ihm eignete etwas Gnomenhaftes, was mich sehr mutig stimmte. Ich hatte das Gefühl, daß es ein Leichtes sein müßte, ihn in den Schwitzkasten zu nehmen, und wollte mich schon mit Verve auf diese Aufgabe stürzen, als meine Hand gegen Augengläser stieß und ein ersticktes »Mensch, Achtung, meine Brille!« mir anzeigte, daß ich eine komplette Fehldiagnose gestellt hatte. Dies war mitnichten ein Dieb in der Nacht, sondern ein alter Kumpel, mit dem ich als Knabe oft meinen letzten Schokoriegel geteilt hatte.

»Ach, grüß dich, Gussie«, sagte ich. »Bist das du? Ich habe dich für einen Einbrecher gehalten.«

Eine gewisse Schroffheit schwang in seiner Antwort mit.

»Das bin ich aber nicht.«

»Nein, das wird mir jetzt auch klar. Ein verzeihlicher Fehler, findest du nicht?«

»Deinetwegen habe ich fast einen Herzinfarkt gekriegt.«

»Auch ich bin leicht erschrocken. Keiner war überraschter als der Unterzeichnete, als du plötzlich vor mir gestanden hast. Ich dachte, ich hätte freie Bahn.«

»Wohin denn?«
»Was für eine Frage! Zur Nierenpastete natürlich! Falls du davon noch was übriggelassen hast.«
»Ja, es ist noch ziemlich viel da.«
»Und, hat sie geschmeckt?«
»Vorzüglich.«
»Dann mache ich mich jetzt besser auf die Socken. Gute Nacht, Gussie. Bitte entschuldige die Unannehmlichkeiten.«
Als ich meinen Weg fortsetzte, verlor ich wohl etwas die Orientierung. Zweifellos hatte mich die jüngste Begegnung aus dem Konzept gebracht. Solche Zusammenstöße gehen nie spurlos an einem vorüber. Kurz und gut, es spielte sich folgendes ab: Als ich mich an der Wand entlangtastete, prallte ich gegen ein Möbelstück, genauer gesagt gegen eine Standuhr, deren Existenz ich nicht eingeplant hatte, und diese stürzte mit einem solchen Getöse um, wie wenn eine ganze Wagenladung Kohlen durch das Dach eines Wintergartens gekippt worden wäre. Glas zerbarst, Rollen und ähnliches Zeug wurden aus der Verankerung gerissen, und während ich noch mein Herz aus den Schneidezähnen zu lösen versuchte, in denen es sich verfangen hatte, ging das Licht an, und ich erblickte Sir Watkyn Bassett.
Die Peinlichkeit war mit Händen zu greifen. Es ist ja schlimm genug, von seinem Gastgeber mitten in der Nacht beim Herumstreifen in seinem Haus erwischt zu werden, wenn es sich bei besagtem Gastgeber um einen glühenden Bewunderer und engen Freund handelt, doch ich habe wohl hinreichend klargemacht, daß ich den alten Bassett nicht unbedingt zu meinen Fans rechnen durfte. Mein Anblick war ihm schon bei Tageslicht eine Qual, und morgens um eins machte ich auf ihn bestimmt einen noch abstoßenderen Eindruck.

Die Empfindung, eine Sahnetorte ins Gesicht bekommen zu haben, intensivierte sich noch durch den Anblick seines spektakulären Morgenrocks. Er war ein kleiner Mann (wenn man ihn so sah, hätte man glauben können, bei der Erschaffung der Richterkaste sei das Material knapp geworden, als die Reihe an ihn gekommen war), und aus einem schwer zu durchschauenden Grund verhält es sich fast immer so: je kürzer der Altrichter, desto schreiender sein Morgenrock. Die Farbe seines Exemplars war ein grelles Purpur, versetzt mit gelben Fröschen, und ich täusche meine Leser keineswegs, wenn ich behaupte, daß ich wie vom Donner gerührt war und keine Worte fand.
Nicht, daß ich zwanglos parliert hätte, wenn seine Außenhülle in einem dezenten Dunkelblau gehalten gewesen wäre. Man fühlt sich wohl nie ganz unbefangen in Gesellschaft eines Mannes, vor dessen Richterstuhl man einst »Ja, Euer Ehren« und »Nein, Euer Ehren« gesagt hat und von dem man darüber aufgeklärt worden ist, daß man noch von Glück reden könne, nur eine Geldstrafe und nicht vierzehn Tage Zuchthaus aufgebrummt zu bekommen. Hier kam verschärfend hinzu, daß ich gerade eine Standuhr zerschmettert hatte, deren Wohl und Wehe dem Betreffenden zweifelsohne am Herzen lag. Doch es war ohnehin er und nicht ich, der das Gespräch eröffnete.
»Großer Gott!« sprach er in offenkundigem Entsetzen. »Sie!«
Ich weiß nie recht – und werde es wohl auch nie erfahren –, welche Antwort ich einem Menschen geben soll, der »Sie!« zu mir sagt. Ein sanftes »Oh, hallo!« war noch das Beste, was ich zustande brachte, und ich spürte gleich, daß es nicht das Wahre war. Immer noch besser als »Da schau her, der alte Bassett!«, aber trotzdem nicht das Wahre.
»Ob ich wohl erfahren dürfte, was Sie um diese Zeit hier verloren haben, Mr. Wooster?«
Selbstverständlich hätte ich nun in ein helles Lachen ausbrechen

und antworten können: »Ich werfe Standuhren um«, zwecks Auflockerung der Stimmung sozusagen, doch irgend etwas sagte mir, daß das wohl nicht besonders gut ankäme. Doch in diesem Moment durchzuckte mich ein wahrer Geistesblitz.

»Ich kam herunter, um mir ein Buch zu borgen. Ich war fertig mit meinem Erle Stanley Gardner und konnte nicht einschlafen, weshalb ich mal nachsehen wollte, ob sich auf Ihrem Bücherbord etwas Passendes finde. Und in der Dunkelheit stieß ich dann mit der Uhr zusammen.«

»Soso?« sagte er und versetzte das Wort mit reichlich Süffisanz. Ich hätte wohl schon früher erwähnen sollen, daß dieser zu kurz geratene Haderlump während seiner Karriere auf dem Richterstuhl einer jener garstigen, sarkastischen Kadis gewesen ist, die sich unter den Vertretern des Verbrechertums wenig Freunde machen. Man kennt den Typ. Ihre Seitenhiebe finden sich in den Abendblättern, in Klammern meist durch das Wort »Gelächter« ergänzt, und jeder Tag scheint ihnen verloren, an dem sie nicht wenigstens einen armen Taschendieb oder Trunkenbold zur Schnecke gemacht haben. Ich weiß noch, wie er das Publikum damals, als wir uns am Polizeigericht in der Bosher Street gegenüberstanden, in den ersten zwei Minuten dreimal mit dreckigen Witzen auf meine Kosten zu Lachkrämpfen hinriß, was mich in erhebliche Verwirrung stürzte. »Soso?« sagte er jetzt. »Ob ich wohl erfahren dürfte, warum Sie Ihren literarischen Studien in der Dunkelheit nachgehen? Es sollte doch selbst einem minderbemittelten Menschen wie Ihnen möglich sein, auf den Lichtschalter zu drücken.«

Damit hatte er mich natürlich auf dem falschen Fuß erwischt. Ich konnte lediglich erwidern, daß ich nicht daran gedacht hätte, was ihn verächtlich die Nase rümpfen ließ, als wolle er andeuten, daß ich exakt die Sorte von gehirnamputierter Dumpfbacke sei, die an solche

Dinge nicht denkt. Dann wandte er sich dem Thema der Uhr zu, welches ich lieber nicht ventiliert hätte. Er meinte, diese Uhr habe ihm von jeher am Herzen gelegen und sei geradezu sein Augenstern gewesen.

»Mein Vater hat sie vor vielen, vielen Jahren gekauft und überallhin mitgenommen.«

Hier hätte ich abermals für Auflockerung sorgen können mit der Frage, ob es sein alter Herr nicht bequemer gefunden hätte, eine Armbanduhr zu tragen, doch erneut spürte ich, daß er nicht in Stimmung war.

»Mein Vater war im diplomatischen Dienst und wurde ständig von hierhin nach dorthin versetzt, doch von seiner Uhr trennte er sich nie. Sie begleitete ihn, ohne einen Kratzer abzubekommen, von Rom nach Wien, von Wien nach Paris, von Paris nach Washington, von Washington nach Lissabon. Man hätte glauben können, sie sei unzerstörbar. Die wahre Feuerprobe stand ihr aber noch bevor, nämlich das Zusammentreffen mit Mr. Wooster, was offensichtlich zuviel für sie war. Es fiel Mr. Wooster eben nicht ein – schließlich kann der Mensch nicht an alles denken –, daß sich mit Hilfe eines Schalters Licht machen läßt, und deshalb stieß er …«

Hier verstummte er, und zwar nicht so sehr, weil er mit seinen Ausführungen am Ende gewesen wäre, sondern weil ich an dieser Stelle des Gesprächs auf eine große Kommode hechtete, die etwa zwei Meter vom Ort unseres Plausches entfernt stand. Unterwegs berührte ich den Boden allenfalls einmal, aber bestimmt nicht mehr als das, und auch dieses eine Mal keineswegs freiwillig. Selbst über glühende Kohlen wäre ich nicht flinker gegangen.

Und für mein Handeln hatte ich durchaus plausible Gründe. In der Schlußphase seiner Ausführungen über die Standuhr hatte ich immer deutlicher ein seltsames Geräusch vernommen, so als gurgelte jemand in der Nähe mit Mundwasser, und als ich mich umdrehte, sah ich die Augen des Hundes Bartholomew, die mich mit jenem drohenden Ingrimm fixierten, der für diese Hunderasse so typisch ist. Vielleicht liegt es an ihren buschigen Augenbrauen – jedenfalls blicken einen Scotchterrier immer an, als ständen sie auf der Kanzel einer besonders strengen schottischen Religionsgemeinschaft und hätten vor sich, in der ersten Reihe des Parketts, ein Gemeindemitglied von zweifelhaftem Ruf.

Nicht, daß ich seinen Augen viel Beachtung geschenkt hätte. Meine ganze Aufmerksamkeit galt seinen Zähnen. Er hatte ein vortreffliches Gebiß, das er fletschte; und blitzartig schossen mir dabei sämtliche Geschichten durch den Kopf, die ich je über seinen Hang gehört hatte, erst zu beißen und dann zu fragen. Deshalb auch der lebensrettende Sprung. Wir Woosters sind zwar mutig, doch unnötige Risiken meiden wir.

Der alte Bassett war sichtlich verdattert, und erst als auch er Bartholomew erblickte, ließ er die von ihm zu Beginn wohl favorisierte Theorie fallen, daß meine Schüssel einen Sprung erlitten habe und ich gut daran täte, schleunigst einen Nervenarzt zu konsultieren. Er musterte Bartholomew abschätzig und redete ihn an, als erschiene dieser vor ihm am Polizeigericht.

»Weg da, Sir! Platz, Sir! Weg da!« schnarrte er, falls schnarren das passende Wort ist.

Nun ja, ich hätte ihm sagen können, daß man mit einem Scotchterrier nicht so reden kann, denn keine Hunderasse – von Dobermannpinschern vielleicht einmal abgesehen – fühlt sich schneller pikiert.

»Unerhört, daß meine Nichte diesen Höllenhund frei …«

»… herumlaufen läßt«, hatte er wohl sagen wollen, doch die beiden Wörter blieben ihm im Halse stecken. Die Situation rief nach beherzten Taten und nicht nach großen Reden. Das Gurgeln war angeschwollen, und Bartholomew ließ seine Muskeln spielen und wurde immer aktiver. Er regte sich, er rührte sich, und neues Leben schien durch seine Glieder zu zucken, wie mal einer gesagt hat, und der alte Bassett segelte wie auf Adlerschwingen zu mir auf die Kommode, wobei er eine Hurtigkeit an den Tag legte, die ich ihm gar nicht zugetraut hätte. Ob er meinen Rekord um ein, zwei Sekunden unterbot, kann ich nicht sagen, doch ich würde es nicht ausschließen.

»Das ist doch wohl die Höhe!« rief er, als ich galant zur Seite rutschte, um ihm Platz zu machen, und mir leuchtete sein Standpunkt durchaus ein. Nachdem er seine Schäfchen ins Trockene gebracht hatte, verlangte er vom Leben einzig und allein, daß ihm der intime Umgang mit Bertram Wooster erspart blieb, und nun hockte er in trauter Zweisamkeit – um es einmal so zu formulieren – neben diesem auf einer recht unkommoden Kommode. Ein gewisser Unmut konnte da nicht ausbleiben.

»Sieht nicht gut aus«, gab ich ihm recht. »Das Verhalten dieses Vierbeiners ist in der Tat kritikwürdig.«

»Offensichtlich ist er nicht ganz bei Trost. Er kennt mich doch genau. Er sieht mich jeden Tag.«

»Aha«, erwiderte ich und legte den Finger sogleich auf die Schwachstelle seines Arguments, »aber ich glaube nicht, daß er Sie je in diesem Morgenrock gesehen hat.«

Ich war zu unverblümt gewesen. Augenblicklich gab er mir zu verstehen, daß er Anstoß genommen hatte.

»Was gibt es an meinem Morgenrock auszusetzen?« wollte er unwirsch wissen.

»Vielleicht eine Nuance zu grell, finden Sie nicht auch?«

»Nein, finde ich nicht.«

»Aber ein reizbarer Hund könnte dieser Täuschung erliegen.«
Ich hielt inne und kicherte leise, und er fragte mich, was zum Teufel es da zu glucksen gebe. Ich klärte ihn auf.
»Mir ist nur gerade eingefallen, daß es schön wäre, der reizbare Hund erläge tatsächlich, aber nicht etwa einer Täuschung, sondern seinen Verletzungen. Dummerweise hat man in solchen Situationen aber nie eine Waffe zur Hand. Das war vor ein paar Jahren nicht anders, als ein erboster Schwan meine Wenigkeit und einen Freund auf das Dach eines Bootshauses auf dem Anwesen meiner Tante Agatha in Hertfordshire hetzte. Es wäre ganz nach unserem Geschmack gewesen, dem Federvieh einen Pflasterstein nachzuwerfen oder es mit einem Bootshaken zu verdreschen, doch wir hatten keinen Pflasterstein und ermangelten des Bootshakens. Deshalb mußten wir warten, bis Jeeves des Wegs kam, was er, herbeigelockt von unseren Hilferufen, schließlich auch tat. Sie wären entzückt gewesen, hätten Sie Jeeves damals beobachten können. Unerschrocken schritt er einher und …«
»Mr. Wooster!«
»Hier!«
»Verschonen Sie mich bitte mit Ihren Reminiszenzen!«
»Ich wollte nur sagen …«
»Lassen Sie's bleiben!«
Ein Schweigen trat ein, das meinerseits von Gekränktheit rührte, denn ich hatte ihn bloß mit lockerem Geplauder auf andere Gedanken bringen wollen. Ostentativ rückte ich etwa eine halbe Handbreit von ihm weg. Wir Woosters wollen uns niemandem aufdrängen.
Bartholomew hatte schon die ganze Zeit unsere Nähe gesucht, indem er eine Reihe energischer Sprünge vollführte. Gottlob hat die Vorsehung in ihrer unendlichen Weisheit diesen Scotties kurze Beine

gegeben, weshalb seine Versuche bei allem Siegeswillen zum Scheitern verurteilt waren. Mag sich ein Scotchterrier auch noch so ins Zeug legen, am Ende muß er sich fast immer mit garstigen Blicken und schrillem, leidenschaftlichem Gebell begnügen.
Einige Minuten später brach mein Beisitzer das Schweigen. Zweifellos hatte ihn mein hochmütiges Verhalten eingeschüchtert, denn in seiner Stimme schwang nun eine Sanftmut mit, die ich zuvor schmerzlich vermißt hatte.
»Mr. Wooster.«
Ich wandte mich kühl nach ihm um.
»Haben Sie das Wort an mich gerichtet, Bassett?«
»Irgend etwas müssen wir doch tun.«
»Brummen Sie dem Hund eine Geldstrafe von fünf Pfund auf.«
»Wir können nicht die ganze Nacht hierbleiben.«
»Und wieso nicht? Was sollte uns daran hindern?«
Dies gab ihm zu denken, und er verfiel in neuerliches Schweigen. Und so saßen wir immer noch wie zwei Trappistenmönche da, als eine Stimme »Hat man Töne!« rief und ich sah, daß Stiffy zu uns gestoßen war.
Es war natürlich damit zu rechnen gewesen, daß sie früher oder später eintrudeln würde. Wo ein Scottie, dort auch Stiffy, hätte ich mir eigentlich sagen können.

9. Kapitel

Bedenkt man, daß Stiffy so viele ihrer wachen Stunden darauf verwendet, nichtsahnende Menschen in die tiefste Bredouille zu bringen, dann ist sie weitaus hübscher, als sie es von Rechts wegen sein dürfte. Sie ist etwas klein geraten – »von zierlichem Wuchs«, so lautet wohl der Fachausdruck –, und ich bin schon immer der Meinung gewesen, daß der krasse Größenunterschied zwischen ihr und Stinker für den einen oder anderen Lacher auf den Logenplätzen sorgen wird, falls die beiden irgendwann doch noch vor den Altar treten sollten. Mehr als einmal habe ich mir gedacht, daß es für Stinker auf die Frage des Zeremonienmeisters, ob er die hier anwesende Stephanie zu seiner Frau nehmen wolle, im Grunde nur eine Antwort gibt: »Klar doch, im Rahmen des Vorhandenen.«

»Um Himmels willen, was treibt ihr da oben?« verlangte sie zu wissen, denn es überraschte sie natürlich, ihren Onkel mit einem alten Freund so dahocken zu sehen. »Und warum habt ihr die Möbel umgeworfen?«

»Das war mein Werk«, antwortete ich. »Ich bin mit der Standuhr kollidiert. Was das Umwerfen von Möbelstücken angeht, kann ich es bald mit Stinker aufnehmen, haha.«

»Schenk dir dein Haha!« brauste sie auf. »Und sprich nie wieder im gleichen Atemzug von dir und meinem Harold! Aber das erklärt noch lange nicht, warum ihr da oben hockt wie zwei Bussarde auf einem Baumwipfel.«

Der alte Bassett reagierte schnippischer denn je. Ihr Bussardvergleich schien ihn, so treffend er war, mächtig zu wurmen.

»Dein Hund hat uns wie eine räudige Bestie angefallen.«

»Nicht so sehr angefallen«, sagte ich, »als böse angefunkelt. Wir haben ihn nicht dazu kommen lassen, uns anzufallen, denn es schien uns das beste, seinem Einflußbereich zu entfliehen, bevor er zur Tat schreiten konnte. Seit zwei Stunden – so lange kommt es mir jedenfalls vor – versucht er nach uns zu schnappen.«

Eilends stellte sie sich vor ihren Wauwau.

»Wollt ihr dem armen Schätzchen etwa einen Strick daraus drehen? Er hat euch natürlich für internationale Spione im Solde Moskaus gehalten. Was habt ihr auch mitten in der Nacht durchs Haus zu schleichen? Bei Bertie kann ich das ja noch verstehen, weil er als Baby einmal auf den Kopf gefallen ist, aber über dich, Onkel Watkyn, muß ich mich schon wundern. Warum legst du dich nicht schlafen?«

»Ich würde mich furchtbar gern schlafen legen«, erwiderte der alte Bassett kühl, »wenn du die Güte hättest, diesen Hund zu entfernen. Er ist eine Gefahr für die Menschheit.«

»Äußerst reizbar«, ergänzte ich. »Gerade vorhin haben wir uns über diesen Punkt unterhalten.«

»Er ist schon in Ordnung, solange man ihn nicht mit allen möglichen Mitteln aufstachelt. Husch ins Körbchen, Bartholomew, kleiner Strolch«, sagte Stiffy, und derart stark war ihr Charisma, daß das Untier wortlos auf dem Absatz kehrtmachte und in die Nacht verschwand.

Der alte Bassett stieg von der Kommode und betrachtete mich mit trüben Richteraugen.

»Gute Nacht, Mr. Wooster. Falls Sie noch weitere Möbelstücke kurz und klein schlagen wollen, verfahren Sie bitte ganz nach Ihren persönlichen Vorlieben«, sagte er und verschwand ebenfalls in der Nacht.

Stiffy blickte ihm versonnen nach.

»Onkel Watkyn scheint dir nicht grün zu sein, Bertie. Schon beim

Abendessen ist mir aufgefallen, daß er dich unablässig angestarrt hat, als seist du ihm zuwider. Na ja, mich wundert es nicht, daß deine Ankunft ein schwerer Schlag für ihn war. Mir ging es ganz ähnlich. Noch nie im Leben war ich so perplex wie vorhin, als du plötzlich wie eine Wasserleiche aufgetaucht bist, die an die Oberfläche treibt. Harold hat mir erzählt, er habe dich angefleht hierherzukommen, du hättest aber auf stur geschaltet. Was hat dich bloß umgestimmt?«

Während meines vormaligen Aufenthalts in Totleigh Towers hatten mich die Umstände gezwungen, dieses Persönchen über meine Stellung zu ihrer Cousine Madeline aufzuklären, weshalb ich sie nun auch bedenkenlos in die Hintergründe einweihen konnte.

»Ich habe erfahren, daß es zwischen Madeline und Gussie kriseln soll, da sie ihn angeblich gezwungen hat, in die Fußstapfen des Dichters Shelley zu treten und Vegetarier zu werden. Deshalb habe ich gedacht, ich könnte als *raisonneur* vielleicht etwas ausrichten.«

»Als *Was*onneur?«

»Wundert mich gar nicht, daß dir das zu hoch ist. Es handelt sich um einen französischen Ausdruck, der meines Wissens – aber ich müßte Jeeves nochmals fragen – für einen ruhigen, freundlichen Mann von Welt steht, der sich einschaltet, wenn es zwischen zwei liebenden Herzen zu einem Zerwürfnis gekommen ist, und die Sache wieder ins Lot bringt. Das ist in der vorliegenden Krise von höchster Bedeutung.«

»Du meinst, Madeline wird dich heiraten, falls Gussie von ihr den blauen Brief erhält?«

»Darauf läuft's wohl hinaus. Und bei aller Bewunderung und Achtung, die ich Madeline gegenüber empfinde, ist mir die Vorstellung doch zuwider, für den Rest meines Lebens ihr huldreiches Antlitz über die Kaffeekanne lächeln zu sehen. Darum bin ich gekommen, um Gegenmaßnahmen zu prüfen.«

»Du hättest dir gar keinen besseren Zeitpunkt aussuchen können. Wo du schon mal hier bist, legst du am besten gleich los mit dem Gefallen, den du mir tun sollst – Harold hat dir ja bereits davon erzählt.«

Der Moment für ein promptes Im-Keim-ersticken war gekommen.

»Ohne mich! Davon lasse ich die Finger. Ich kenne dich und deine Gefallen.«

»Aber die Sache ist doch ganz einfach. Du schaffst das mit links. Und gleichzeitig zauberst du Sonnenschein und Glück ins Leben eines armen Tropfes, der beides gut gebrauchen kann. Warst du je bei den Pfadfindern?«

»Nur als Dreikäsehoch.«

»Dann hast du ja Hunderte von guten Taten nachzuholen. Das ist für dich ein idealer Einstieg. Die Sache sieht wie folgt aus.«

»Ich will nichts davon hören.«

»Dann ist es dir also lieber, daß ich Bartholomew zurückrufe und ihm sage, er solle dort weitermachen, wo er unterbrochen worden ist?«

Ihr Argument klang, mit Jeeves zu sprechen, stichhaltig.

»Also schön. Erzähl mir alles, aber mach's bitte kurz.«

»Es dauert nicht lange, und anschließend kannst du ab in die Heia. Bestimmt erinnerst du dich noch an die kleine schwarze Statuette auf dem Eßtisch.«

»O ja, das potthäßliche Ding.«

»Onkel Watkyn hat sie einem Mann namens Plank abgekauft.«

»Darüber bin ich bereits im Bild.«

»Und weißt du auch, wieviel er ihm dafür bezahlt hat?«

»Tausend Pfund, das hast du doch selbst gesagt, oder?«

»Nein, ich habe bloß gesagt, so viel sei sie wert. Abgeknöpft hat er sie dem armen Plank für mickrige fünf Mücken.«

»Das ist doch wohl nicht dein Ernst!«

»Und ob. Er hat ihm fünf Pfund gezahlt. Daraus macht er übrigens gar kein Hehl. Als wir in Brinkley waren, zeigte er die Figur Mr. Travers und schilderte ihm die ganze Geschichte ... wie er sie zufällig auf Planks Kaminsims gesehen und ihren Wert sogleich erkannt habe, und wie er Plank dann erzählt habe, sie sei praktisch wertlos, doch er gebe ihm fünf Pfund dafür, weil er wisse, wie knapp der andere bei Kasse sei. Er freute sich wie ein kleines Kind über seine Gerissenheit, während Mr. Travers vor Wut fast in den Teppich biß.«
Das glaubte ich ihr aufs Wort, denn nichts läßt einen Sammler zuverlässiger Gift und Galle spucken als die Erkenntnis, daß ein anderer Sammler ein Schnäppchen gemacht hat.
»Woher weißt du denn, daß Plank knapp bei Kasse ist?«
»Hätte er das Ding sonst für fünf Mücken hergegeben?«
»Auch wieder wahr.«
»Du willst doch nicht bestreiten, daß Onkel Watkyn ein elender Lump ist?«
»Nicht im Traum würde ich so was bestreiten – der elendeste aller Lumpen, und das war er schon immer. Was nur meine alte Hypothese bestätigt, daß diese Richter vor nichts, aber auch gar nichts zurückschrecken. Kein Wunder, daß dich das befremdet. Dein Onkel Watkyn hat sich als Roßtäuscher der übelsten Sorte erwiesen, aber da kann man natürlich nichts tun.«
»Das sehe ich anders.«
»Warum, hast du tatsächlich etwas dagegen tun wollen?«
»In gewisser Hinsicht schon. Ich habe Harold gedrängt, eine flammende Predigt über Nabots Weinberg zu halten. Aber wahrscheinlich hast du noch nie etwas von Nabots Weinberg gehört.«
Ich begehrte auf, denn sie hatte mein *amour propre* verletzt.
»Ich möchte bezweifeln, ob du in London und in den umliegenden Grafschaften einen Mann findest, der sich mit Nabots Weinberg

besser auskennt als ich. Auch wenn dir das neu ist, habe ich als Schüler einen Preis für Bibelfestigkeit gewonnen.«

»Todsicher hast du geschummelt.«

»Keineswegs, den habe ich mir redlich verdient. Und, hat Stinker kooperiert?«

»Ja, er fand die Idee ganz prima und lutschte eine Woche lang Halspastillen, um bei Stimme zu sein. Der Plan war der gleiche wie beim Schauspiel in *Hamlet*. Du weißt schon. Das Gewissen des Königs soll damit auf die Probe gestellt werden.«

»Ja, die Strategie leuchtet mir ein. Und was ist dabei herausgekommen?«

»Gar nichts. Harold wohnt im Häuschen von Mrs. Bootle, der Frau des Briefträgers, und dort gibt's nur Öllampen. Die Predigt lag auf dem Tisch, daneben stand eine Lampe, und Harold stieß gegen den Tisch, so daß die Lampe umfiel und die Predigt in Brand setzte, und da Harold nicht mehr dazu kam, sie neu zu schreiben, mußte er auf eine alte aus seinen eisernen Vorräten zurückgreifen. Er war furchtbar enttäuscht.«

Ich schürzte die Lippen und wollte schon sagen, unter allen Trampeltieren, die unseren Erdball bevölkerten, gebühre H.P. Pinker die landläufig bekannte Palme, doch plötzlich fiel mir ein, daß ich damit wohl Stiffys Gefühle verletzen würde, und ich ließ es bleiben. Auf gar keinen Fall wollte ich ihr Schmerz zufügen, zumal mir ihre Drohung in den Sinn kam, Bartholomew zurückzurufen.

»Deshalb müssen wir die Sache anders anpacken, und genau da kommst du ins Spiel.«

Ich setzte ein nachsichtiges Lächeln auf.

»Ich weiß, worauf du hinauswillst«, sagte ich. »Ich soll zu deinem Onkel Watkyn gehen und seinem besseren Ich einen kräftigen Schubs geben. ›Ehrlich währt am längsten, Bassett, lassen Sie sich von Ihrem

Gewissen leiten‹, soll ich ihm wohl sagen, damit er endlich kapiert, wie verwerflich es ist, die Witwen und Waisen übers Ohr zu hauen. Ich will rein theoretisch einmal gelten lassen, Plank sei ein Waisenknabe, wenn er schon keine Witwe ist. Aber mein lieber, fehlgeleiteter Fratz, glaubst du im Ernst, der alte Bassett betrachte mich als seinen Freund und Berater, dem er jederzeit sein Ohr leiht? Du hast doch vorhin selbst betont, wie allergisch er auf den Woosterschen Charme reagiert. Es hat keinen Zweck, daß ich mit ihm rede.«

»Das sollst du ja auch gar nicht tun.«

»Und was dann?«

»Du sollst das Ding klauen und Plank zurückbringen, der es daraufhin zu einem angemessenen Preis an Mr. Travers weiterverkauft. Unglaublich, daß ihm Onkel Watkyn bloß fünf Mücken dafür gegeben hat! Solche Halunkenstreiche dürfen wir ihm einfach nicht durchgehen lassen. Er hat einen ordentlichen Denkzettel verdient.«

Abermals setzte ich ein nachsichtiges Lächeln auf. Der kleine Käfer amüsierte mich kolossal. Ich mußte daran denken, wie richtig ich mit meiner Prognose gelegen hatte, daß ein von ihr erteilter Auftrag dem menschlichen Stoffwechsel nicht zuträglich sei.

»Ich muß doch sehr bitten, Stiffy!«

Der tadelnde Unterton in meiner Stimme hätte sie eigentlich vor Scham und Reue vergehen lassen sollen, doch das tat er mitnichten. Statt dessen gab sie tüchtig Kontra.

»Ich wüßte nicht, was es da zu bitten gibt! Du klaust doch ständig irgendwas, nicht wahr? Polizeihelme und ähnliches Zeug.«

Ich senkte das Haupt. Es stimmte ja – auch ich war in Arkadien gewesen.

»Deine Anschuldigung ist nicht ganz aus der Luft gegriffen«, mußte ich einräumen. »Ich gebe zu, daß ich damals den einen oder anderen Ordnungshüter um seinen Kopfschmuck gebracht habe …«

»Na also.«
»... aber nur am Abend der großen Ruderregatta und in einer Zeit, da mein Herz jünger war als heute. Genau diese Episode führte übrigens deinen Onkel Watkyn und mich zum erstenmal zusammen. Ich kann dir aber versichern, daß sich das heiße Blut inzwischen abgekühlt hat und ich heute ein gesetzestreuer Bürger bin. Meine Antwort auf deinen Vorschlag lautet deshalb nein.«
»Nein?«
»Nein und nochmals nein!« doppelte ich nach, um mich auch dem vernageltsten Kopf verständlich zu machen. »Warum klaust du das Ding nicht selbst?«
»Das wäre vollkommen zwecklos. Ich könnte es Plank nicht vorbeibringen, da man über mich ein Ausgehverbot verhängt hat. Bartholomew hat den Butler gebissen, und der Frevel des Scottie fällt auf sein Frauchen zurück. Du überlegst dir die Sache besser noch mal, Bertie.«
»Denkste!«
»Du bist ein Schuft!«
»Aber ein Schuft, der weiß, was gut für ihn ist, und sich durch keine Argumente oder Bitten umstimmen läßt, mögen sie noch so bestechend klingen.«
Sie schwieg ein Weilchen. Dann stieß sie einen leisen Seufzer aus.
»Oje«, sagte sie, »und dabei hatte ich gehofft, ich könnte Madeline die Sache mit Gussie verheimlichen.«
Wieder einmal zuckte ich merklich zusammen. Kaum je waren mir Worte zu Ohren gekommen, die mir stärker mißfallen hatten. Sie hörten sich geradezu unheilschwanger an.
»Weißt du, was heute nacht passiert ist, Bertie? Etwa vor einer Stunde bin ich aufgewacht, und was hat mich wohl geweckt, na, was glaubst du? Verstohlene Schritte, stell dir so was vor! Ich schlich aus

meinem Zimmer und sah Gussie die Treppe hinuntersteigen. Selbstverständlich war es stockdunkel, doch er hatte eine kleine Taschenlampe bei sich, die seine Brillengläser aufleuchten ließ. Ich folgte ihm. Er begab sich in die Küche. Als ich hineinlinste, sah ich, wie die Köchin eine kalte Nierenpastete in ihn schaufelte, als wäre sie ein Schauermann und er ein Getreidedampfer. Und da fiel mir siedend heiß ein, daß Madeline ihm, falls sie je Wind davon bekäme, den Laufpaß geben würde, bevor er wüßte, wie ihm geschah.«
»Aber kein Mädchen gibt einem Burschen den Laufpaß, nur weil sie erfährt, daß er eine Nierenpastete verdrückt hat, obgleich er von ihr auf Rosenkohl und Spinat eingeschworen worden ist«, versuchte ich mich selbst zu beruhigen, was sich jedoch als Schlag ins Wasser erwies.
»Ich mache jede Wette, daß Madeline das tun würde.«
Als ich darüber nachdachte, mußte ich ihr recht geben. Man kann einen Schafskopf wie Madeline Bassett nicht mit normaler Elle messen. Was das gewöhnliche Frauenzimmer in einer x-beliebigen Situation tun würde, und was Madeline tut, ist nicht dasselbe. Ich hatte nicht vergessen, wie sie damals die Beziehungen zu Gussie abgebrochen hatte, nur weil er sich ohne böse Absicht die Hucke vollgesoffen hatte, kurz bevor er in der Höheren Schule von Market Snodsbury die Preise überreichen mußte.
»Du kennst doch ihre hehren Ideale. Und ob du die kennst! Falls irgendwem ein unvorsichtiges Wort über die heute nacht gefeierte Orgie herausrutscht, erklingen garantiert keine Hochzeitsglocken mehr. Gussie wäre wieder auf freiem Fuß, und Madeline würde sich zügig nach einem Lückenbüßer umschauen. Bertie, ich glaube wirklich, du solltest auf deine Entscheidung zurückkommen und dich ein letztes Mal als Langfinger betätigen.«
»Ach du grüne Neune!«

Ich sprach in der Art eines Hirschs, den es nach schweißtreibender Hetzjagd zur kühlen Quelle zieht. Auch einem weit beschränkteren Kopf als mir wäre klar geworden, daß mich diese verflixte Byng in der Hand hatte und frei über mich verfügen konnte.
Glatte Erpressung, keine Frage, doch die holde Weiblichkeit hat nun mal eine Schwäche dafür. Des öfteren schon hat mir Tante Dahlia ihren Willen aufgezwungen, indem sie androhte, falls ich nicht nach ihrer Pfeife tanzte, würde ich des Tisches verwiesen, wodurch mein Gaumen nie mehr etwas von Anatoles Mittag- und Abendessen zu kosten bekommen hätte. Mit welcher Vertreterin des schwachen Geschlechts man es auch immer zu tun hat: stets ist man mit einem ruchlosen Napoleon des Verbrechens konfrontiert, der dem bedauernswerten Tropf, dessen Dienste gerade gefragt sind, kaltblütig die Daumenschrauben anlegt. So was müßte eigentlich verboten sein.
»Es scheint, als seien die Würfel gefallen«, sagte ich gequält.
»Sie sind es«, versicherte sie mir.
»Und du bleibst hart?«
»Eisern. Mein Herz blutet für Plank, und ich werde nicht ruhen, bis ihm Gerechtigkeit widerfahren ist.«
»Also schön. Ich nehme mich der Sache an.«
»Braver Junge! Es ist ja auch das reinste Kinderspiel. Du brauchst das Ding bloß vom Tisch im Eßzimmer zu nehmen und es Plank hinüberzuschmuggeln. Denk doch nur, wie sein Gesicht aufleuchten wird, wenn du damit hereinspazierst. ›Mein Held!‹ wird er wahrscheinlich sagen.«
Und mit einem Lachen, das zwar silberhell war, in meinen Ohren jedoch kreischte wie ein Schiefergriffel, rauschte sie davon.

10. Kapitel

Ich begab mich auf mein Zimmer und schlüpfte unter die Bettdecke, wo ich Schlaf zu finden hoffte. Doch das bißchen Schlaf, das ich schließlich fand, wurde empfindlich gestört durch Träume, in denen ich über unwegsames Gelände gehetzt wurde, und zwar von Haien, die teils an Stiffy, teils an Sir Watkyn Bassett und teils an den Hund Bartholomew erinnerten. Als Jeeves am folgenden Morgen mit dem Frühstückstablett hereingehuscht kam, schilderte ich ihm sogleich in schillernden Farben, in welchem Dreck mein Karren steckte.

»So sieht es aus, Jeeves«, kam ich zum Schluß. »Wenn das Fehlen dieser Statuette bemerkt wird und das Zeter und Mordio anhebt, was glauben Sie, auf wen der erste Verdacht fallen wird? Auf einen gewissen Bertram Wooster. In diesem Haus ist mein Ruf ohnehin ruiniert, und die Chefetage wird keinen Gedanken daran verschwenden, die Tätersuche auszudehnen. Wenn ich mich andererseits Stiffy verweigere, wird sie dies als Affront empfinden, und wie dünnhäutig solche Damen Affronts aufnehmen, pfeifen ja die Spatzen von den Dächern. Sie wird Madeline Bassett mitteilen, Gussie habe von der Nierenpastete genascht, was zu Heulen und Zähneklappern führen wird. Ich sehe überhaupt keinen Ausweg.«

Statt nun aber wie gewohnt die eine Augenbraue einen Drittelzentimeter zu heben und »Höchst betrüblich, Sir« zu sagen, reagierte er zu meiner Überraschung mit dem Anflug eines Lächelns, das heißt, sein linker Mundwinkel zuckte unmerklich und kehrte dann in die Ausgangsstellung zurück.

»Sie dürfen unter keinen Umständen auf Miss Byngs Bitte eingehen, Sir.«

Ich nahm erstaunt einen Schluck Kaffee, da ich seiner Logik nicht ganz folgen konnte. Es schien beinahe so, als habe er mir nicht zugehört.

»Aber dann verpfeift sie mich doch bei der Polizei!«

»Nein, Sir, denn die gnädige Frau wird einräumen müssen, daß Sie ihren Wünschen unmöglich willfahren können. Die Statuette ist nämlich nicht länger greifbar. Man hat sie hinter einer dicken Stahltür in Sir Watkyns Ausstellungsraum weggeschlossen.«

»Gütiger Himmel! Woher wissen Sie das?«

»Zufällig kam ich am Eßzimmer vorbei, Sir, und schnappte ganz unabsichtlich ein Gespräch zwischen Sir Watkyn und seiner Lordschaft auf.«

»Nennen Sie ihn Spode.«

»Sehr wohl, Sir. Mr. Spode teilte Sir Watkyn mit, es habe ihm gar nicht gefallen, wie Sie sich gestern beim Dinner für die Figurine interessiert hätten.«

»Aber ich habe dem alten Bassett doch nur ein bißchen schöntun wollen, um für gute Stimmung zu sorgen.«

»Ganz recht, Sir, aber Ihr Satz ›So was hätte Onkel Tom sicher auch gern‹ ging Mr. Spode nicht mehr aus dem Kopf. Er verwies auf die unselige Geschichte mit dem Sahnekännchen, die Ihrem vormaligen Besuch in Totleigh Towers so viel von seinem Glanz genommen hat, und informierte Sir Watkyn darüber, daß er nicht länger an seiner ursprünglichen These festhalte, wonach Sie bloß hier weilten, um Miss Bassett von Mr. Fink-Nottle wegzulocken. Er sei vielmehr zur Überzeugung gelangt, daß hinter Ihrem Besuch die Figurine stecke, die Sie im Auftrag von Mr. Travers zu stehlen gedächten. Sir Watkyn, der sich tief erschüttert zeigte, schloß sich der Theorie *in toto* an, zumal er eine Begegnung erwähnte, die in den frühen Morgenstunden zwischen Ihnen und ihm stattgefunden haben soll.«

Ich nickte.
»Ja, wir trafen uns etwa um ein Uhr früh in der Eingangshalle. Ich war hinuntergekommen, weil ich von der Nierenpastete naschen wollte.«
»Das verstehe ich durchaus, Sir, obwohl es, mit Verlaub, eher unklug war. Aber dem Lockruf einer Nierenpastete kann man sich eben schlecht entziehen. Kurz darauf billigte Sir Watkyn Mr. Spodes Vorschlag, die Statuette im Ausstellungsraum wegzuschließen. Ich vermute, daß sie sich inzwischen dort befindet, und wenn man Miss Byng begreiflich macht, daß Sie sich bloß unter Zuhilfenahme von Einbruchswerkzeug oder eines Fläschchens Trinitrotoluol Zugang dazu verschaffen könnten und weder dieses noch jenes bei sich hätten, wird sie bestimmt Vernunft annehmen und von ihrem Vorschlag abrücken.«
Einzig die Tatsache, daß ich noch im Bett lag, konnte mich abhalten, einen Freudentanz aufzuführen.
»Ihre Worte sind Balsam für meine Seele, Jeeves. Damit wäre ich aus dem Schneider.«
»Voll und ganz, Sir.«
»Ob Sie Stiffy wohl selbst über die neue Lage aufklären könnten? Aus Ihrem Munde klingt das so viel überzeugender als aus meinem, und sie sollte möglichst bald eingeweiht werden. Ich weiß nicht, wo sie sich im Moment aufhält, aber bestimmt albert sie irgendwo rum.«
»Ich habe Miss Byng mit Mr. Pinker im Garten gesehen, Sir. Sie versuchte ihn wohl auf das nahende Martyrium einzustimmen.«
»Worauf?«
»Sie mögen sich erinnern, Sir, daß das morgen stattfindende Schulfest aufgrund der kurzfristigen Indisposition des Vikars unter der Oberaufsicht von Mr. Pinker steht, was diesem begreiflicherweise Kummer bereitet. Unter der Schülerschaft von Totleigh-in-the-Wold gibt es umstürzlerische Tendenzen, so daß er das Schlimmste befürchtet.«
»Dann sagen Sie Stiffy doch einfach, sie solle die aufmunternden

Worte um zwei Minuten kürzen, damit sie Ihrem Communiqué lauschen kann.«

»Sehr wohl, Sir.«

Er blieb ziemlich lange weg, so daß ich bereits angekleidet war, als er zurückkehrte.

»Ich habe mit Miss Byng gesprochen, Sir.«

»Und?«

»Sie besteht darauf, daß Sie Mr. Plank die Statuette zurückgeben.«

»Die hat doch ’ne Meise! Ich kann mir unmöglich Zugang zum Ausstellungsraum verschaffen.«

»Nein, Sir, aber Miss Byng kann das. Sie hat mir mitgeteilt, Sir Watkyn habe kürzlich seinen Schlüssel fallen lassen, welchen sie dann aufhob, ohne ihren Onkel davon in Kenntnis zu setzen. Sir Watkyn hat zwar für sich einen Ersatzschlüssel anfertigen lassen, doch das Original befindet sich weiterhin in Miss Byngs Besitz.«

Ich faßte mir an die Stirn.

»Das heißt, sie kann den Raum betreten, wann immer sie will.«

»Ganz recht, Sir. Und genau das hat sie soeben getan.«

Und mit diesen Worten klaubte er das potthäßliche Ding aus einer Innentasche und reichte es mir.

»Miss Byng schlug vor, daß Sie gleich nach dem Mittagessen zu Mr. Plank fahren und ihm das Objekt übergeben sollten, und in gewohnt launigem Ton fügte sie hinzu, die Mahlzeit werde – und ich zitiere wörtlich – Ihren müden Knochen genügend Mumm verleihen, damit Sie … Es ist zwar noch etwas früh, Sir, aber darf ich Ihnen einen kleinen Brandy bringen?«

»Keinen kleinen, Jeeves«, erwiderte ich. »Rollen Sie das Faß herein.«

Ich weiß ja nicht, wie sich Emerald Stoker mit Pinsel und Palette anstellt, denn ich habe noch nie einen Blick auf ihre Malkünste geworfen. Mit dem Kochlöffel jedenfalls weiß sie virtuos umzugehen, so daß wohl jeder Haushaltsvorstand sie mit Handkuß unter Vertrag nehmen würde. Das von ihr zubereitete Mittagessen mundete vorzüglich und schmeichelte dem Gaumen.

Doch da auf meiner Tagesordnung Stiffys schauderhafter Auftrag stand, begegnete ich den kulinarischen Darreichungen ohne den geziemenden Appetit. Die Stirn war gefurcht, die Miene verhärmt, und das Gefühl im Magen unendlich flau.

»Jeeves«, sagte ich, als mich dieser nach Abschluß der Mahlzeit zum Wagen begleitete, und wahrscheinlich klang ich leicht gereizt, denn ich war mitnichten die alte Frohnatur, »finden Sie es nicht auch komisch, daß ein Mädchen wie Stiffy in Zeiten hoher Säuglingssterblichkeit überhaupt das zwanzigste Lebensjahr erreichen konnte? Irgendwer muß da geschlafen haben. Wie heißt noch mal der Baum, von dem ich einst las, daß er einen abmurkse, wenn man sich darunter setzt?«

»Der Upasbaum, Sir.«

»Genau, sie ist ein weiblicher Upasbaum. Man kommt ihr besser nicht zu nahe. Sie wirft mit Katastrophen nur so um sich. Und noch etwas. Es ist ja schön und gut, wenn sie … wie lautet noch gleich der Ausdruck … en passant?«

»Oder beiläufig, Sir. Es handelt sich um Synonyme.«

»Es ist ja schön und gut, wenn sie en passant oder beiläufig sagt: ›Bring dieses potthäßliche Ding zu Plank‹, aber wie soll ich ihn finden? Ich kann doch nicht an jede Tür in Hockley-cum-Meston klopfen und fragen: ›Entschuldigung, heißen Sie zufällig Plank?‹ Da könnte man ja gleich eine Stecknadel im Heuhaufen suchen.«

»Ein ungemein plastisches Bild, Sir. Ihr Problem leuchtet mir ein, und ich würde deshalb vorschlagen, daß Sie sich zur örtlichen Poststelle begeben und dortselbst Erkundigungen einziehen. Jeder Postbeamte kennt die Adressen der in seinem Zustellbezirk Ansässigen.«

Er hatte sich nicht getäuscht. Nachdem ich meinen Wagen in der Hauptstraße von Hockley-cum-Meston zum Stehen gebracht hatte, betrat ich die Poststelle, die sich als ein Laden entpuppte, wie man sie oft in kleinen Dörfern findet. Neben dem rein postalischen Angebot kann man an solchen Orten auch Zigaretten, Pfeifentabak, Wolle, Schnur, Lutscher, Socken, Stiefel, Arbeitskittel, Ansichtskarten sowie Flaschen erstehen, die ein alkoholfreies und wohl auch kohlensäurehaltiges gelbes Getränk enthalten. Auf meine Frage hin sagte mir die betagte Schalterangestellte, ich fände Plank in dem großen Gebäude mit den roten Fensterläden, das etwa eine halbe Meile weiter hinten an der Straße stehe. Sie wirkte leicht enttäuscht, als sie feststellte, daß es mir nur um eine Auskunft gegangen war und ich weder ein Paar Socken noch eine Rolle Schnur zu kaufen gedachte, was sie allerdings mit stoischem Gleichmut hinnahm, woraufhin ich zum Wagen zurückschlenderte.

Ich erinnerte mich, daß ich schon auf der Hinfahrt an dem von ihr erwähnten Gebäude vorbeigekommen war. Ein imposantes Herrenhaus auf einem weitläufigen Grundstück. Dieser Plank, so vermutete ich, wirkte auf dem Gutshof wohl als eine Art Landarbeiter. Ich stellte ihn mir als einen stämmigen, knorrigen alten Burschen vor, dessen Sohn Matrose war und das potthäßliche Ding von einer seiner Schiffsreisen nach Hause gebracht hatte. Keiner der beiden ahnte auch bloß, daß es wertvoll war. »Ich stell's mal auf den Kaminsims, Papa«, sagte der Sohn wohl. »Macht sich bestimmt gut da oben«, woraufhin der alte Kauz antwortete: »Sapperlot, Sohnemann, pfundig schaut's aus da drobn«, oder so ähnlich – den Dialekt kann ich natürlich nicht nachmachen. Und so stand es also auf dem Kaminsims, bis eines Tages Sir Watkyn Bassett des Wegs gekommen war und Vater und Sohn auf seine abgebrühte, aalglatte Art über den Tisch gezogen hatte. Passiert doch die ganze Zeit, solches Zeug.

Ich erreichte das Haus und wollte schon an die Tür pochen, als ein älterer Gentleman angerauscht kam, dessen Quadratschädel so braungebrannt war, als hätte er des öfteren ohne Parasol in der Sonne gesessen.
»Ach, da sind Sie ja«, sagte er. »Hoffentlich haben Sie nicht allzulange warten müssen. Ich war beim Rugbytraining und habe gar nicht gemerkt, wie spät es schon ist. Immer hereinspaziert in die gute Stube!«

Ich brauche wohl kaum zu erwähnen, wie warm mir ums Herz wurde, als ich sah, welch überschwenglichen Empfang man einem zwar verdienstvollen, aber doch wildfremden Menschen bereitete. Ich dachte mir noch, daß die Haltung des Alten ein gutes Omen für die in Gloucestershire gepflegte Gastfreundschaft sei, und folgte ihm durch die mit den Häuptern von Löwen, Leoparden, Gnus und weiterer Fauna großzügig bestückte Eingangshalle in einen Raum mit Verandatüren, die auf den großen Garten hinausgingen. Hier ließ er mich kurz allein, um die Getränke zu holen, denn als allererstes hatte er mich gefragt, ob ich einen zur Brust nehmen wolle, was ich eifrig bejaht hatte. Als er zurückkehrte, nahm ich gerade die Fotografien an der Wand unter die Lupe. Mein Auge ruhte in diesem Moment auf einer Rugby-Schülerauswahl, und sogleich entschlüsselte ich die Identität des jugendlichen Delinquenten, der in der Mitte saß und den Ball hielt.
»Sie?« fragte ich.
»Allerdings«, antwortete er. »Mein letztes Schuljahr. Ich war damals Kapitän unserer Mannschaft. Gleich neben mir sitzt der alte Scrubby Willoughby. Ein schneller Außendreiviertel, nur hat er nie kapiert, wann er den Rückpaß spielen soll.«
»Tatsächlich?« fragte ich schockiert. Obwohl ich keine Ahnung

hatte, wovon er sprach, machten mir seine Äußerungen doch klar, daß dieser Willoughby eine ziemlich fragwürdige Erscheinung gewesen sein mußte, und als er mir als nächstes erzählte, der arme alte Scrubby sei später in Malaysia an Leberzirrhose gestorben, überraschte mich das kein bißchen. Bestimmt finden Leute, die nicht kapieren, wann sie den Rückpaß spielen sollen, meistens ein eher unrühmliches Ende.

»Und auf der anderen Seite sitzt Smiler Todd, Erste-Reihe-Stürmer.«

»Erste-Reihe-Stürmer, tatsächlich?«

»Und ein sehr guter sogar. Hat später für Cambridge gespielt. Mögen Sie Rugger?«

»Ich glaube nicht, daß ich je seine Bekanntschaft gemacht habe.«

»Ich spreche von Rugby!«

»Ach so. Nein, dafür konnte ich mich nie erwärmen.«

»Ach nein?«

»Nein.«

»Großer Gott!«

Ich spürte, daß ich in seiner Achtung tief gesunken war, doch als perfekter Gastgeber unterdrückte er den von meinem Geständnis hervorgerufenen Brechreiz.

»Für mich war Rugby schon immer das Größte. Nach der Schulzeit kam ich allerdings nur noch selten dazu, da man mich in Westafrika stationierte. Wollte das Spiel auch den Eingeborenen beibringen, mußte den Plan aber aufgeben. Zu viele Tote, und anschließend natürlich die unvermeidliche Blutrache. Bin jetzt pensioniert und habe mich hier niedergelassen. Im Moment versuche ich aus dem Team von Hockley-cum-Meston die beste Rugbymannschaft der Gegend zu schmieden. Die Burschen machen prächtige Fortschritte, das muß ich ihnen wirklich lassen. Wir brauchen nur noch einen guten Erste-Reihe-Stürmer, aber ich kann nirgends einen finden.

Doch deswegen sind Sie ja nicht hier. Sie wollen vielmehr etwas über meine Brasilienexpedition erfahren.«
»Ach, Sie waren in Brasilien?«
Offensichtlich hatte ich etwas Falsches gesagt, was ja schon mal vorkommen kann. Er starrte mich an.
»Haben Sie denn nicht gewußt, daß ich in Brasilien war?«
»Mir erzählt ja keiner was.«
»Ich hätte eigentlich erwartet, daß man Ihnen auf der Redaktion kurz sagt, worum's geht. Komische Idee, einen Reporter herzuschicken, ohne ihm mitzuteilen, wozu man ihn herschickt.«
Da ich nicht auf den Kopf gefallen bin, erkannte ich gleich, daß ein Mißverständnis vorlag.
»Haben Sie einen Reporter erwartet?«
»Allerdings. Sind Sie denn nicht vom *Daily Express*?«
»Nein, tut mir leid.«
»Und ich habe gedacht, Sie seien der Bursche, der mit mir ein Interview über meine Forschungsreisen in Brasilien führen will.«
»Ach, dann sind Sie also Forschungsreisender?«
Abermals hatte ich etwas Falsches gesagt, denn er wirkte pikiert.
»Was dachten denn Sie? Sagt Ihnen der Name Plank nichts?«
»Heißen Sie Plank?«
»Natürlich heiße ich Plank.«
»So ein Zufall!« erwiderte ich fasziniert. »Ich suche nämlich einen Mr. Plank. Nicht Sie, sondern einen anderen. Der Knabe, nach dem ich Ausschau halte, ist ein stämmiger und wohl auch knorriger Ackersmann, dessen Sohn Matrose ist. Da Sie denselben Namen wie er tragen, interessiert Sie bestimmt die kleine Geschichte, die ich Ihnen gleich erzählen werde. Ich habe hier«, sagte ich und kramte die Figur aus schwarzem Bernstein hervor, »ein Dingsda.«
Er starrte mit offenem Mund hin.

»Wo haben Sie die her? Das ist ja die kongolesische Skulptur, die ich nach Hause gebracht und Sir Watkyn Bassett verkauft habe.«
Ich war verblüfft.
»*Sie* haben sie ihm verkauft?«
»Allerdings.«
»Heiliges Kanonenrohr!«
In mir loderte plötzlich ein pfadfinderhaftes Feuer. Ich mochte diesen Plank und freute mich, daß ich ihm den besten Dienst erweisen konnte, der je einem Menschen erwiesen worden war. »Gott schütze Bertram Wooster!« würde er wohl gleich rufen. Zum erstenmal war ich glücklich darüber, von Stiffy auf diese Mission geschickt worden zu sein.
»Dann würde ich vorschlagen«, sagte ich, »Sie geben mir jetzt einfach fünf Pfund …«
Ich verstummte. Er starrte mich mit dem gleichen kalten, glasigen Blick an, mit dem er vor Zeiten wohl auch die Löwen, Leoparden und Gnus angestarrt hatte, deren sterbliche Überreste die Wände der Eingangshalle zierten. Mitglieder des Drones Club, die schon versucht haben, Oofy Prosser, dem Klubmillionär, etwas Kleingeld abzulocken, um bis zum folgenden Mittwoch über die Runden zu kommen, haben mir dessen Blick ganz ähnlich beschrieben.
»Ach, das ist es also!« sprach er in einem Ton, den man sich nicht einmal aus dem Mund des alten Bassett hätte garstiger vorstellen können. »Jetzt habe ich Sie durchschaut. Kanaillen wie Sie gibt's auf der ganzen Welt. Und Ihre fünf Pfund schminken Sie sich besser ab, mein Lieber. Sie rühren sich nicht vom Fleck! Ich rufe jetzt die Polizei.«
»Das wird nicht nötig sein, Sir«, ließ sich eine respektvolle Stimme vernehmen, worauf Jeeves durch die Verandatür trat.

11. Kapitel

Auf sein Kommen reagierte ich mit Stielaugen und wohl auch mit einem verblüfften Aufschrei. Keinen Menschen hätte ich weniger erwartet als ihn, und woher er so plötzlich kam, war mir schleierhaft. Ich habe schon häufig gedacht, daß er sich in solchen Fällen entmaterialisiert wie einer dieser Inder – Fakire nennt man sie wohl –, die sich in Bombay in Luft auflösen und fünf Minuten später in Kalkutta oder weiter westlich fertig zusammengepuzzelt wieder Gestalt annehmen.

Mir war auch unbegreiflich, woher er hatte wissen können, daß sich sein junger Herr in höchster Not befand und dringend der Hilfe bedurfte, es sei denn, die Sache beruhte auf Telepathie, wie man diese Technik meines Wissens nennt. Jedenfalls stand er mit herausragendem Hinterkopf da, während sich auf seinem Gesicht jener Ausdruck stiller Intelligenz abzeichnete, der auf großzügigen Fischverzehr zurückzuführen ist, und erfreute mich durch seine Anwesenheit. Aus Erfahrung wußte ich, mit welch unheimlichem Geschick er arme Sünder aus dem Schlamassel zu ziehen vermochte, und just in einem Schlamassel steckte ja auch ich gegenwärtig bis zum Hals.

»Major Plank?« fragte er.

Auch Plank machte Stielaugen.

»Wer sind Sie?«

»Chefinspektor Witherspoon von Scotland Yard, Sir. Hat dieser Mann versucht, Ihnen Geld abzuknöpfen?«

»Allerdings – gerade eben.«

»Das dachte ich mir schon. Wir beschatten ihn seit längerem, haben ihn aber nie auf frischer Tat ertappen können.«

»Ein Berufsverbrecher, wie?«

»Ganz recht, Sir. Er ist ein Trickbetrüger und genießt in der Unterwelt hohes Ansehen. Seine Tour besteht darin, fremde Häuser aufzusuchen und den Eigentümern mit plausibel klingenden Geschichten das Geld aus der Tasche zu ziehen.«

»Und damit nicht genug! Er klaut Sachen und versucht sie weiterzuverkaufen. Sehen Sie die kleine Statue da in seiner Hand? Die hat mir Sir Watkyn Bassett aus Totleigh-in-the-Wold abgekauft, und dieser unverschämte Kerl kreuzt hier einfach auf und will sie mir für fünf Pfund andrehen.«

»Tatsächlich, Sir? Wenn Sie gestatten, werde ich das Objekt jetzt konfiszieren.«

»Als Corpus delicti?«

»Genau, Sir. Ich werde den Herrn nach Totleigh Towers mitnehmen und Sir Watkyn gegenüberstellen.«

»Ja, tun Sie das. Hoffentlich ist ihm das eine Lehre. Schauen Sie sich mal diese Armesündermiene an! Ich war mir von Anfang an sicher, daß er zur Fahndung ausgeschrieben ist. Sie observieren ihn wohl schon lange, nicht wahr?«

»Schon sehr lange, Sir. Tiroler-Joe, so nennen wir ihn bei Scotland Yard, weil er stets mit einem Tirolerhut herumläuft.«

»Den hat er auch jetzt wieder dabei.«

»Ohne ihn läßt er sich nirgends blicken.«

»Dabei sollte man doch glauben, er sei wenigstens klug genug, um eine halbwegs überzeugende Verkleidung zu wählen.«

»Allerdings, Sir, aber was im Gehirn dieser Subjekte vorgeht, läßt sich nur schwer ergründen.«

»Dann brauche ich also nicht die Dorfpolizei zu alarmieren?«

»Nein, Sir. Ich nehme ihn eigenhändig in Gewahrsam.«

»Soll ich ihm nicht wenigstens eins mit dem Zulu-Knüppel aufs Dach geben?«

»Wirklich nicht nötig, Sir.«
»Sicherer wär's aber.«
»Nein, Sir, bestimmt folgt er mir ohne Widerstand.«
»Ganz wie Sie meinen. Aber lassen Sie ihn ja nicht durch die Lappen gehen!«
»Das werde ich zu verhindern wissen, Sir.«
»Stecken Sie ihn in ein Verlies, wo das Wasser von den Mauern tropft, und sorgen Sie dafür, daß die Ratten tüchtig an ihm nagen.«
»Sehr wohl, Sir.«

Das Gerede über Rückpässe und Erste-Reihe-Stürmer, aber auch die nervliche Anspannung beim unverhofften Auftauchen von Dienern sowie die primitiven Bemerkungen über Zulu-Knüppel hatten den Woosterschen Geist in Mitleidenschaft gezogen, so daß die Konversation erst wieder zu sprudeln begann, als wir meinen Wagen erreichten, den ich vor dem Haupttor abgestellt hatte.
»Chefinspektor *wie?*« fand ich meine Sprache wenigstens stückweise wieder, als wir an unserem Ziel anlangten.
»Witherspoon, Sir.«
»Warum denn Witherspoon? Andererseits«, fügte ich hinzu, denn ich betrachte solche Dinge gern ausgewogen, »warum eigentlich nicht Witherspoon? Doch das tut jetzt nichts zur Sache und kann auch später noch diskutiert werden. Der Kernpunkt, die Hauptsache, das Thema, das umgehend durchgekaut werden will, ist die Frage, warum Sie überhaupt hier sind?«
»Ich habe damit gerechnet, daß meine Ankunft Sie leicht verstören könnte. Kaum erfuhr ich von der Enthüllung, die Sir Watkyn gegenüber Miss Byng gemacht hatte, eilte ich Ihnen nach, denn ich ahnte, daß Ihre Unterhaltung mit Major Plank peinlich ausfallen

würde, und hoffte Sie noch abfangen zu können, bevor Sie mit ihm Kontakt aufgenommen hätten.«

Ich verstand praktisch kein Wort.

»Was soll denn das für eine Enthüllung sein, die der alte Bassett gegenüber Stiffy gemacht hat?«

»Dazu kam es kurz nach dem Mittagessen, Sir. Miss Byng wollte, wie sie mir mitteilte, ein letztes Mal an Sir Watkyns Gewissen appellieren. Sie wissen ja, daß die Sache mit der Statuette sie von Anfang an sehr beschäftigt hat. Sie dachte, Sir Watkyn würde vielleicht in sich gehen, nachdem sie ihm die Leviten gelesen hätte. Kaum hatte sie aber damit angefangen, kicherte Sir Watkyn zu ihrer nicht geringen Überraschung amüsiert los und fragte, ob sie ein Geheimnis hüten könne. Und daraufhin verriet er ihr, daß die Geschichte, die er Mr. Travers erzählt hatte, jeder Grundlage entbehre, denn in Wahrheit habe er Major Plank für das Objekt tausend Pfund gezahlt.«

Ich brauchte etwa fünfzehn Sekunden, um all dies zu verdauen.

»Tausend Mücken?«

»Jawohl, Sir.«

»Nicht fünf?«

»Nein, Sir.«

»Dann hat er Onkel Tom also angelogen?«

»Jawohl, Sir.«

»Aber warum?«

Ich dachte, er sage nun, er habe keinen Schimmer, doch das tat er mitnichten.

»Sir Watkyns Motiv liegt wohl auf der Hand, Sir.«

»Nicht auf meiner.«

»Sein Tun war beseelt von dem Wunsch, Mr. Travers zu ärgern. Mr. Travers ist ein Sammler, und Sammler erfahren nur ungern, daß ein anderer Sammler ein unbezahlbares *objet d'art* zu einem Spottpreis erstanden hat.«

Endlich fiel der Groschen. Ich begriff, worauf er hinauswollte. Die Erkenntnis, daß sich der alte Bassett ein Dingsda, das tausend Mücken wert war, für einen Apfel und ein Ei unter den Nagel gerissen hatte, mußte Onkel Tom sehr, sehr sauer aufstoßen. Stiffy hatte erzählt, er habe vor Wut beinahe in den Teppich gebissen, was ich mir lebhaft vorstellen konnte. Der arme alte Zausel hatte bestimmt Höllenqualen gelitten.

»Sie haben den Nagel auf den Kopf getroffen, Jeeves. Das sähe dem alten Bassett ähnlich. Nichts würde ihm größeren Spaß machen, als Onkel Tom in die Suppe zu spucken. Was für ein Mensch, Jeeves!«

»Jawohl, Sir.«

»Möchten Sie eine solche schwarze Seele haben?«

»Nein, Sir.«

»Ich auch nicht. Das beweist wieder einmal, daß so ein Richteramt den Charakter zersetzt. Als ich damals auf der Anklagebank saß, empfand ich seinen Blick als verschlagen, und ich traute ihm keinen Millimeter über den Weg. Vermutlich sind alle Richter so.«

»Es mag Ausnahmen geben, Sir.«

»Das bezweifle ich. Spitzbuben, alle miteinander! Dann war das Ganze also ... wie nennt man noch gleich einen unnützen Gang, Jeeves?«

»Einen Metzgersgang, Sir.«

»Metzgersgang? Hört sich komisch an, aber Sie werden es wohl wissen. Wenn mich Ihre Neuigkeiten doch nur vor dem Eintreffen *chez* Plank erreicht hätten! Eine leidvolle Erfahrung wäre mir erspart geblieben.«

»Mir ist natürlich bewußt, welch schwere Nervenprobe Sie zu

erdulden hatten, Sir. Leider war es mir nicht möglich, früher einzutreffen.«
»Aber wieso sind Sie überhaupt eingetroffen? Diese Frage beschäftigt mich schon die ganze Zeit. Sie werden ja nicht auf Schusters Rappen gekommen sein, oder?«
»Nein, Sir. Ich habe mir Miss Byngs Wagen geborgt und weiter unten am Straßenrand geparkt, und von dort begab ich mich dann zu Fuß zum Haus. Als ich Stimmen vernahm, hielt ich auf die Verandatür zu und lauschte, um im entscheidenden Moment eingreifen zu können.«
»Höchst geistesgegenwärtig.«
»Sehr freundlich von Ihnen, Sir.«
»Ich möchte Ihnen meinen Dank aussprechen, und damit meine ich meinen heißesten Dank.«
»Keine Ursache, Sir. Es war mir ein Vergnügen.«
»Ohne Ihr Zutun hätte mich Plank schon im nächsten Moment ins örtliche Kittchen verfrachtet. Wer ist er übrigens? Ich hatte den Eindruck, er sei eine Art Forscher.«
»So ist es, Sir.«
»Scheint ganz schön in der Gegend herumgekommen zu sein.«
»In hohem Maße, Sir. Erst neulich ist er von einer Expedition ins Landesinnere von Brasilien zurückgekehrt. Das Haus, in dem er wohnt, hat er von einem verstorbenen Patenonkel geerbt. Er züchtet Cockerspaniels, leidet unter leichter Malaria und ißt ausschließlich Brot, das reich an Ballaststoffen ist.«
»Sie scheinen den Mann ja wie Ihre Westentasche zu kennen.«
»Ich habe auf der Poststelle Erkundigungen eingezogen, Sir. Die Person hinter dem Schalter war ausgesprochen gut informiert. Ich erfuhr auch, daß Major Plank für Rugby schwärmt und aus Hockley-cum-Meston ein unschlagbares Team schmieden will.«

»Ja, das hat er mir ebenfalls erzählt. Sie sind nicht zufällig ein Erste-Reihe-Stürmer, Jeeves?«
»Nein, Sir. Eigentlich weiß ich nicht einmal, was der Terminus bedeutet.«
»Ich auch nicht, abgesehen davon, daß eine Rugbymannschaft anscheinend über einen solchen verfügen muß, will sie den Gegner ungespitzt in den Boden rammen. Plank scheint von Pontius zu Pilatus gelaufen zu sein, doch auch das hat sich als Metzgersgang erwiesen. Was eigentlich schon fast tragisch ist. All das Geld, all die Cockerspaniels, all die Ballaststoffe, aber kein Erste-Reihe-Stürmer. Tja, so ist das Leben.«
»Ein wahres Wort, Sir.«
Ich schob mich hinters Lenkrad und forderte ihn auf, ebenfalls in den Wagen zu hüpfen.
»Ach, das hätte ich fast vergessen, Sie sind ja mit Stiffys Wagen hier. Dann fahre ich jetzt los. Je eher ich die Statuette wieder in ihre Obhut gebe, desto besser.«
Er schüttelte zwar nicht gerade den Kopf, denn das tut er nie, doch immerhin zog er das südöstliche Ende einer warnenden Augenbraue hoch.
»Wenn ich mir einen Vorschlag erlauben dürfte, Sir. Es erscheint mir ratsam, daß ich das Objekt Miss Byng selber übergebe. Ich halte es für unklug, wenn Sie damit in den Dunstkreis von Totleigh Towers kommen. Sie könnten seiner Lordschaft begegnen ... Mr. Spode, wollte ich sagen.«
Ich war platt wie eine Flunder, so sehr hatten mich seine Worte überrascht.
»Sie wollen doch nicht etwa andeuten, daß er mich filzen könnte.«
»Es erscheint mir geradezu zwingend, Sir. In dem Gespräch, das ich aufschnappte, wirkte Mr. Spode wie ein Mann, der vor nichts

zurückschreckt. Wenn Sie mir das Objekt anvertrauen wollen, werde ich dafür sorgen, daß Miss Byng es bei nächster Gelegenheit in den Ausstellungsraum zurückbringt.«

Ich sann nach, wenn auch nicht lange. Mir konnte es nur recht sein, wenn ich das vermaledeite Ding loswurde.

»Ganz wie Sie meinen. Da, bitte sehr. Ich glaube allerdings, daß Sie Spode unrecht tun.«

»Wohl kaum, Sir.«

Und hol's der Geier, er hatte sich nicht getäuscht! Kaum war ich mit dem Wagen vor die Stallungen gefahren, verdüsterte ein Festkörper den Horizont, und vor mir pflanzte sich Spode auf, der aussah wie Chefinspektor Witherspoon bei der Ergreifung eines Straftäters.

»Wooster!« sagte er.

»Zur Stelle«, antwortete ich.

»Steigen Sie sofort aus!« befahl er. »Ich werde jetzt Ihren Wagen durchsuchen.«

12. Kapitel

In tiefer Dankbarkeit pries ich Jeeves' zweites Gesicht, falls das der richtige Ausdruck ist. Ich meine sein unheimliches Talent, einen Blick in die Zukunft werfen und weit im voraus auf Ränke sinnen zu können. Ohne seine kluge Diagnose der auf mich lauernden Gefahren hätte ich jetzt tief in der Tinte gesessen und nie mehr Land gesehen. So aber konnte ich mich nonchalant, unbeschwert und frohgemut geben. Ich war wie der Bursche, von dem ich Jeeves einst sagen hörte, er sei so bewehrt durch Redlichkeit, daß irgendwelche Drohungen an ihm vorbeizögen wie der leere Wind, der nichts ihm gelte. Falls Spode etwa einen Meter kleiner und um die Schultern etwas schmächtiger gewesen wäre, hätte ich wohl spöttisch aufgelacht und ihm sogar geringschätzig mein Batisttuch ins Gesicht geschlagen.

Er sah mich durchdringend an, ohne zu ahnen, daß er, noch ehe die Sonn' ihr Haupt zur süßen Ruh gebettet, sich unsterblich blamiert haben würde.

»Ich habe gerade Ihr Zimmer gefilzt.«

»Tatsächlich? Sie überraschen mich. Suchen Sie etwas Bestimmtes?«

»Sie wissen ganz genau, was ich suche. Die Bernsteinstatuette, von der Sie gesagt haben, Ihr Onkel hätte so was sicher auch gern.«

»Ach die? Aber sie soll doch im Ausstellungsraum sein.«

»Und woher wissen Sie das?«

»Aus gutunterrichteter Quelle.«

»Nein, im Ausstellungsraum ist sie nicht mehr. Jemand hat sie weggeschafft.«

»Das ist ja merkwürdig!«

»Und mit ›jemand‹ meine ich einen schmierigen Strauchdieb, der auf den Namen Wooster hört. Das Ding ist nicht in Ihrem Schlafzimmer, und wenn es auch nicht in Ihrem Wagen ist, müssen Sie es bei sich tragen. Drehen Sie Ihre Taschen um.«

Ich entsprach seiner Bitte, wozu mich namentlich seine Hünenhaftigkeit bewog. Einem Liliputaner wäre ich nicht halb so schnell zu Willen gewesen. Als er den Inhalt sichtete, schnaubte er enttäuscht, als habe er sich mehr erhofft, und hechtete in den Wagen, um Fächer aufzuziehen und unter Sitzpolster zu gucken. Stiffy, die in diesem Moment des Weges kam, musterte seinen riesigen Hosenboden nicht ohne Neugier.

»Was geht hier vor?« erkundigte sie sich.

Nun stieß ich endlich jenes höhnische Lachen aus, das mir längst angezeigt schien.

»Kannst du dich noch an das potthäßliche Ding auf dem Eßtisch erinnern? Anscheinend ist es verschwunden, was Spode auf die wunderliche Idee gebracht hat, ich könnte es geklaut und mit diesem Dingsbums belegt haben … wie nennt man das noch gleich … nein, nicht Behuf … Beschlag, genau. Er glaubt, ich hätte es mit Beschlag belegt.«

»Tatsächlich?«

»So behauptet er.«

»Was für ein Blödmann!«

Spode schnellte herum und war von der elenden Plackerei ganz rot im Gesicht. Mit Freude sah ich, daß seine Nase bei der Suche unter dem Sitz etwas Öl abbekommen hatte. Finster betrachtete er Stiffy.

»Haben Sie mich eben einen Blödmann genannt?«

»Was denn sonst? Eine lange Reihe von Gouvernanten hat mir beigebracht, stets die Wahrheit zu sagen. Bertie soll diese Statuette gestohlen haben? Absurd!«

»Klingt tatsächlich läppisch«, gab ich ihr recht. »Bizarr wäre wohl das passende Wort.«

»Das Ding ist in Onkel Watkyns Ausstellungsraum.«

»Es ist *nicht* im Ausstellungsraum.«

»Und wer behauptet das?«

»Ich.«

»Dann behaupte ich eben das Gegenteil. Überzeugen Sie sich selbst, wenn Sie mir nicht glauben. Schluß jetzt, Bartholomew, blöder Kläffer!« wechselte Stiffy lautstark das Thema und machte sich in fliegender Eile davon, um mit ihrem Köter Klartext zu sprechen, denn offenbar wälzte sich dieser gerade über eine Kreatur, die sich im Endstadium der Verwesung befand. Ich vermochte Stiffys Gedankengang mühelos zu folgen. Selbst unter günstigsten Bedingungen riechen Scotchterrier streng. Kommt zu ihrem natürlichen Bukett noch das Aroma einer toten Ratte (oder was es sonst sein mochte), dann resultiert daraus ein für den menschlichen Geruchssinn allzu würziger Duft. Nach kurzem Gerangel wurde der nach Hundeart schimpfende Bartholomew badwärts geschleppt.

Wenig später kehrte Spode zurück. Seine alte Forschheit war wie weggeblasen.

»Wooster, offensichtlich habe ich Ihnen einen Tort angetan«, sagte er, und mich erstaunte, daß er zu einem solch kleinlauten Ton überhaupt fähig war.

Wir Woosters sind konziliant und treten die uns im Kampf Unterlegenen nicht in den Staub.

»Ach, war das Ding tatsächlich da?«

»Äh … ja. Ja, es war da.«

»Nun ja, Irren ist menschlich.«

»Ich hätte schwören können, daß es verschwunden war.«

»Aber die Tür war doch verriegelt, oder?«

»Ja.«

»Das erinnert ja direkt an einen dieser Kriminalromane. Eines schönen Morgens wird in einem verschlossenen, fensterlosen Raum ein toter Millionär aufgefunden, in dessen Gabelbein ein Dolch mit orientalischem Muster steckt. Übrigens klebt an Ihrer Nase Öl.«

»Ach, tatsächlich?« sagte er und befingerte seinen Rüssel.

»Jetzt haben Sie's an der Wange. Am besten hüpfen Sie gleich mit Bartholomew in die Badewanne.«

»Wird gemacht. Vielen Dank, Wooster.«

»Keine Ursache, Spode – beziehungsweise Sidcup. Und sparen Sie nicht an der Seife!«

Es gibt doch nichts Erfreulicheres, als Zeuge zu werden, wie den Mächten der Finsternis ein Bein gestellt wird, und so ging ich frohen Herzens zum Haus zurück. Bedachte man nur alles reiflich, so war mir ein schwerer Stein vom Herzen gefallen. Vögel zwitscherten, Insekten summten, und ich glaubte, sie wollten alle nur eines ausdrücken: »Picobello, Bertram ist aus dem Schneider.«

Doch ich habe schon öfter feststellen müssen, daß sich das Schicksal, kaum bin ich eine Sorge los, mit fast tödlicher Sicherheit erneut anschleicht und mir den nächsten Knüppel zwischen die Beine wirft, als wolle es prüfen, ob ich nicht noch ein bißchen mehr vertragen könnte. Auch im vorliegenden Fall verfiel es wieder auf diese Tour. Da es mich unbedingt auf andere Gedanken bringen wollte, krempelte es die Ärmel hoch, spuckte in die Hände und verschaffte Madeline Bassett die Gelegenheit, mich in der Eingangshalle abzufangen.

Selbst wenn sie rührselig wie immer gewesen wäre, hätte ich mich mit keinem Menschen weniger gern unterhalten, doch von Rührseligkeit war nichts zu sehen. Irgend etwas hatte sie um den üblichen Schmalz gebracht, und in ihren Augen funkelte ein Glanz, der mich mit namenloser Furcht erfüllte. Offensichtlich lief ihr die Galle über, und es lag auf der Hand, daß das, was sie nun gleich sagen würde, den letzten Wooster keineswegs freudig in die Hände klatschen und ein Hosianna anstimmen ließe wie ehedem die Cherubim und Seraphim, falls ich da nichts durcheinanderbringe. Schon im nächsten Moment tat sie kund, was sie so fuchste, ja, sie platzte damit ohne jede Präambel heraus, wie man das wohl nennt.

»Augustus macht mich so wütend!« sagte sie, und mir stand das Herz still, als hätte das Gespenst von Totleigh Towers, falls ein solches existierte, seine eisige Hand darauf gelegt.

»Warum, was ist denn passiert?«

»Er war furchtbar grob zu Roderick.«

Das schien unglaublich. Höchstens ein professioneller Freistilringer würde mit einem Burschen von der Größe Spodes grob umspringen.

»Das ist doch wohl nicht dein Ernst?«

»Ich wollte sagen, daß er sich furchtbar grob *über* Roderick geäußert hat. Er habe es bis hierhin, sagte er, Roderick durch die Gegend trampeln zu sehen, als führe er hier das Regiment, der Mann habe doch selbst ein Zuhause. Und falls Papa auch nur ein Gramm mehr Grips hätte als eine Billardkugel, würde er von ihm Miete kassieren. Er war ausgesprochen beleidigend.«

Das Herz stand mir noch stiller. Ich übertreibe keineswegs, wenn ich behaupte, daß ich bestürzt war und die Fassung verlor. Da sah man wieder einmal, was vegetarische Kost mit einem Burschen anrichten konnte: Im Handumdrehen verwandelte er sich von einem weichgekochten in ein hartgekochtes Ei. Zweifellos hat der Zirkel um den Dichter Shelley sehr ähnliche Erfahrungen mit dem Dichter Shelley machen müssen.

Ich versuchte die Wogen zu glätten.

»Hat sich wohl einen kleinen Scherz erlaubt, glaubst du nicht?«

»Nein.«
»Hat er nicht mit einem Augenzwinkern gesprochen?«
»Nein.«
»Oder mit einem unbeschwerten Lachen?«
»Nein.«
»Vielleicht hast du es nur nicht bemerkt. So ein unbeschwertes Lachen läßt sich leicht überhören.«
»Er hat jedes Wort ernst gemeint.«
»Dann war's wohl ein leichter Anflug von Wie-heißt-es-noch-gleich. Brummigkeit. Das geht uns doch allen manchmal so.«
Sie knirschte mit dem einen oder anderen Zahn – diesen Eindruck jedenfalls gewann ich.
»Davon kann keine Rede sein. Er war streng und bitter, was er übrigens schon seit einiger Zeit ist. Zuerst fiel mir das in Brinkley auf. Eines Morgens spazierten wir über die Wiese, und überall auf dem Gras schwebten kleine Nebelkringel, und ich fragte ihn, ob es ihm nicht auch manchmal vorkomme, als seien dies die Brautschleier der Elfen, worauf er in schneidendem Ton versetzte: ›Nein, niemals‹, um hinzuzufügen, etwas so Kreuzdummes habe er in seinem ganzen Leben noch nicht gehört.«
Natürlich hatte er damit hundertprozentig recht, doch einem Mädchen wie Madeline Bassett war das natürlich nicht begreiflich zu machen.
»Und am selben Abend betrachteten wir den Sonnenuntergang, und ich sagte, Sonnenuntergänge erinnerten mich immer an jenes selige Mädchen, das vom Himmel sah, über Brüstung goldgetrieben, und er fragte ›An wen?‹, und ich sagte ›An das selige Mädchen‹, und er erwiderte: ›Ist mir nicht bekannt.‹ Und dann meinte er noch, Sonnenuntergänge könne er auf den Tod nicht ausstehen, und das gleiche gelte übrigens für selige Mädchen, und er habe sowieso Bauchgrimmen.«

Ich erkannte, daß es an der Zeit war, den *raisonneur* zu spielen.
»Das war in Brinkley?«
»Ja.«
»Verstehe. Nachdem du ihn zum Vegetarier gemacht hattest. Bist du sicher«, sagte ich und räsonierte wie wild drauflos, »daß du gut beraten warst, als du ihn auf Spinat und ähnliches Zeug gesetzt hast? Manch stolzes Wesen rebelliert, wenn es nicht zu seinen Proteinen kommt. Vielleicht weißt du das nicht, aber laut medizinischen Studien besteht die ideale Ernährung in einer ausgewogenen Synthese aus tierischen und pflanzlichen Stoffen. Es geht dabei um irgendwelche vom Körper dringend benötigten Säuren.«
Ich will nicht behaupten, daß sie direkt schnaubte, aber das Geräusch, das sie ausstieß, kam einem Schnauben doch gefährlich nahe.
»Dummes Zeug!«
»Aber die Ärzte behaupten das.«
»Was für Ärzte?«
»Koryphäen auf ihrem Gebiet.«
»Das glaube ich nicht. Tausende von Menschen sind Vegetarier und erfreuen sich bester Gesundheit.«
»Bester körperlicher Gesundheit vielleicht«, deutete ich gewitzt auf den wunden Punkt. »Aber wie steht's mit der Seele? Wenn man einem Mann plötzlich die Steaks und Koteletts streicht, geht das nicht spurlos an seiner Seele vorüber. Meine Tante Agatha hat Onkel Percy einmal zum Vegetarismus bekehrt, was ihm das Leben ganz schön sauer gemacht hat. Und dabei war es«, räumte ich ein, »schon vorher sauer genug, was wohl unvermeidlich ist, wenn man steten Umgang mit Tante Agatha pflegt. Bestimmt wirst du feststellen, daß Gussie nichts weiter fehlt. Er möchte bloß das eine oder andere Hammelkotelett zwischen die Zähne kriegen.«

»Kriegt er aber nicht! Und wenn er sich weiterhin wie ein schmollendes Kind aufführt, werde ich mir zu helfen wissen.«

Ich kann mich erinnern, daß Stinker Pinker mir einmal erzählt hat, gegen Ende seiner Studienzeit in Oxford sei er nach Bethnal Green gefahren, um das Wort Gottes zu verkünden, doch ein Straßenhändler habe ihm dabei einen derart kräftigen Tritt in die Magengrube gegeben, daß ihm ganz flau und wunderlich geworden sei, fast wie im Traum. Das gleiche Gefühl überkam nun auch mich angesichts der unheilschwangeren Worte aus dem Munde von M. Bassett. Sie hatte diese zwischen Zähnen hervorgezischt, die sie wohl nicht ganz, aber doch fast zusammengebissen hielt, und mir war dabei, als hätte der robuste Stiefel eines Verkäufers von Blutorangen und Bananen mein Sonnengeflecht getroffen.

»Hm – und wie genau willst du dir helfen?«

»Das tut nichts zur Sache.«

Behutsam streckte ich die Fühler aus.

»Einmal angenommen ... so unwahrscheinlich das natürlich ist ... aber einmal angenommen, der durch seine Abstinenz zur Weißglut gebrachte Gussie verputze plötzlich – um ein ganz willkürliches Beispiel zu wählen – eine kalte Nierenpastete, was würde dann geschehen?«

Ich hätte ihr nicht zugetraut, daß sie irgendwem einen stechenden Blick zuwerfen könnte, doch genau einen solchen warf sie nun mir zu. Wohl nicht einmal Tante Agathas Augen haben mich je heftiger durchbohrt.

»Bertie, willst du damit sagen, Augustus habe eine Nierenpastete gegessen?«

»Großer Gott, nein. Das war nur eine dieser Fragen.«

»Ich verstehe dich nicht.«

»Wie nennt man noch mal die Fragen, die gar keine richtigen Fragen sind? Fängt mit einem H an. Hypothetisch, genau. Es war nur eine hypothetische Frage.«

»Ach? Meine Antwort lautet jedenfalls, daß ich mit Augustus, sollte mir je zu Ohren kommen, daß er das Fleisch von ruchlos abgeschlachteten Tieren verzehrt hat, endgültig brechen würde«, sagte sie und zischte ab, während ich sprachlos zurückblieb, ein Schatten meiner selbst.

13. Kapitel

Der nächste Tag brach in heller Pracht an – dies jedenfalls muß ich vermuten. Richtig anbrechen sah ich ihn nämlich nicht, denn erst wenige Stunden bevor er sich an diese Aufgabe gemacht hatte, war ich in unruhigen Schlummer gesunken. Als sich des Schlafes Nebel lichteten und ich wieder ein Auge für meine Umgebung hatte, sickerte Sonnenschein durchs Fenster, während mein Ohr den Gesang von zirka siebenhundertfünfzig Vögeln vernahm, die ihr Dasein im Gegensatz zu mir anscheinend alle in vollkommener Unbeschwertheit fristeten. Eine sorglosere Gesellschaft ist mir selten untergekommen, und ihr Quirilieren ging mir entsetzlich auf die Nerven, bemächtigte sich doch meiner, wie mal einer gesagt hat, finstrer Trübsinn, und der Übermut jener heiteren Sänger verstärkte die Verdrossenheit nur noch, in die mich mein Schwatz vom Vortag mit Madeline Bassett gestürzt hatte.

Man kann sich bestimmt denken, daß mir ihre *obiter dicta,* wie man diese Dinger wohl nennt, schwer im Magen lagen. Hier handelte es sich offenbar keineswegs nur um einen kleinen Zank zwischen Liebenden, der sich mit ein paar stillen Tränen und ein, zwei Küßchen aus der Welt schaffen ließ, sondern um einen Sprung der Extraklasse, der bei Ausbleiben entsprechender Gegenmaßnahmen die Laute unspielbar machen und zum Verstummen bringen würde, als wär's eine Trommel mit einem Loch mittendrin. Doch wie diese Gegenmaßnahmen aussehen könnten, war mir schleierhaft. Zwei eiserne Willen waren aufeinandergeprallt. Hier Madelines starke Abneigung gegen fleischhaltige Kost, dort Gussies wilde Entschlossenheit, noch den letzten Knochen abzunagen, den er in die

Finger kriegte. Wo, so mußte ich mich fragen, würde das alles enden? Als Jeeves mit dem Morgentee andampfte, dachte ich immer noch mit Schaudern an die Zukunft.

»Hm?« sagte ich abwesend, als er die Tasse auf den Tisch stellte. Sonst stürze ich mich jeweils wie eine Robbe, die einem Fischhappen nachhechtet, auf die erfrischende Flüssigkeit. Selbstvergessen, falls der Leser weiß, was ich meine. Oder auch entrückt, sofern man diesen Ausdruck vorzieht.

»Ich habe gerade gesagt, Fortuna habe uns für das Schulfest mit einem schönen Tag beschert, Sir.«

Ruckartig setzte ich mich auf und stieß dabei mein Täßchen Tee so zielsicher um, als wäre ich der Reverend H.P. Pinker.

»Geht das schon heute über die Bühne?«

»Jawohl, Sir, am Nachmittag.«

Ich stöhnte wieder einmal aus tiefster Seele auf.

»Auch das noch, Jeeves!«

»Sir?«

»Das schlägt dem Faß den Boden aus! Als hätte ich nicht schon genug am Hals.«

»Bekümmert Sie irgend etwas, Sir?«

»Allerdings. Die Hölle erzittert in ihren Grundfesten. Wie lautet noch gleich die Formulierung, wenn zwei Nationen zuerst ein Herz und eine Seele sind und plötzlich anfangen, Gift und Galle gegeneinander zu spucken?«

»In solchen Fällen spricht man wohl von einer merklichen Verschlechterung der bilateralen Beziehungen, Sir.«

»Also gut, zwischen Miss Bassett und Gussie ist es zu einer merklichen Verschlechterung der bilateralen Beziehungen gekommen. Er war bekanntlich schon vorher verschnupft, doch inzwischen ist auch sie es. Sie hat nämlich eine abfällige Bemerkung krummgenommen, die er über den Sonnenuntergang gemacht hat. Ihr liegen Sonnenuntergänge sehr am Herzen, doch er hat ihr gestanden, daß er die Dinger nicht ausstehen könne. Unglaublich, finden Sie nicht auch?«

»Nicht unbedingt, Sir. Gestern abend redete Mr. Fink-Nottle auch mit mir über den Sonnenuntergang. Er meinte, dieser gleiche einem blutigen Beefsteak so sehr, daß er gar nicht hinsehen könne. Seine Gefühle sind also nicht allzuschwer zu begreifen.«

»Durchaus, aber es wäre mir trotzdem lieber, er würde sie nicht an die große Glocke hängen. Außerdem hat er sich offenbar despektierlich über das selige Mädchen geäußert. Wer ist dieses selige Mädchen überhaupt, Jeeves? Soviel ich weiß, habe ich noch nie von ihr gehört.«

»Die Heldin eines Gedichts aus der Feder von Dante Gabriel Rossetti, Sir. Das selige Mädchen vom Himmel sah, über Brüstung goldgetrieben.«

»Ja, soweit bin ich im Bild. Das wurde explizit erwähnt.«

»Stille Wasser am Abend sind nicht so tief, als es ihre Augen blieben. Sie hatte drei Lilien in ihrer Hand und im Haar der Sterne sieben.«

»Ach, tatsächlich? Wie auch immer, Gussie hat jedenfalls behauptet, er könne auch dieses Mädchen nicht ausstehen, was Miss Bassett nun fuchst wie ein Sonnenbrand im Nacken.«

»Höchst betrüblich, Sir.«

»Betrüblich, Sie sagen es! Wenn es in diesem Stil weitergeht, würde kein Buchmacher mehr als zwölf zu eins dafür bieten, daß dieses Verlöbnis die nächste Woche übersteht. Ich habe schon allerlei Verlöbnisse gesehen, aber keines, das stärker aus dem Leim zu gehen drohte als dasjenige von Augustus Fink-Nottle und Madeline, Tochter von Sir Watkyn und Lady Bassett selig. Die Spannung steigt ins Unerträgliche. Wer war schon wieder der Bursche, von dem ich irgendwo las, ein Schwert habe über ihm geschwebt, aufgehängt an einem einzigen Haar?«

»Damokles, Sir. Es handelt sich um eine Sage des griechischen Altertums.«
»Tja, ich kann mir gut vorstellen, wie ihm zumute gewesen sein muß. Und derweil mich solche Sorgen plagen, soll ich also an einem doofen Schulfest teilnehmen? Ohne mich!«
»Ihre Abwesenheit dürfte Anstoß erregen, Sir.«
»Das ist mir schnurzegal. Die können mich gern haben. Ich verdünnisiere mich. Sollen sie doch denken, was sie wollen.«
Zu allem Überfluß war mir nämlich auch noch die Geschichte in den Sinn gekommen, die mir Pongo Twistleton eines Abends im Drones Club erzählt hatte und die anschaulich zeigt, wie wüst es bei solchen Festivitäten meistens zugeht. Pongo also war einmal in ein Schulfest in Somersetshire geraten, und als er uns schilderte, wie er dabei für ein Spiel mit dem Titel »Ist Mr. Smith zu Hause?« Stimmung machen und zu diesem Zweck den Kopf in einen Sack stecken mußte, auf daß ihm die Dorfjugend mit Stöcken das Fell gerben konnte, da lauschte der ganze Rauchsalon gebannt. In einem Ort wie Totleigh, wo man seines Lebens auch in normalen Zeiten nicht sicher sein konnte, war noch mit schlimmeren Exzessen zu rechnen. Die Straßenkinder des Ortes, die mir schon begegnet waren, hatten keinen Zweifel daran gelassen, daß sie Galgenstricke waren, um die jeder, der wußte, was gut für ihn war, einen großen Bogen machte.
»Ich werde mit dem Wagen nach Brinkley flitzen und bei Onkel Tom zu Mittag essen. Sie begleiten mich doch hoffentlich?«
»Das wird mir leider nicht möglich sein, Sir. Ich habe Mr. Butterfield versprochen, ihm im Teezelt zur Hand zu gehen.«
»Dann können Sie mir ja später Bericht erstatten.«
»Sehr wohl, Sir.«
»Sofern Sie mit dem Leben davonkommen.«
»Ganz recht, Sir.«

Die Fahrt nach Brinkley war kurz und angenehm, so daß ich weit vor der Mittagsstunde dort eintraf. Tante Dahlia war nicht zugegen, da sie an diesem Tag, wie bereits früher angedeutet, nach London gereist war, so daß ich mich allein mit Onkel Tom an Anatoles Spitzengastronomie delektieren durfte. Zu *Suprême de foie gras au Champagne* und *Neige aux Perles des Alpes* schilderte ich meinem Onkel alles Wissenswerte über die Statuette aus schwarzem Bernstein, und als er hörte, daß sich der alte Bassett dieses *objet d'art* im Werte von tausend Pfund keineswegs für fünf Mücken gekrallt hatte, war seine Erleichterung so enorm und sein Kommentar über den alten Bassett so herzerfrischend, daß sich meine finstere Stimmung bis zur Rückfahrt entschieden aufgehellt hatte und König Zuversicht wieder das Zepter schwang.

Denn schließlich, so rief ich mir in Erinnerung, stünde Gussie nicht für alle Ewigkeit unter Madelines Aufsicht. Schon bald würde er nach London zurückrauschen und Rind- und Hammelfleisch verputzen können, bis ihm die Rippen quietschten, wüßte er doch, daß seine Verlobte niemals von diesen Ausschweifungen erfahren würde. Dies aber müßte sein Leben wieder in eitel Freude und Sonnenschein verwandeln und ihn dazu animieren, ihr zärtliche Liebesbriefe zu schreiben, die ihn solange im Rennen hielten, bis ihre vegetarische Phase ausgestanden war und sie ein Briefmarkenalbum oder etwas ähnliches in Angriff nahm. Ich kenne das schöne Geschlecht und die von ihm entfachten Strohfeuer. Diese holden Wesen verfallen immer wieder auf irgendeinen Fimmel, dem sie ein Weilchen frönen, bis er sie anödet und sie sich neuen Dingen zuwenden. Meine Tante Agatha hat sich einmal für Politik interessiert, doch schon nach wenigen Versammlungen, in denen man sie lautstark ausbuhte, erschien es ihr als das Gescheiteste, die Chose abzublasen und sich im trauten Heim wieder ihrer Häkelarbeit zu widmen.

Es ging schon auf die sogenannte blaue Stunde zu, als ich vor Totleigh Towers Anker warf. Ich schlich mich wie üblich auf mein Zimmer und war erst wenige Minuten dort, als Jeeves eintrat.

»Ich habe Sie vorfahren sehen, Sir«, sagte er, »und mir gedacht, Sie bedürften vielleicht einer kleinen Erfrischung.«

Ich versicherte ihm, daß ihn seine Intuition nicht getäuscht habe, und er antwortete, daß er mir gleich einen Whisky-Soda bringen werde.

»Mr. Travers ist doch hoffentlich wohlauf, Sir.«

In dieser Hinsicht konnte ich ihn beruhigen.

»Er wirkte zwar leicht bedrückt, als ich bei ihm hineinschneite, doch kaum hatte ich ihm die Neuigkeiten über das Dingsda erzählt, blühte er auf wie eine Blume. Sie hätten hören sollen, was er über den alten Bassett zu sagen hatte. Apropos Bassett: Wie ging denn das Schulfest vonstatten?«

»Ich glaube, die Dorfjugend fand durchaus Gefallen daran, Sir.«

»Und Sie?«

»Sir?«

»Sind Sie heil geblieben? Hat man Ihren Kopf nicht in einen Sack gesteckt und Ihnen mit Stöcken das Fell gegerbt?«

»Nein, Sir. Mein Beitrag zu den nachmittäglichen Veranstaltungen beschränkte sich auf die Mithilfe im Teezelt.«

»Sie sagen das so leichthin, Jeeves, aber ich habe schon Schulfeste erlebt, bei denen die schlimmsten Freveltaten im Teezelt verübt wurden.«

»Komisch, daß Sie das sagen, Sir. Als sich Sir Watkyn dort verpflegte, bewarf ihn irgendein Bursche mit einem hartgekochten Ei.«

»Und, hat er ihn getroffen?«

»Am linken Backenknochen, Sir. Es war höchst bedauerlich.«

Das konnte ich nicht unterschreiben.

»Ich wüßte nicht, was daran bedauerlich sein soll. Etwas Besseres konnte meines Erachtens gar nicht passieren. Schon bei meiner ersten Begegnung mit dem alten Bassett in der pittoresken Umgebung des Polizeigerichts in der Bosher Street sagte ich mir, daß dort ein Mann sitze, dem es nur guttun könne, mit hartgekochten Eiern beworfen zu werden. Und tatsächlich warf eine Angehörige unserer Gruppe – eine Dame, die sich wegen betrunkenen Herumpöbelns und Widerstands gegen die Staatsgewalt zu verantworten hatte – bei Entgegennahme ihrer Strafe mit einem Stiefel nach ihm, doch leider zielte sie so schlecht, daß sie nur den Gerichtsdiener erwischte. Wissen Sie, wie der Junge heißt?«

»Das entzieht sich meiner Kenntnis, Sir. Er handelte im Schutz der Anonymität.«

»Schade, ich würde ihm gern zum Dank ein paar Kamele vorbeischicken, beladen mit Affen, Elfenbein und Pfauen. Haben Sie Gussie im Laufe des Nachmittags auch einmal zu Gesicht bekommen?«

»Jawohl, Sir. Mr. Fink-Nottle spielte auf Miss Bassetts Geheiß eine Hauptrolle, wurde aber leider von den jüngeren Festteilnehmern recht grob angefaßt. Zu den Drangsalen, die er erlitt, gehörte ein klebriger Dauerlutscher, den ihm ein Kind in die Haare steckte.«

»Das wird ihn mächtig geärgert haben. Mit seinen Haaren ist er immer sehr pingelig.«

»Jawohl, Sir, er wirkte sichtlich erbost. Nachdem er das Schleckwerk entfernt hatte, warf er es mit großem Schwung von sich, doch durch einen dummen Zufall flog es Miss Byngs Hund an die Nase. Dieser wähnte sich als Opfer eines willkürlichen Übergriffs und biß Mr. Fink-Nottle ins Bein.«

»Armer alter Gussie!«

»Jawohl, Sir.«

»Aber das Leben kennt eben nicht nur heitere Stunden.«
»Ganz recht, Sir. Ich werde Ihnen jetzt den Whisky-Soda holen.«
Kaum war er verschwunden, platzte auch schon Gussie herein. Wiewohl er leicht hinkte, waren ihm die von Jeeves angesprochenen Drangsale kaum anzusehen. Er wirkte eher noch aufgeräumter als sonst, und mir kam bei seinem Anblick sogleich die Wendung »ein Mann von echtem Schrot und Korn« in den Sinn. Wenn Gussie ein Beispiel für die eiserne Standhaftigkeit des jungen Englands darstellte, dann war mir nicht bang um die Zukunft des Landes. Nur wenige Nationen bringen Söhne hervor, die so zu grinsen vermögen, nachdem sie von einem Scotchterrier gebissen worden sind.
»Ach, da bist du ja, Bertie«, sagte er. »Jeeves hat mir erzählt, du seist zurück. Ich wollte mir ein paar Zigaretten borgen.«
»Bedien dich.«
»Vielen Dank«, sagte er und füllte sich sein Etui. »Ich mache mit Emerald Stoker einen Spaziergang.«
»*Was* machst du?«
»Oder eine Ruderpartie auf dem Fluß. Ich richte mich da ganz nach ihr.«
»Aber Gussie …«
»Ach, bevor ich's vergesse: Pinker sucht dich. Offenbar hat er etwas Wichtiges mit dir zu besprechen.«
»Stinker tut jetzt nichts zur Sache. Du kannst mit Emerald Stoker unmöglich Spaziergänge machen.«
»Ach nein? Du wirst schon sehen«
»Aber …«
»Tut mir leid, ich hab' jetzt keine Zeit, denn ich will sie nicht warten lassen. Bis später, ich muß los.«
Er ließ mich in Gedanken versunken zurück – und keineswegs in

erfreulichen Gedanken. Es ist inzwischen wohl noch dem Dümmsten klargeworden, daß meine Zukunft ganz von einem Augustus Fink-Nottle abhing, der mit blütenweißer Weste auf dem Pfad der Tugend wandelte. Nun aber drängte sich mir der Verdacht auf, daß Gussie, indem er mit Emerald Stoker Spaziergänge machte, meilenweit vom Pfad der Tugend abkam und seine ganze Weste vollkleckerte. In diesem Licht jedenfalls, dessen war ich mir sicher, würde die Sache einer idealistisch gesinnten Trine wie Madeline Bassett erscheinen, deren Blut schon durch seine subversiven Ansichten über Sonnenuntergänge und selige Mädchen in Wallung gebracht worden war. Man kann ohne Übertreibung sagen, daß Jeeves bei seiner Rückkehr mit dem Whisky ein reines Nervenbündel vorfand.

Ich hätte ihn ja gern über die neueste Wendung aufgeklärt, doch es gibt wie gesagt Dinge, über die wir nicht sprechen, weshalb ich lediglich einen tüchtigen Schluck aus dem vollen Pokal nahm und ihm erzählte, Gussie habe mich soeben mit seinem Besuch beehrt.

»Angeblich will mich Stinker Pinker wegen irgendwas sprechen.«

»Zweifelsohne geht es um die Sache mit Sir Watkyn und dem hartgekochten Ei, Sir.«

»Erzählen Sie mir bloß nicht, Stinker sei der Werfer gewesen.«

»Nein, Sir, beim Missetäter soll es sich um einen Burschen in den frühen Jünglingsjahren handeln. Die spontane Aktion des Knaben hat aber leider dazu geführt, daß Sir Watkyn inzwischen die Weisheit seines Entschlusses anzweifelt, das Vikariat in die Hände eines Kuraten zu legen, der nicht einmal in der Lage ist, bei einem kleinen Schulfest für Ordnung zu sorgen. Miss Byng wirkte äußerst betrübt, als sie mir diese Information anvertraute. Sie hatte geglaubt – und ich zitiere sie wörtlich –, die Sache sei geritzt, und ist nun verständlicherweise wie vor den Kopf geschlagen.«

Ich kippte meinen Whisky und zündete mir verdrossen einen Glimmstengel an. Falls Totleigh Towers vorhatte, mich zum Zyniker zu machen, dann packte es diese Aufgabe gar nicht ungeschickt an.

»Dieses Haus steht unter einem Fluch, Jeeves. Verwelkte Blütenträume und zerschlagene Hoffnungen, wohin das Auge reicht. Muß an der Luft liegen. Je eher wir die Fliege machen, desto besser. Ich frage mich gerade, ob wir nicht ...«

Eigentlich hatte ich hinzufügen wollen: »... schon heute abend das Weite suchen könnten«, doch in diesem Moment flog die Tür auf und Spode preschte herein, weshalb es mir die Sprache verschlug und ich mich zum Hochziehen der einen oder anderen Augenbraue genötigt sah. Mich ärgerte, daß er neuerdings alle paar Minuten aus dem Nichts auftauchte, als wäre er der Höllenfürst in einer Pantomime, und nur weil mir nichts Passendes einfallen wollte, verkniff ich mir einen geharnischten Kommentar. Statt dessen hielt ich mich bedeckt und sprach in dem weltgewandten Ton des perfekten Gastgebers.

»Ach, Spode. Immer hereinspaziert, nehmen Sie ruhig Platz, es hat Stühle genug«, sagte ich und wollte ihm gerade versichern, daß bei uns Woosters immer und jederzeit Tag der offenen Tür sei, als er mich mit jener ungehobelten Schroffheit schweigen hieß, die diese Gorillas in Menschengestalt eben auszeichnet. Roderick Spode mochte ja seine Verdienste haben – obwohl sie mir nie aufgefallen waren –, doch als gehobelt hätte ihn wohl nicht einmal sein glühendster Bewunderer bezeichnet.

14. Kapitel

»Haben Sie Fink-Nottle gesehen?« wollte er wissen.

Mir behagte sein Tonfall genausowenig wie sein Gesichtsausdruck. Die Lippen, so fiel mir auf, zuckten, und er verströmte das, was man wohl einen *malocchio* nennt. Für mich gab es kaum einen Zweifel daran, daß er Gussie nicht in freundschaftlicher Absicht suchte, weshalb ich die Wahrheit leicht kaschierte, wie es jeder besonnene Mensch in solchen Momenten tut.

»Nein, leider nicht. Ich bin gerade erst vom Anwesen meines Onkels in Worcestershire zurückgekehrt. Es ging um eine dringende Familienangelegenheit, der ich mich annehmen mußte, weshalb ich, zu meiner großen Enttäuschung, das Schulfest versäumte. Sie haben Gussie nicht zufällig gesehen, Jeeves?«

Er gab keine Antwort, da er wahrscheinlich nicht mehr da war. Wenn sein junger Herr die Notabeln empfängt, schiebt er meistens so diskret ab, daß man sein Gehen gar nicht bemerkt. Er löst sich einfach in Luft auf.

»Wollten Sie ihn in einer wichtigen Sache sprechen?«

»Das Genick brechen will ich ihm.«

Meine Augenbrauen, die zuvor in ihre Grundstellung zurückgekehrt waren, hoben sich erneut. Und wenn ich mich recht erinnere, schürzte ich auch die Lippen.

»Also wirklich, Spode, treiben Sie's nicht zu bunt! Es ist noch gar nicht lange her, da sind Sie mit der Idee schwanger gegangen, das meine zu brechen. Ich finde, Sie sollten sich, was die Genickbrecherei angeht, nicht so gehen lassen und Ihren Drang bezähmen, bevor er Sie vollends in der Gewalt hat. Sicher sagen Sie sich, daß Sie auch darauf verzichten können, aber besteht nicht doch die Gefahr, daß sich das Ganze plötzlich zur Sucht auswächst? Weshalb wollen Sie Gussie das Genick brechen?«

Er schien, jedenfalls aus meiner Perspektive, mit den Zähnen zu knirschen und schwieg ein Weilchen. Schließlich aber senkte er die Stimme, obwohl sich außer mir niemand in Hörweite befand.

»Ich will ganz offen mit Ihnen sein, Wooster, da Sie sie ja ebenfalls lieben.«

»Was? Wer?« fragte ich. Eigentlich hätte es »wen« heißen müssen, doch das bemerkte ich in diesem Moment gar nicht.

»Madeline selbstverständlich.«

»Ach, Madeline?«

»Ich habe Ihnen ja bereits erzählt, daß ich sie von jeher geliebt habe, und ihr Glück bedeutet mir viel, ja schlechterdings alles. Um ihr die kleinste Freude zu bereiten, würde ich mich in Stücke reißen.«

Ich vermochte ihm nicht ganz zu folgen, doch bevor ich die Frage aufwerfen konnte, ob junge Frauen es wohl schätzten, wenn Männer sich vor ihnen in Stücke rissen, fuhr er fort.

»Es war ein schwerer Schock für mich, als sie sich mit diesem Fink-Nottle verlobte, aber ich schickte mich hinein, glaubte ich doch, darin liege ihr Glück. Ich war fassungslos, behielt dies aber für mich.«

»Sehr redlich.«

»Mit keiner Silbe gab ich ihr meine wahren Gefühle zu verstehen.«

»Sehr wacker.«

»Ich fand Trost darin, sie glücklich zu wissen. Nichts anderes zählte. Doch jetzt, da sich Fink-Nottle als Wüstling erwiesen hat …«

»Wer, Gussie?« fragte ich erstaunt. »Er ist der letzte, dem ich ein solches Etikett aufkleben würde. Wenn Sie mich fragen, ist er ein wahrer Tugendbold, ja Tugendwächter. Warum halten Sie Gussie für einen Wüstling?«

»Weil ich vor knapp zehn Minuten Zeuge wurde, wie er die Köchin geküßt hat«, zischte Spode zwischen den Zähnen hervor, mit denen er, so mein Eindruck, zugleich knirschte. Dann stürzte er auf die Tür zu und war verschwunden.

Wie lange ich reglos verharrte, als wäre ich eine Bauchrednerpuppe, deren Bauchredner sich ins nächste Wirtshaus verzogen und sie allein zurückgelassen hat, vermag ich nicht zu sagen. Wahrscheinlich nicht sehr lange, denn als das Leben in meine steifen Glieder zurückkehrte und ich ins Freie eilte, um Gussie vor dem nahenden Tiefdruckkeil zu warnen, war Spode noch immer in Sicht. Er entfernte sich gerade in nordnordöstliche Richtung, und da ich mit ihm keine weiteren Vertraulichkeiten austauschen wollte, solange er sich derart indigniert zeigte, um es einmal so auszudrücken, dampfte ich nach Südsüdwest davon und durfte bald feststellen, daß ich gar keine klügere Wahl hätte treffen können. Als ich in eine Art Eibenallee oder Rhododendronweg einbog, erblickte ich Gussie. Er stand wie in Trance da, und allein schon die Tatsache, daß er dumm dastand, wo er doch wie ein Wiesel hätte davonrennen sollen, erschütterte mich tief, weshalb mein »Heda!« auch um so markiger ausfiel.
Er wandte sich um, und als ich näherkam, fiel mir auf, daß er noch aufgekratzter war als bei unserer letzten Begegnung. Seine Augen leuchteten heller denn je hinter der Hornbrille hervor, und ein Lächeln umspielte seine Lippen. Er wirkte wie ein Fisch, dem gerade zu Ohren gekommen ist, daß sein reicher Onkel in Australien den Löffel abgegeben und ihm einen Haufen Geld vererbt hat.
»Ach, Bertie«, sagte er, »wir haben uns nun also doch für den Spaziergang und gegen die Ruderpartie entschieden. Wir dachten, es sei wohl etwas kühl auf dem Wasser. Was für ein prächtiger Abend, Bertie, nicht wahr?«

In diesem Punkt ging ich nicht mit ihm d'accord.
»Ach, prächtig findest du ihn also, wie? Ich nicht.«
Er gab sich überrascht.
»In welcher Hinsicht bleibt er hinter deinen Erwartungen zurück?«
»Ich kann dir genau sagen, in welcher Hinsicht er hinter meinen Erwartungen zurückbleibt. Was muß ich da über dich und Emerald Stoker hören? Hast du sie geküßt?«
Die sich in seinen Zügen spiegelnde religiöse Verzückung wurde noch intensiver. Angewidert sah ich, wie Augustus Fink-Nottle ein seliges Lächeln aufsetzte.
»Jawohl, Bertie, das habe ich, und ich werde es wieder tun, selbst wenn es das letzte ist, was ich je tun werde. Was für ein Mädchen, Bertie! So lieb, so verständnisvoll. Genau darin liegt für mich die wahre Weiblichkeit, welche man ja heutzutage mit der Lupe suchen muß. Ich bin vorhin in deinem Zimmer nicht dazu gekommen, dir vom Schulfest zu erzählen.«
»Jeeves hat mir alles erzählt. Er behauptet, Bartholomew habe dich gebissen.«
»Ein wahres Wort! Bis auf den Knochen gebissen hat mich der elende Köter. Und weißt du, was Emerald Stoker getan hat? Nicht genug damit, daß sie mich angegurrt hat wie eine Mutter, die ihren Lieblingssohn tröstet – sie hat auch mein zerfetztes Bein gewaschen und verbunden. Sie war ein Engel der Barmherzigkeit, eine zweite Florence Nightingale. Und kurz nach dem Abtupfen und Verbinden habe ich sie geküßt.«
»Das hättest du wirklich nicht tun sollen.«
Erneut zeigte er sich überrascht und sagte, er habe das für eine ziemlich gute Idee gehalten.
»Aber du bist doch mit Madeline verlobt.«
Ich hatte gehofft, bei diesen Worten würde sein Gewissen im Nu von null auf hundert beschleunigen, doch der Motor schien zu streiken,

denn Gussie blieb ruhig und unbewegt wie jener auf Eis liegende Fisch, dem er so ähnelte.

»Ach, Madeline«, sagte er. »Auf Madeline wollte ich eben zu sprechen kommen. Soll ich dir sagen, was mit Madeline Bassett nicht stimmt? Kein Herz. In diesem Punkt versagt sie total. Sieht gut aus, aber *hier* fehlt's ihr einfach«, sprach er und klopfte sich auf die linke Brusthälfte. »Willst du wissen, wie sie auf meine klaffende Fleischwunde reagiert hat? Sie hat für Bartholomew Partei ergriffen und gesagt, das Ganze sei allein meine Schuld. Sie warf mir vor, den kleinen Kläffer provoziert zu haben. Kurz und gut: Sie hat sich wie eine Ratte aufgeführt. Emerald Stoker war das pure Gegenteil. Weißt du, was Emerald Stoker getan hat?«

»Das hast du mir schon erzählt.«

»Abgesehen vom Verbinden meiner Wunden, meine ich. Sie marschierte schnurstracks in die Küche und machte mir einen Packen belegte Brote. Ich hab' sie hier«, sagte Gussie und zeigte mir ein großes Paket, das er voller Ehrfurcht betrachtete. »Schinken«, fügte er mit tiefbewegter Stimme hinzu. »Sie hat sie eigens für mich geschmiert, und ihre Hilfsbereitschaft zeigte mir fast noch mehr als ihre unendliche Anteilnahme, daß es für mich keine neben ihr geben kann. Wie Schuppen fiel es mir von den Augen, und ich erkannte auch, daß alles, was ich einst für Madeline empfunden hatte, nichts als die Vernarrtheit eines unreifen Jüngelchens gewesen war. Für Emerald Stoker dagegen hege ich die innigsten Gefühle. Meiner Meinung nach kann ihr keine das Wasser reichen, und ich wäre dir wirklich sehr verbunden, wenn du nicht länger in die Welt hinausposaunen würdest, sie sehe wie ein Pekinese aus.«

»Aber Gussie …«

Er brachte mich zum Verstummen, indem er gebieterisch mit seinen Schinkenbroten fuchtelte.

»Du brauchst gar nicht ›Aber Gussie‹ zu sagen. Dein Problem, Bertie, besteht darin, daß dir die wahre Liebe verschlossen bleibt. Du bist ein bloßer Schmetterling, der von einer Blume zur anderen flattert und an jeder Blüte nascht, genau wie Freddie Widgeon und all die anderen Knalltüten, von denen es im Drones Club viel zu viele gibt. Ein Mädchen ist für dich nichts als ein Spielball für deine Mußestunden, und jeder Ausdruck echter Leidenschaft ist dir fremd. Ich bin anders. Ich habe geistigen Tiefgang. Die Ehe ist für mich wie geschaffen.«

»Aber du kannst doch unmöglich Emerald Stoker ehelichen!«

»Und warum nicht? Wir sind Geistesverwandte.«

Ich überlegte zuerst, ob ich für ihn eine Charakterskizze des alten Stoker anfertigen sollte, auf daß er erkenne, was für einen Schwiegervater er sich einhandeln würde, wenn er auf dem eingeschlagenen Pfad weiterwandelte, aber ich ließ es dann doch bleiben. Die Vernunft sagte mir, daß ein Bursche, der sich seit Monaten auf den alten Bassett als Schwiegervater eingestellt hat, durch ein solches Argument kaum umzustimmen wäre. Auch wenn ich Stoker noch so unverblümt schilderte, würde er sich für Gussie höchstens wie eine Wendung zum Besseren anhören.

Ich blieb ratlos stehen – und stand noch immer ratlos da, als jemand meinen Namen rief, worauf ich mich umdrehte und Stinker und Stiffy erblickte, die mich wild fuchtelnd auf sich aufmerksam machen wollten. Daraus schloß ich, daß sie gekommen waren, um mich wegen der Sache mit Sir Watkyn Bassett und dem hartgekochten Ei zu konsultieren.

Was ich an diesem Wendepunkt in meinem Leben am allerwenigsten brauchen konnte, war eine Störung, denn eigentlich hätte ich mich voll und ganz darauf konzentrieren sollen, Gussie gut zuzureden und ihn zur Vernunft zu bringen. Doch von Bertram Wooster hat man schon oft behauptet, er lasse alles stehen und liegen, sobald man ihn auf einen Kumpel in Not aufmerksam macht. Mögen seine ganzen Kräfte auch anderswo beansprucht werden, braucht ihm der notleidende Kumpel nur ein Zeichen zu geben, schon rennt er herbei. Nachdem ich Gussie versprochen hatte, gleich wieder bei ihm zu sein und die Diskussion fortzuführen, eilte ich zu Stiffy und Stinker.

»Macht schnell!« sagte ich. »Ich bin in einer Besprechung und habe jetzt keine Zeit für Erklärungen. Die Lage ist ernst – was sie laut Jeeves ja auch bei euch sein soll. Ich habe seinen Ausführungen entnehmen können, daß Stinkers Gewinnchancen in puncto Vikariat in den Keller gesackt sind. Beim alten Bassett scheint ›Ich fürchte‹ mehr und mehr auf ›Ich möchte‹ zu folgen. So ein Pech.«

»Natürlich bringt man ein gewisses Verständnis für Sir Watkyn auf«, meinte Stinker, dessen größter Fehler – neben dem Umwerfen von Möbelstücken – in seiner übertriebenen Nachsicht gegenüber dem Abschaum der Menschheit liegt. »Er glaubt, wenn ich den Unterschied zwischen Recht und Unrecht energischer in die Köpfe des Bibelkreises gehämmert hätte, wäre das alles nicht passiert.«

»Unlogischer geht's wohl nicht!« sagte Stiffy.

Ich konnte mich ihr nur anschließen. Meines Erachtens hätten auch noch so viele Stunden in der Sonntagsschule nicht ausgereicht, um einem heranwachsenden Knaben einzuschärfen, daß man Sir Watkyn Bassett nicht mit hartgekochten Eier bewerfen sollte.

»Aber ich kann die Sache auch nicht ändern, oder?« sagte ich.

»Und ob du das kannst!« entgegnete Stiffy. »Wir haben die Hoffnung nicht aufgegeben, ihn noch umzustimmen. Es empfiehlt sich wohl, seinem Nervensystem nach und nach wieder auf die Beine zu helfen, und wir sind hier, Bertie, weil wir dich bitten wollen, erst wieder in seine Nähe zu kommen, wenn er sich abgeregt hat. Rück ihm nicht auf die Pelle. Laß ihn in Ruhe. Dein Anblick macht ihn ganz kribbelig.«

»Nicht mehr als sein Anblick mich«, versetzte ich schnippisch, denn mich ärgerte die Vorstellung, daß ich nichts besseres zu tun haben könnte, als mit Altrichtern zu fraternisieren. »Selbstverständlich

werde ich seine Gesellschaft meiden. Es wird mir ein Vergnügen sein. Ist das alles?«
»Das ist alles.«
»Dann gehe ich jetzt zu Gussie zurück«, sagte ich und wollte mich schon entfernen, als Stiffy ein schrilles Quieksen ausstieß.
»Gussie! Den habe ich ja ganz vergessen. Ich muß ihm unbedingt etwas ganz, ganz Wichtiges ausrichten. Wie konnte ich das nur verschwitzen? Gussie!« rief sie, und Gussie, der offenbar aus einem Tagtraum hochschreckte, blinzelte und kam herüber. »Was lungerst du noch hier herum, Gussie?«
»Wer, ich? Ich habe mit Bertie gerade etwas besprochen, und er hat mir gesagt, er komme bei nächster Gelegenheit zurück, um weiterzudiskutieren.«
»Tja, dann laß dir gesagt sein, daß du keine Zeit hast, um mit Bertie irgend etwas zu besprechen.«
»Hä?«
»Und auch nicht, um ›Hä?‹ zu sagen. Ich bin vorhin Roderick begegnet. Er hat sich nach dir erkundigt, weil er dich in Stücke reißen will. Er hat dich nämlich beim Küssen der Köchin beobachtet.«
Dumpf klappte Gussies Kinnlade hinunter.
»Das hast du mir ja gar nicht erzählt«, sagte er in meine Richtung, und der vorwurfsvolle Unterton war nicht zu überhören.
»Tut mir leid, das habe ich ganz vergessen. Aber es ist wahr. Du stellst dich besser darauf ein. Renn los wie ein Wiesel, so lautet mein Rat.«
Er befolgte ihn. Beim Weggehn hielt er, mit dem Dichter zu sprechen, nicht auf seinen Rang, sondern sauste wie aus der Pistole geschossen davon und kam auch glänzend voran, bis er durch eine Kollision mit Spode, der die Szene in diesem Moment von links betrat, abrupt gestoppt wurde.

15. Kapitel

Ein Schlag in die Magengrube bringt einen wohl immer ein bißchen aus dem Gleichgewicht, selbst wenn er von einer halben Portion wie Gussie ausgeführt wird. Ich kann das bestätigen, denn während eines New-York-Aufenthalts ist mir genau dies einmal am Washington Square widerfahren. Auf besagtem Platz wimmelt es von traurig dreinblickenden italienischen Kindern, die auf Rollschuhen hin- und herflitzen. Eines von ihnen rammte mich damals mit gesenktem Haupt und in rasantem Tempo ungefähr auf der Höhe meines dritten Westenknopfs, so daß ich kaum noch wußte, wo mir der Kopf stand. Spode ging es in diesem Moment wohl ganz ähnlich. Ihm entfuhr ein scharfes »Uff!«, und er geriet ins Wanken wie ein Baumstamm unter der Axt des Holzfällers. Doch leider hatte Gussie kurz innegehalten, um gleichfalls zu wanken, wodurch sich Spode wieder aufrichten und neue Kräfte sammeln konnte. Er streckte eine schinkenartige Hand aus und packte Gussie im Nacken, wobei er »Ha!« sagte.

»Ha!« ist eines der Wörter, auf die man – genau wie auf »Sie!« – nur schwer antworten kann, doch Gussie blieb das Suchen nach Worten ohnehin erspart, da er nun wie ein Cocktail geschüttelt wurde, was sich gesprächshemmend auswirkte, falls gesprächshemmend wirklich das passende Wort ist. Seine Brille flog davon und landete in meiner Nähe. Ich hob sie auf und gedachte sie ihm zurückzugeben, sobald er ihrer wieder bedurfte, womit aber vorläufig nicht zu rechnen war.

Da es sich bei diesem Fink-Nottle um einen alten Jugendfreund von mir handelte, mit dem ich, wie bereits erwähnt, oft meinen letzten Schokoriegel geteilt hatte, und da sich seine inneren Organe, falls nicht bald jemand einschritt, in eine *macédoine* oder ein Haschee zu verwandeln drohten, trug ich mich natürlich mit dem Gedanken, dieser unschönen Vorstellung durch Einleitung entsprechender Gegenmaßnahmen ein Ende zu bereiten. Stellte sich bloß die nicht unfaszinierende Frage, wie die einzuleitenden Gegenmaßnahmen auszusehen hätten. Meine Tonnage reichte bei weitem nicht aus, um Spode in Raufhändel zu verwickeln, weshalb ich kurz mit der Idee spielte, ihm ein Holzscheit auf den Hinterkopf zu hauen. Dieses Vorhaben fiel jedoch schon deshalb flach, weil keine Holzscheite zur Hand waren. Eibenalleen oder Rhododendronwege geizen zwar nicht mit Ästen und Laub, bieten aber nichts Scheitähnliches, was sich als Keule einsetzen ließe. Und ich war gerade zu dem Schluß gekommen, daß es vielleicht das Wirkungsvollste wäre, Spode von hinten anzuspringen und ihm die Arme um den Hals zu schlingen, als ich hörte, wie Stiffy »Harold!« rief.

Man konnte sich ungefähr vorstellen, worauf sie hinauswollte. Wiewohl Gussie keiner ihrer Busenfreunde war, sah sie es als Angehörige des zarten Geschlechts immer gern, wenn man einem Mitmenschen nach Möglichkeit das Leben rettete. Kurzum, sie forderte ihren Harold auf, beherzt dasjenige von Gussie zu retten. Doch schon ein kurzer Blick auf Stinker zeigte mir, daß er sich nicht ganz schlüssig war, wie er vorgehen sollte. Nachdenklich fuhr er sich mit dem Finger übers Kinn, der armen Katz' im Sprichwort gleich.

Ich wußte, was ihn vom energischen Handeln abhielt. Es war nicht … das Wort liegt mir auf der Zunge … es fängt mit einem B an … Jeeves hat es auch schon benutzt … Bangigkeit, genau, was ungefähr bedeutet, daß ein Bursche stark dazu neigt, kalte Füße zu bekommen … es war nicht, wie ich gerade sagen wollte, als ich mir ins Wort fiel, Bangigkeit, die ihn zurückhielt. Unter normalen Umständen hätten selbst Löwen noch etwas von ihm lernen können. Und auf dem Rugbyfeld wäre er Spode bestimmt sofort an die Gurgel gesprungen und hätte mit ihr einen gordischen Knoten geschürzt. Leider war er aber Kurat, und der hohe Klerus sieht es nicht gern, wenn Kuraten die Gläubigen abschwarten. Verdrisch deine Schäfchen, und du bist weg. Deshalb schreckte er auch vor einer Intervention zurück, und als er sich schließlich doch dazu durchrang, geschah dies nur mit jenen milden Worten, die die Wogen glätten sollen.

»He, Sie da, hallo?« flehte er.

Ich hätte ihm gleich sagen können, daß er die Sache falsch anpacke. Wenn ein Gorilla wie Spode seinen wüsten Leidenschaften nachlebt, ist mit sanftem Tadel wenig bis nichts gewonnen. Als Stinker das zu bemerken schien, begab er sich zu der Stelle, wo der Kerl den armen Gussie inzwischen zu erdrosseln versuchte, und legte ihm die Hand auf die Schulter. Und als er feststellen mußte, daß auch dies ohne große Wirkung blieb, rupfte er kräftig daran. Man vernahm ein Reißen, worauf sich die Hand wieder löste.

Ich weiß nicht, ob der Leser je versucht hat, einen Schneeleoparden im Himalaja von seiner Beute zu trennen – wahrscheinlich nicht, denn die meisten Menschen halten sich kaum je in dieser Gegend auf –, doch wer das tut, stellt sich besser auf gewisse Unmutsäußerungen von Seiten des Tieres ein. Ähnlich verhielt es sich nun auch mit Spode. Erbost über diese in seinen Augen unbotmäßige Behinderung seiner Ziele und Absichten, versetzte er Stinker einen kräftigen Nasenstüber, worauf sich bei dem wackeren Gottesmann alle Skrupel, die ihn bisher geplagt haben mochten, schlagartig verflüchtigten.

Nichts läßt einen Burschen schneller vergessen, daß er dem geistlichen Stand angehört, als ein zackiger Faustschlag auf den Zinken. Eben noch hatte Stinker einzig und allein die Mißbilligung seiner kirchlichen Vorgesetzten beschäftigt, doch nun, so glaubte ich seine Gedanken lesen zu können, sagte er sich: »Zum Teufel mit

meinen kirchlichen Vorgesetzten!« – oder wie ein Kurat solche Dinge eben ausdrückt – »Die können mich mal!«
Es handelte sich um ein herrliches Schauspiel, solange es währte, und plötzlich begriff ich auch, was man sich unter der Bezeichnung *Ecclesia militans* vorzustellen hat. Zu meinem Verdruß währte es aber nicht lange genug. Spode strotzte zwar vor Siegeswille, doch Stinker verfügte über die Technik. Nicht umsonst hatte er die gute alte Alma Mater nicht nur bei Rugbyspielen, sondern auch bei Boxwettkämpfen vertreten. Es kam zu einem kurzen Handgemenge, und als nächstes sah man auf dem Boden einen Spode liegen, der wie eine Leiche wirkte, die bereits tagelang im Wasser getrieben hatte. Sein linkes Auge war merklich angeschwollen, und ein Ringrichter hätte bis hundert zählen können, ohne ihm eine Antwort zu entlocken.
»Braver Junge!« sagte Stiffy knapp und führte Stinker ab, da sie wohl seine Nase waschen und das beträchtliche Strömen des Lebenssaftes stillen wollte. Ich reichte Gussie seine Brille. Wie in Trance fummelte er daran herum, während ich ihm einen Vorschlag unterbreitete, der nach meinem Dafürhalten nur zu seinem Besten war.
»Ich will dir wirklich keine Vorschriften machen, Gussie, aber wäre es nicht das Klügste, du ziehst Leine, bevor Spode zu sich kommt? Ich schätze ihn als einen Menschen ein, der normalerweise mit dem falschen Bein aufsteht.«
Selten habe ich jemanden flinker davonspurten sehen. Die Eibenallee (falls es eine Eibenallee war) oder der Rhododendronweg (falls es sich um einen solchen handelte) lag bereits hinter uns, als ich noch die letzten Worte sprach. Wir hielten das hohe Tempo recht lange, fielen aber schließlich in eine gemächlichere Gangart, so daß Gussie die jüngsten Ereignisse kommentieren konnte.
»Das war ein scheußliches Erlebnis, Bertie«, sagte er.
»Ich stelle mir das alles andere als schön vor«, stimmte ich zu.

»Ich habe geglaubt, mein ganzes Leben ziehe an mir vorbei.«
»Das ist aber merkwürdig, du warst ja gar nicht am Ertrinken.«
»Nein, aber das Prinzip ist dasselbe. Mensch, war ich froh, als Pinker in Aktion trat! Was für ein Prachtkerl!«
»Einer der besten.«
»Genau das braucht die heutige Kirche – mehr Kuraten, die kräftig ausholen können und Burschen wie Spode eins dorthin verpassen, wo's richtig weh tut. Man fühlt sich in seiner Nähe so sicher.«
Sogleich lenkte ich seine Aufmerksamkeit auf einen Punkt, der ihm offensichtlich entgangen war.
»Aber er wird nicht immer in deiner Nähe sein. Bibelkreise, Müttersammlungen und andere Dinge nehmen seine Zeit in Anspruch. Und vergiß nicht, daß Spode zwar jetzt am Boden zerstört ist, aber schon bald wieder aufstehen wird.«
Gussies Kinnlade sackte leicht nach unten.
»Das habe ich mir noch gar nicht überlegt.«
»Ich an deiner Stelle würde verduften und ein Weilchen untertauchen. Bestimmt leiht dir Stiffy ihren Wagen.«
»Wahrscheinlich hast du recht«, sagte er und fügte noch irgend etwas über »Kindermund« und »Wahrheit kund« hinzu, was ich ziemlich ehrenrührig fand. »Ich fahre heute abend weg.«
»Ohne langen Abschied.«
»Selbstverständlich ohne langen Abschied. Nein, nicht da durch. Halt dich weiterhin nach links. Ich möchte zum Gemüsegarten. Ich bin dort mit Em verabredet.«
»Mir *wem?*«
»Mit Emerald Stoker. Wen könnte ich wohl sonst meinen? Sie muß im Gemüsegarten Bohnen und ähnliches Zeugs fürs Abendessen holen.«
Und da war sie auch schon und ging mit einer großen Schüssel in der Hand ihren häuslichen Pflichten nach.

»Ich hab' Bertie mitgebracht, Em«, sagte Gussie, und sie schnellte herum und verschüttete ein, zwei Bohnen.

Mich beunruhigte, wie jede einzelne Sommersprosse in ihrem Gesicht aufleuchtete, als sie ihn sah, so als biete sich ihr ein herrlicher Anblick, wovon leider keine Rede sein konnte. An mir dagegen zeigte sie wenig Interesse. Ein knappes »Grüß dich, Bertie« schien für mich auszureichen, denn ihre ganze Aufmerksamkeit galt Gussie. Sie starrte ihn an wie eine Mutter ihr geliebtes Kind, das nach einer Balgerei mit einem Nachbarsjungen zu Hause auftaucht. Bisher war mir vor lauter Hektik gar nicht aufgefallen, wie zerzaust er nach seinem Zusammenstoß mit Spode aussah, doch nun erkannte ich, daß seine ganze Erscheinung den Eindruck nährte, er sei in einen Fleischwolf geraten.

»Was ... *was* hast du dir da angetan?« enragierte sie sich, falls das der passende Ausdruck ist. »Du siehst ja aus wie ein einziges Trümmerfeld.«

»Das war leider nicht zu vermeiden«, sagte ich. »Er ist in eine unschöne Szene mit Spode hineingeraten.«

»Ist das der Mann, von dem du mir erzählt hast? Der Gorilla in Menschengestalt?«

»Genau der.«

»Was ist denn passiert?«

»Spode wollte ihm den Garaus machen.«

»Du armes kleines Lämmlein«, sagte Emerald – wohlverstanden zu Gussie, nicht zu mir. »Menschenskind, wenn mir der zwischen die Finger käme, den würde ich Mores lehren!«

Und dank eines Zufalls, der mir noch heute wundersam erscheint, ging ihr Wunsch prompt in Erfüllung. Ein krachendes Geräusch, das an eine Nilpferdherde erinnerte, die am Flußufer durchs Schilf bricht, drang mir ans Ohr, und ich sah, wie Spode mit Karacho herbeistürmte und sich offenbar möglichst unverzüglich wieder in Gussies Gedärm vertiefen wollte, denn Stinkers Eingreifen hatte ihn vorher gehindert, diese Aufgabe zu Ende zu bringen. Mit meiner Prognose, wonach dieser Übeltäter zwar am Boden zerstört sei, aber bald wieder aufstehen würde, hatte ich den Nagel auf den Kopf getroffen.

Die Haltung des Neuankömmlings erinnerte stark an diejenige der Assyrier, von denen ihnen nahestehende Quellen berichten, sie kämen wie der Wolf in der Nacht, schimmernd von Purpur und goldener Pracht. Er hätte gleich in ihr Feldlager spazieren können und wäre mit einem roten Teppich empfangen worden, da sie ihn sofort als einen Gleichgesinnten erkannt hätten.

Doch eines hatten ihm die Assyrier voraus: Sie mußten auf ihren Raubzügen keine mütterlichen jungen Frauen mit kräftigen Handgelenken und davon umklammerten Schüsseln gewärtigen. Die nun zum Einsatz kommende Schüssel war aus ziemlich dickem Porzellan gefertigt und senkte sich, als Spode Gussie packen und erneut zum Schüttelbecher degradieren wollte, mit einem Geräusch auf seinen Hinterkopf, das manche wohl als dumpf, andere als entsetzlich hohl bezeichnet hätten. Die Schüssel ging zwar zu Bruch, hatte zu diesem Zeitpunkt aber ihre Mission bereits erfüllt. Spode, dessen Widerstandskraft bestimmt schon geschwächt war durch seine jüngste Begegnung mit Reverend Pinker, stürzte zu Boden und streckte, einen seligen Ausdruck auf seinem Antlitz, alle viere von sich. Ich weiß noch, wie ich in diesem Moment dachte, daß dies nicht sein Glückstag sei und einmal mehr beweise, wie falsch es doch ist, sich als Ratte in Menschengestalt zu gebärden, was er bestimmt von Geburt an getan hatte. Früher oder später kommt die Stunde der Vergeltung. Wie formulierte es Jeeves einmal so treffend: Die Mühlen Gottes mahlen langsam, doch sie mahlen trefflich fein – oder jedenfalls so ähnlich.

Eine Weile betrachtete Emerald Stoker ihr Werk mit einem zufriedenen Lächeln, und ich konnte ihr diesen Anflug von Selbstgefälligkeit nicht verdenken, denn sie hatte sich zweifellos prächtig geschlagen. Doch kurz darauf sauste sie mit einem »Ach, herrje!« davon, als wäre sie eine Nymphe, die man beim Baden überrascht hat, und mir wurde schnell klar, was der Auslöser für diese Agilität gewesen war. Sie hatte Madeline Bassett kommen sehen, und keine Köchin erklärt der Herrschaft gern, warum sie den Gästen der Herrschaft eine Porzellanmütze aufgesetzt hat.

Als Madeline die sterblichen Überreste von Spode erblickte, wurden ihre Augen groß wie Golfbälle, und sie starrte damit Gussie an, als wäre er ein Massenmörder, den sie nicht besonders mochte.

»Was hast du Roderick nur angetan?« wollte sie wissen.

»Hm?« antwortete Gussie.

»Ich habe dich gefragt, was du Roderick angetan hast.«

Gussie setzte die Brille auf und zuckte mit den Schultern.

»Ach, das meinst du? Ich habe ihn lediglich in den Senkel gestellt. Das hat er sich selbst zuzuschreiben. Er wollte es nicht anders, und deshalb habe ich ihm einen Denkzettel verpaßt.«

»Du Bestie!«

»Nicht doch. Ihm stand der Rückzug offen. Der wußte ganz genau, was kommen würde, als er mich die Brille abnehmen sah. Wenn ich meine Brille abnehme, geben Leute, denen ihr Leben lieb und teuer ist, Fersengeld.«

»Ich hasse dich, ich hasse dich!« rief Madeline, ein Kommentar, den man sonst nur während des zweiten Akts eines Musicals zu hören bekommt.

»Im Ernst?« fragte Gussie.

»Ja, im Ernst. Du ekelst mich an.«

»Tja, wenn das so ist«, erwiderte Gussie, »esse ich jetzt ein Schinkenbrot.«

Und dieser Aufgabe wandte er sich nun mit einem Wolfshunger zu, der mir kalte Schauer über den Rücken laufen und Madeline schrill loskreischen ließ.

»Das ist das Ende!« rief sie, noch so etwas, was man nicht oft hört.

Wenn sich die Dinge zwischen zwei Herzen, die einst in Liebe verbunden waren, dermaßen zuspitzen, schleicht sich der unbeteiligte Zuschauer am besten davon, und das tat ich denn auch. Ich lenkte meine Schritte in Richtung Haus und begegnete in der Einfahrt Jeeves. Er saß hinter dem Lenkrad von Stiffys Wagen. Neben sich hatte er den Hund Bartholomew. Dieser sah aus wie ein schottischer Kirchenältester, der gerade die armen Sünder abkanzelt.

»Guten Abend, Sir«, sprach Jeeves. »Ich war vorhin mit dem Vierbeiner beim Tierarzt. Miss Byng machte sich Sorgen, nachdem er Mr. Fink-Nottle gebissen hatte. Sie fürchtete, er könnte sich infiziert haben. Der Tierarzt stellte ihm aber Gott sei Dank ein einwandfreies Attest aus.«

»Jeeves«, sagte ich, »ich habe Ihnen eine grauenerregende Geschichte zu erzählen.«

»Tatsächlich, Sir?«

»In Sachen Laute herrscht Flaute«, fuhr ich fort und klärte ihn in knappen Worten auf. Als ich meine Geschichte zu Ende erzählt hatte, befand auch er, daß die Sache höchst betrüblich sei.

»Ich fürchte jedoch, Sir, daß man nichts tun kann.«

Ich geriet ins Wanken. So sehr habe ich mich inzwischen daran gewöhnt, Jeeves jedes auch noch so vertrackte Problem lösen zu sehen, daß ich jetzt, da er offen gestand, nicht die üblichen Nägel mit Köpfen machen zu können, schier verzagen wollte.

»Sie sind aufgeschmissen?«

»Jawohl, Sir.«

»Ratlos?«

»Ganz recht, Sir. Vielleicht fällt mir in Bälde ein geeignetes Gegenmittel ein, doch im Moment sehe ich, wie ich leider zugeben muß, keine Lösung. Es tut mir leid, Sir.«

Ich zuckte die Achseln. Zwar durchbohrte der Dolch der Verzweiflung mein Herz, doch ich wahrte die Contenance.

»Schon gut, Jeeves. Es ist nicht Ihre Schuld, wenn Sie in einer solchen Situation mit Ihrem Latein am Ende sind. Also gut, fahren Sie weiter«, sagte ich, und er fuhr weiter. Der Hund Bartholomew warf mir einen garstigen, dünkelhaften Blick zu, als fragte er mich, ob meine Seele gerettet sei.

Ich machte mich wieder auf die Socken, denn mein Zimmer war der einzige Ort in diesem Schreckenshaus, wo ich auf Ruhe und Frieden hoffen konnte, obwohl diese Dinge selbst hier nur bruchstückhaft zu finden waren. Das wüst tobende Leben in Totleigh Towers hatte mich mürbe gemacht, und ich wollte allein sein.

Wahrscheinlich saß ich während mehr als einer halben Stunde einfach nur da und versuchte mir Klarheit darüber zu verschaffen, was am besten zu tun sei. Und schließlich kristallisierte sich aus dem, was Jeeves einmal den wilden Strudel der Emotionen genannt hat, ein einziger klarer Gedanke, und zwar der, daß ich wohl mein Leben aushauchen müßte, falls ich mir nicht schleunigst einen hinter die Binde gießen könnte. Mittlerweile war Cocktailstunde, und ich wußte, daß Sir Watkyn Bassett – ungeachtet all seiner Charakterfehler – den Gästen wenigstens einen Aperitif kredenzte. Zwar hatte ich Stiffy versprochen, die Gesellschaft des Alten zu meiden, doch eine solche Notsituation hatte ich natürlich nicht voraussehen können. Mir blieb nur die Wahl, ihr Vertrauen zu enttäuschen oder in meinem Stuhl das Zeitliche zu segnen, und ich entschied mich für ersteres.

Prompt traf ich den alten Bassett im Salon an, neben sich ein vollbeladenes Tablett, auf das ich mich umgehend stürzte, wobei ich mir die Lippen leckte. Zu behaupten, er habe jubiliert, als er meiner ansichtig wurde, wäre wohl übertrieben, doch immerhin offerierte er mir von dem lebenspendenden Naß, was ich dankend annahm. Dem folgten ungefähr zwanzig Minuten peinlichen Schweigens. Als ich mit meinem zweiten Drink fertig war und die Olive herausklaubte, trat Stiffy ein. Sie warf mir einen vorwurfsvollen Blick zu, und ich konnte sehen, daß ihr Vertrauen in Bertrams Ehrenwort nie wieder das gleiche sein würde. Ihre eigentliche Aufmerksamkeit galt aber dem alten Bassett.

»Grüß dich, Onkel Watkyn.«

»Guten Abend, Liebes.«

»Gönnst du dir ein Gläschen vor dem Dinner?«

»Jawohl.«

»Irrtum, mein Teuerster«, versetzte Stiffy, »und ich kann dir auch sagen, warum. Das Dinner fällt nämlich aus. Die Köchin ist mit Gussie Fink-Nottle durchgebrannt.«

16. Kapitel

Ich weiß nicht, ob der Leser auch schon die merkwürdige Erfahrung gemacht hat, daß zwei Personen auf ein und dieselbe Nachricht ganz unterschiedlich reagieren. Nehmen wir einmal an, die Herren Jones und Brown erfahren irgend etwas. Während Jones in Schwermut verfällt und Weltuntergangsstimmung verbreitet, brüllt Brown dreimal Hurra und vollführt Freudentänze. Und das gleiche gilt auch für Smith und Robinson. Hat mir schon häufig zu denken gegeben.
So verhielt es sich auch hier. Der kürzlich erfolgte Schlagabtausch zwischen Madeline Bassett und Gussie hatte mich nicht sehr optimistisch gestimmt, doch in der Stunde höchster Not klammert man sich noch an die schwächste Hoffnung, und so hatte ich mir einzureden versucht, daß die Liebe der beiden zwar einen schweren Dämpfer erlitten hatte, sich aber am Ende doch wieder hochrappeln würde, so daß alles vergessen und verziehen wäre. Ich will damit sagen, daß nach einem Knatsch zwischen zwei auf den Hafen der Ehe Zusteuernden bekanntlich schon oft Reue eingekehrt ist – mit allem dazugehörigen Tut-mir-leid-daß-ich-so-gemein-war und Wirst-du-mir-je-verzeihen-können –, worauf sich das zarte Pflänzchen Liebe, auf das vor kurzem keiner mehr einen müden Shilling verwettet hätte, wieder das Köpfchen hebt und in alter Frische erblüht. Gesegnet sei der Liebe Zwist, der fest die Herzen schmiedet, wie ich Jeeves schon habe sagen hören.
Doch bei Stiffys Worten brach diese Hoffnung zusammen, als hätte man ihr eine bohnengefüllte Porzellanschüssel auf den Hinterkopf gehauen, und ich sank in meinem Sessel nach vorn, das Gesicht in den Händen vergraben. Mein Lebensmotto lautet, alles in positivem

Licht zu sehen, doch um dies zu tun, muß es überhaupt so etwas wie Licht geben; davon aber konnte unter den herrschenden Umständen keine Rede sein. Dies war, mit Madeline Bassett zu sprechen, das Ende. Ich hatte das Haus als *raisonneur* betreten, um die jungen Leute zusammenzubringen, doch auch der versierteste *raisonneur* kann keine jungen Leute zusammenbringen, wenn einer der beiden mit einer dritten Person durchbrennt. Nicht nur die Hände sind einem da gebunden, sondern auch die Füße. Deshalb sank ich im Sessel wie gesagt nach vorn und vergrub mein Gesicht.

Der alte Bassett dagegen schien sich an dieser sensationellen Neuigkeit zu delektieren wie an einer seltenen und erfrischenden Frucht. Da mein Gesicht in besagter Weise vergraben war, sah ich natürlich nicht, ob er Freudentänze vollführte, doch zumindest ein paar Schritte wird er wohl aufs Parkett gelegt haben, denn als er sprach, konnte man aus dem Timbre seiner Stimme heraushören, daß er sich so quietschfidel fühlte, wie sich ein Mann nur fühlen kann, ohne vor Freude zu platzen.

Seine überschäumende Laune war nur zu verständlich. Von allen potentiellen Schwiegersöhnen war Gussie derjenige, auf den seine Wahl zuletzt gefallen wäre, wenn wir Bertie Wooster einmal ausklammern. Von Anfang an betrachtete er ihn mit Sorge, und hätte er in der guten alten Zeit gelebt, wo Väter noch selbst bestimmten, wen ihre Töchter heirateten, dann wäre sein Veto postwendend erfolgt.

Gussie hat mir einmal erzählt, daß damals, als er, Gussie, ihm, Bassett, als der Knabe vorgestellt wurde, der sein, Bassetts, Fleisch und Blut zu ehelichen gedachte, er, Bassett, ihn mit herunterhängender Kinnlade angestarrt und ein ersticktes »*Was!?*« hervorgewürgt habe. Ungläubig, wenn man weiß, was ich meine, als habe er gehofft, daß man ihm bloß einen Bären aufbinde und der echte Bewerber gleich hinter

einem Sessel hochspringen und »April, April!« rufen würde. Und als er, Bassett, schließlich eingesehen habe, daß es sich nicht um einen schlechten Scherz handelte und Gussie tatsächlich das Los war, das er gezogen hatte, da habe er sich in eine Ecke verkrochen und wie versteinert dagesessen, ohne länger auf Fragen oder Zurufe zu reagieren.
So verwundert es nicht, daß Stiffys Durchsage ihn aufgemöbelt hatte wie Doktor Soundsos Muntermacher, welcher die roten Blutkörperchen gezielt aktiviert und dem Teint eine gesunde Farbe gibt.
»Durchgebrannt?« gluckste er.
»So ist es.«
»Mit der Köchin?«
»Mit keiner anderen. Deshalb habe ich gesagt, das Dinner fällt aus. Wir müssen mit hartgekochten Eiern vorliebnehmen, falls vom Fest noch welche übrig sind.«
Beim Stichwort »hartgekochte Eier« zuckte der alte Bassett kurz zusammen, denn seine Gedanken waren offenbar ins Teezelt zurückgeschweift, doch ihm war viel zu wohl, als daß er lange solch wehmütigen Erinnerungen nachgehängt hätte. Mit einer wegwerfenden Handbewegung gab er zu verstehen, daß kein Hahn danach krähe, wie sich das Dinner genau gestalte. Die Bassetts, so suggerierte seine Geste, konnten den Gürtel durchaus auch mal enger schnallen.
»Und deine Geschichte stimmt tatsächlich, Liebes?«
»Ich bin den beiden begegnet, als sie gerade aufbrachen. Gussie fragte, ob ich etwas dagegen hätte, wenn er sich meinen Wagen borge.«
»Und du hast ihn hoffentlich in seinem Tun unterstützt, oder?«
»O ja. Ich habe gesagt: ›Das geht klar, Gussie. Nimm ihn einfach.‹«
»Braves Mädchen. Braves Mädchen. Eine vortreffliche Antwort. Dann sind die beiden also endgültig weg?«

»Vom Winde verweht.«
»Und sie wollen heiraten?«
»Sobald Gussie die Sondererlaubnis in den Fingern hat. Eine solche muß man nämlich beim Erzbischof von Canterbury einholen, und der soll die Brautleute ganz schön schröpfen.«
»Besser kann man sein Geld gar nicht investieren.«
»Das findet Gussie auch. Er hat mir erzählt, er wolle die Köchin bei Berties Tante absetzen und anschließend nach London fahren, um sich mit dem Erzbischof zu besprechen. Sein Eifer kennt keine Grenzen.«
Die verblüffende Mitteilung, daß Gussie meiner Tante Dahlia diese Emerald Stoker aufhalsen wollte, ließ meinen Kopf abrupt hochschnellen. Ich stellte Mutmaßungen darüber an, wie mein Tantchen auf ein solches Störmanöver reagieren würde, und überlegte mir voller Ehrfurcht, wie tief Gussies Liebe zu seiner Em wohl war, daß er sich solchen Gefahren aussetzte. Die alte Blutsverwandte verfügt über eine starke Persönlichkeit, und es macht ihr, wenn ihr irgendwas mißfällt, überhaupt nichts aus, die Ursache des Mißfallens in wenigen Minuten in einen bloßen Fettfleck zu verwandeln. Ich habe mir sagen lassen, daß Weidmänner, die bei ihr damals, als sie noch selber jagte, in Ungnade fielen, weil sie Hunde niedergeritten hatten, sich nie mehr ganz erholten und noch Monate später in einer Art Stupor verharrten und bei plötzlichen Geräuschen zusammenzuckten.
Da mein Kopf nun wieder oben war, konnte ich den alten Bassett sehen, der mich, wie ich feststellen durfte, mit derart wohlgefälligem Auge betrachtete, daß ich in ihm kaum noch jenen Altrichter zu erkennen vermochte, der mit mir gerade vorhin einen Plausch gehalten hatte, falls man von Plausch reden kann, wenn zwei Männer in zwei Sesseln zwanzig Minuten lang kein Wort wechseln. Offenbar

schloß er vor lauter Freude die ganze Welt in sein Herz, und das ging so weit, daß ihn selbst Bertrams Anblick nicht länger erschauern ließ. Er glich in diesem Moment eher einer Dickens-Figur als einem Menschen aus Fleisch und Blut.

»Ihr Glas ist leer, Mr. Wooster«, rief er munter, »darf ich es Ihnen auffüllen?«

Ich sagte, das dürfe er. Zwar hatte ich schon zwei intus, was sonst mein Maximum ist, doch da mein Gleichgewicht sowieso schon erschüttert war, konnte mir ein drittes Glas kaum schaden, und ich wäre sogar willens gewesen, mich noch gründlicher in die Materie zu vertiefen. Ich habe einmal von einem Mann gelesen, der abends vor dem Essen immer sechsundzwanzig Martinis kippte, und langsam glaubte ich, daß sein Ansatz gar nicht so verkehrt gewesen war.

»Roderick hat mir erzählt«, fuhr er in so heiterem Ton fort, als wäre soeben eines seiner Bonmots vor Gericht mit Gelächter belohnt worden, »daß Sie uns heute nachmittag beim Schulfest nicht Gesellschaft leisten konnten, weil Sie in einer wichtigen Familienangelegenheit nach Brinkley Court fahren mußten. Ich darf doch wohl hoffen, daß alles zu Ihrer vollsten Zufriedenheit geregelt werden konnte?«

»O ja, danke der Nachfrage.«

»Sie haben uns allen sehr gefehlt, aber wie heißt es so schön: Erst die Arbeit, dann das Vergnügen. Wie geht es Ihrem Onkel? Er ist doch hoffentlich wohlauf?«

»O ja, es geht ihm gut.«

»Und Ihrer Tante?«

»Sie war in London.«

»Tatsächlich? Bestimmt waren Sie untröstlich, als Sie sie nicht angetroffen haben. Nur wenige Frauen schätze ich mehr. So gastfreundlich. So quirlig. Selten habe ich mich wohler gefühlt als bei meinem jüngsten Besuch in ihrem Haus.«

Sein Gefühlsüberschwang hätte ihn wohl endlos so weiterquasseln lassen, doch in diesem Moment tauchte Stiffy aus dem nachdenklichen Schweigen auf, in das sie gefallen war. Die ganze Zeit schon hatte sie dagestanden und ihn mit forschendem Blick betrachtet, als könne sie sich nicht entscheiden, ob sie den Stier bei den Hörnern packen solle, doch nun schien ihr Entschluß festzustehen.
»Ich bin froh, daß du dich so freust, Onkel Watkyn. Ich hatte schon Angst, meine Nachricht könnte dich betrüben.«
»Betrüben?« fragte der alte Bassett ungläubig. »Was bringt dich denn auf die Idee?«
»Immerhin hast du einen Schwiegersohn verloren.«
»Aber genau das macht diesen Tag doch zum glücklichsten meines Lebens.«
»Dann kannst du ihn ja auch zum glücklichsten Tag meines Lebens machen«, schmiedete Stiffy das Eisen, solange es heiß war, »indem du Harold das Vikariat gibst.«
Da meine Aufmerksamkeit aus naheliegenden Gründen ganz dem Schlamassel galt, in dem ich bis zum Hals steckte, kann ich nicht sagen, ob der alte Bassett zögerte, doch falls er dies tat, dann gewiß nur ganz kurz. Zweifellos mußte er ein, zwei Sekunden an das hartgekochte Ei sowie an den Groll denken, den er gegen Stinker gehegt hatte, weil dieser nicht in der Lage gewesen war, seine jugendlichen Gemeindemitglieder unter Kontrolle zu halten, doch der Gedanke daran, Augustus Fink-Nottle nicht zum Schwiegersohn zu bekommen, ließ ihn über die Defizite des jungen Geistlichen hinwegsehen. Randvoll mit der Milch der frommen Denkungsart, die man in ihm förmlich schwappen hörte, war es ihm unmöglich, irgend jemandem irgend etwas abzuschlagen. Ich glaube sogar, er hätte ohne Murren geblecht, wenn ich ihn in diesem Moment um fünf Pfund angepumpt hätte.

»Natürlich, natürlich, natürlich, natürlich«, trällerte er wie eine von Jeeves' Lerchen. »Bestimmt wird Pinker einen prächtigen Vikar abgeben.«
»Einen einmaligen sogar«, erwiderte Stiffy. »Als Kurat kann er sich ja gar nicht richtig entfalten. Kein Spielraum. Keine Ellbogenfreiheit. Läßt man ihn dagegen als Vikar von der Leine, wird er in der Staatskirche Furore machen. Er ist ein richtiger Teufelskerl.«
»Ich habe schon immer die größten Stücke auf Harold Pinker gehalten.«
»Das überrascht mich nicht. So geht es allen hohen Tieren. Die sehen gleich, daß er über das gewisse Etwas verfügt. Kennt die Kirchenlehre wie seine Westentasche und ist auf der Kanzel ein wahrer Tausendsassa.«
»Ja, ich mag seine Predigten. Mannhaft und ohne Umschweife.«
»Das liegt daran, daß er einer dieser kerngesunden Freiluftfanatiker ist. Ein Christentum, das Muskeln zeigt, so lautet seine Maxime. Früher hat er im englischen Nationalteam Rugby gespielt.«
»Tatsächlich?«
»Er war ein sogenannter Erste-Reihe-Stürmer.«
»Was du nicht sagst!«
Das Wort »Erste-Reihe-Stürmer« ließ mich, wie man sich denken kann, merklich zusammenzucken. Ich hatte nicht gewußt, daß Stinker auf dieser Position gespielt hatte, und mir fiel die Ironie des Schicksals auf: Hier Plank, der von Pontius zu Pilatus lief, um einen in der erwähnten Reihe spielenden Stürmer aufzutreiben, wobei er glaubte, die hoffnungslose Suche bald abbrechen zu müssen, und dort ich, der den gewünschten Artikel hätte liefern können, aber aufgrund unserer strapazierten Beziehungen nicht in der Lage war, ihm diesen Geheimtip zu geben. Ich fand das alles sehr traurig und mußte nicht zum erstenmal daran denken, daß man auch den geringsten seiner

Brüder pfleglich behandeln sollte, da man nie weiß, wann er einem noch was nützen kann.
»Dann darf ich Harold also sagen, es sei alles geritzt?« fragte Stiffy.
»Wie bitte?«
»Das ist doch amtlich mit dem Vikariat, nicht wahr?«
»Gewiß, gewiß, gewiß.«
»Ach, Onkel Watkyn! Wie kann ich dir nur danken?«
»Keine Ursache, Liebes«, sagte der alte Bassett, der stärker denn je an eine Dickens-Figur erinnerte. »Und nun«, fuhr er fort, indem er seinen Ankerplatz verließ und auf die Tür zusteuerte, »mußt du mich bitte entschuldigen, Stephanie, und Sie natürlich auch, Mr. Wooster. Ich sollte zu Madeline, um ihr …«
»Zu gratulieren?«
»Eigentlich wollte ich sagen: die Tränen zu trocknen.«
»Falls denn welche fließen.«
»Glaubst du nicht, daß sie Trübsal bläst?«
»Würde das irgendeine Frau tun, die ein himmlisches Geschick davor bewahrt hat, Gussie Fink-Nottle zu heiraten?«
»Richtig. Sehr richtig«, antwortete der alte Bassett und flitzte aus dem Zimmer wie einer dieser Außendreiviertel, die zwar nie kapieren, wie man einen Rückpaß spielt, dafür aber schnell sind.
Vorhin war unklar geblieben, ob Sir Watkyn Bassett Freudentänze vollführt hatte, doch daß Stiffy dies jetzt tat, stand außer Frage. Ausgelassen drehte sie Pirouetten, und selbst mit unbewaffnetem Auge konnte man erkennen, daß sie nur deshalb nicht wild mit Rosen um sich warf, weil sie keine solchen zur Hand hatte. Selten habe ich ein junges Ding so puppenlustig gesehen. Und ich, dem Stinkers Interessen sehr am Herzen lagen, packte vorläufig all meine Sorgen in den Tornister und freute mich mit ihr. Denn nichts hat Bertram Wooster von jeher souveräner beherrscht als das

Hintanstellen eigener Kümmernisse, wenn Freunde etwas zu feiern haben.
Eine Zeitlang monopolisierte Stiffy das Gespräch und ließ mich überhaupt nicht zu Worte kommen. Frauen haben in dieser Beziehung ein ungeheures Talent. Noch die Zerbrechlichste gebietet über die Lautstärke eines Grammophons und den Redefluß eines Stabsfeldwebels. Auch Tante Agatha hat mir schon häufig Schimpfwörter an den Kopf geworfen, obwohl man längst hätte denken sollen, Puste und Phantasie würden ihr ausgehen.
Stiffys Gesprächsthema war das unerhörte Glück, das Stinkers neuen Pfarrkindern lachte: Nicht nur bekämen sie den perfekten Vikar – eine Heiligenfigur, die ihre Seelen auf Vordermann bringen würde –, sondern als Zugabe eine Vikarsgattin nach Maß. Doch nachdem sie in plastischen Farben geschildert hatte, wie sie Suppe an die Bedürftigen verteilen und sich mit sanfter Stimme nach deren rheumatischen Beschwerden erkundigen würde, legte sie eine Pause ein, so daß ich eine Verfahrensfrage aufwerfen konnte. Mitten im ganzen Freudentaumel und Rückenklopfen war mir nämlich ein ernüchternder Gedanke gekommen.
»Ich pflichte dir durchaus bei«, sagte ich, »daß dies das Happy-End wäre, und ich kann auch verstehen, weshalb du zu dem Schluß gekommen bist, dies sei der verrückteste und vergnüglichste Tag des ganzen schönen neuen Jahres, aber dir scheint da etwas entgangen zu sein, was deine ungeteilte Aufmerksamkeit verdient.«
»Und was wäre das? Mir ist nicht bewußt, daß ich etwas übersehen habe.«
»Die Zusicherung des alten Bassett, euch das Vikariat zu geben.«
»Damit ist doch alles in Ordnung, oder? Worauf willst du hinaus?«
»Na ja, ich an deiner Stelle würde mir das schwarz auf weiß geben lassen.«

Dies ließ sie innehalten, als wäre sie in einen Erste-Reihe-Stürmer geprallt. Das ekstatische Feuer wich aus ihren Zügen und machte einem panischen Blick und dem hektischen Kauen auf der Unterlippe Platz. Offensichtlich hatte ich ihr Stoff zum Nachdenken gegeben.

»Du glaubst doch nicht etwa, Onkel Watkyn würde doppeltes Spiel mit uns treiben?«

»Dein mieser Onkel schreckt vor nichts zurück, wenn ihm der Sinn danach steht«, versetzte ich nachdenklich. »Ich würde ihm keine Sekunde über den Weg trauen. Wo ist Stinker?«

»Wahrscheinlich draußen auf dem Rasen.«

»Dann spür ihn auf und bring ihn her, damit der alte Bassett die Sache schriftlich fixieren kann.«

»Du weißt hoffentlich, welchen Schrecken du mir einjagst?«

»Ich will dir doch nur den sicheren Weg zum Glück aufzeigen.«

Sie sann ein Weilchen nach und kaute noch etwas auf der Unterlippe herum.

»Also schön«, meinte sie schließlich. »Ich hole jetzt Harold.«

»Am besten bringst du gleich noch den einen oder anderen Rechtsanwalt mit«, sagte ich, als sie an mir vorbeihuschte.

Etwa fünf Minuten später – ich war in Träumereien versunken und bedachte erneut die enorme Brenzligkeit meiner Lage – trat Jeeves ein und sagte, man verlange mich am Telefon.

17. Kapitel

Ich erbleichte unter meinem gebräunten Teint.

»Wer ist dran, Jeeves?«

»Mrs. Travers, Sir.«

Genau das hatte ich befürchtet. Die Wegstrecke zwischen Totleigh Towers und Brinkley Court war, wie ich bereits erwähnt habe, recht kurz, und in seinem Gefühlsüberschwang hatte Gussie den Fuß bestimmt sehr energisch aufs Gaspedal gedrückt, um dem Motor alles verfügbare Benzin zuzuführen. Wahrscheinlich waren er und seine Gespielin gerade angekommen, und nun wollte mir Tante Dahlia fernmündlich Bescheid stoßen. Da ich wußte, wie sehr es der Alten gegen den Strich ging, Opfer übler Winkelzüge zu werden – in welche Kategorie Gussies ungebetenes Hereinplatzen in Begleitung seiner Em zweifellos fallen würde –, wappnete ich mich gegen den aufkommenden Sturm mit allem Gleichmut, den ich zusammenkratzen konnte.

Es ließe sich natürlich behaupten, daß ich für Gussies Unbesonnenheit weder direkt noch indirekt die Verantwortung trug, doch Tanten schieben ihren Neffen aus reiner Gewohnheit alles in die Schuhe, was gerade passiert. Wofür wären Neffen sonst da? Nur einem Versehen, so meine Überzeugung, hatte ich es vor ein, zwei Jahren zu verdanken gehabt, daß Tante Agatha mich nicht zur Rechenschaft gezogen hatte, als ihr Sohn, der kleine Thos, beinahe von seinem Internat geflogen wäre, weil er in der Nacht ausgerissen war, um an der Wurfbude des örtlichen Vergnügungsparks mit Bällen zu schmeißen.

»Wie hat sie gewirkt, Jeeves?«

»Sir?«

»Hatten Sie den Eindruck, ihr schwelle der Kamm?«

»Nicht über Gebühr, Sir. Mrs. Travers' Stimme klingt immer sehr robust. Sollte sie einen bestimmten Grund für die von Ihnen angesprochene Kammschwellung haben?«

»Allerdings! Ich habe jetzt keine Zeit für Erklärungen, aber dunkle Wolken ziehen auf, und vor der isländischen Küste verdichten sich die Tiefdruckkeile.«

»Das tut mir leid, Sir.«

»Da sind Sie nicht der einzige. Wie hießen noch mal die Burschen – wenn ich mich recht erinnere, waren es mehrere –, die in den brennenden Feuerofen stiegen?«

»Schadrach, Meschach und Abed-Nego, Sir.«

»Genau. Die Namen lagen mir auf der Zunge. Ich habe von ihnen gelesen, als ich in der Schule den Preis für Bibelfestigkeit gewann. Tja, ich kann mir gut vorstellen, wie denen zumute war. Tante Dahlia?« fragte ich nun, war ich doch in diesem Moment beim Apparat angekommen.

Ich hatte erwartet, daß mir ihre wohlgesetzten Worte die Ohren versengen würden, aber zu meiner Überraschung wirkte sie quietschvergnügt. Aus ihrer Stimme ließ sich nicht der leiseste Vorwurf heraushören.

»Grüß dich, du blutjunge Gefahr fürs christliche Abendland!« dröhnte sie. »Wie sieht's aus bei dir? Immer noch alles in Butter?«

»Halbwegs. Und bei dir?«

»Mir geht's gut. Habe ich dich mitten im zehnten Cocktail gestört?«

»Im dritten«, korrigierte ich. »Normalerweise beschränke ich mich auf zwei, aber der alte Bassett hat ständig nachgeschenkt. Im Augenblick ist er etwas aus dem Häuschen und haut mächtig auf die Pauke. Würde mich nicht wundern, wenn er auf dem Marktplatz einen ganzen Ochsen braten ließe, falls er irgendwo einen Ochsen herkriegt.«

»Stinkbesoffen, wie?«

»Stinkbesoffen würde ich nicht sagen, aber doch angeheitert.«
»Wenn ihr euer Saufgelage kurz unterbrechen könnt, erzähle ich dir das Neueste aus der Heimat. Vor einer Viertelstunde bin ich aus London gekommen, und wen treffe ich auf der Fußmatte an, na, was glaubst du? Diesen passionierten Molchsammler Spink-Bottle, und zwar in Begleitung eines Mädchens, das wie ein Pekinese mit Sommersprossen aussieht.«
Ich holte tief Luft und eröffnete mein Plädoyer für die Verteidigung. Wenn Bertram je ins rechte Licht gestellt werden wollte, dann jetzt. Zwar war Tantchens Ton bisher umgänglich gewesen und hatte in keiner Weise auf die bevorstehende Detonation hingedeutet, doch man konnte nicht wissen, ob sie einfach nur auf Zeit spielte. In solchen Fällen ist mit Tanten nicht zu spaßen.
»Ja«, sagte ich, »ich habe gehört, daß er samt seinem sommersprossigen Pekinesen in Menschengestalt losgefahren ist. Es tut mir leid, Tante Dahlia, daß du diese unerhörte Belästigung zu erdulden hast, aber ich muß klar und deutlich festhalten, daß dem keinerlei Rat oder Ermutigung von meiner Seite vorausging. Seine Pläne blieben mir verborgen. Hätte er mir anvertraut, daß er sich dir aufdrängen will, wäre ich …«
Hier hielt ich kurz inne, denn sie hatte mich ziemlich schroff angewiesen, endlich die Klappe zu halten.
»Red nicht so dumm daher, du elender Schwallkopf. Warum wirfst du dich in die Pose des großen Rhetors?«
»Ich wollte nur mein Bedauern ausdrücken, weil dir solch …«
»Laß das. Du brauchst dich nicht zu entschuldigen. Besser hätte es gar nicht kommen können. Natürlich ist es mir lieber, wenn mir kein Spink-Bottle auf die Pelle rückt und Platz im Haus beansprucht, den ich anderweitig benötige, doch das Mädchen war mir so willkommen wie Manna in der Wüste.«

Da ich wie gesagt einmal einen Preis für Bibelfestigkeit gewonnen hatte, erkannte ich das Zitat auf Anhieb. Sie bezog sich auf einen Vorfall, der sich zutrug, als die Kinder Israels irgendeine Wüste durchquerten und aufgrund ihres ziemlich dürftigen Proviants dringend einer Stärkung bedurften. Und als sie gerade zueinander sagten, wie bekömmlich ein Happen Manna doch jetzt wäre, und mit Bedauern feststellen mußten, daß der Quartiermeister nichts dergleichen eingepackt hatte – was sank da wohl vom Himmel? Ein Riesenhaufen von dem Zeug, wodurch sie aus dem Gröbsten raus waren.
Ihre Worte hatten mich natürlich leicht überrascht, und so fragte ich sie, weshalb Emerald Stoker so willkommen wie Manna in der W. gewesen sei.
»Ihr Eintreffen hat die Sonne in einem leidgeprüften Haus wieder zum Vorschein gebracht. Der Zeitpunkt war ideal gewählt. Als du heute mittag hier warst, hast du da zufällig Anatole gesehen?«
»Nein, warum?«
»Ich fragte mich nur, ob dir an ihm etwas aufgefallen ist. Kurz nach deiner Abreise erkrankte er an *mal au foie*, oder wie er so was nennt, und mußte sich ins Bett legen.«
»Das tut mir leid.«
»Genau wie Tom. Mit Grauen sah er einem Dinner aus dem Kochtopf des Küchenmädchens entgegen. Diese junge Frau verfügt zwar über mancherlei Qualitäten, doch bei der Essenszubereitung verfolgt sie die Politik der verbrannten Erde, und du weißt ja, wie traurig es um Toms Verdauung bestellt ist. Die Lage war düster, doch dann verriet mir Spink-Bottle plötzlich, sein Pekinesenfräulein sei eine erfahrene Köchin, worauf sie die Vakanz übernahm. Wer ist sie eigentlich? Weißt du irgend etwas über sie?«
Selbstverständlich konnte ich ihr die erwünschten Informationen liefern.

»Sie ist die Tochter eines amerikanischen Multimillionärs namens Stoker, der wahrscheinlich voll toller Flüch' sein wird, wenn er erfährt, daß sie Gussie geheiratet hat, denn dieser ist, wie du zugeben mußt, nicht jedermanns Kragenweite.«

»Dann heiratet er also nicht Madeline Bassett?«

»Nein, das Spiel wurde abgepfiffen.«

»Und das ist endgültig?«

»Ja.«

»Offensichtlich ist dir der Erfolg als *raisonneur* versagt geblieben.«

»Ja.«

»Ich glaube, Spink-Bottle hat eine gute Wahl getroffen. Scheint eine nette Frau zu sein.«

»Eine der besten.«

»Aber damit sitzt du ganz schön in der Patsche, nicht? Jetzt, wo Madeline Bassett wieder frei ist, wird sie wohl erwarten, daß du einspringst, oder?«

»Genau davor graut mir ja, Tantchen.«

»Hat Jeeves nichts vorzuschlagen?«

»Nein, offensichtlich nicht. Aber ich habe auch schon erlebt, daß er zunächst aufgeschmissen war, um plötzlich mit dem Zauberstab loszufuchteln und alles wieder ins Lot zu bringen. Ich habe die Hoffnung noch nicht aufgegeben.«

»Nein, bestimmt ziehst du dich irgendwie aus der Affäre, das tust du ja immer. Ach, bekäme ich doch nur fünf Pfund für jeden Fall, wo du schon fast vor dem Traualtar gestanden hast und dann doch noch mit heiler Haut davongekommen bist. Ich weiß noch, wie du mir einmal erzählt hast, du vertrautest deinem Glücksstern.«

»So ist es. Trotzdem ist nicht zu leugnen, daß Gefahr im Verzug ist. Sie ist sogar verdammt im Verzug. Der Berg, vor dem ich wie ein Ochs stehe, ist riesig.«

»Und jetzt will sich unser Ochs also einen ansaufen, wie? Na schön, ich lass' dich wieder zu deiner Orgie, sobald ich dir den Grund meines Anrufs mitgeteilt habe.«

»Hast du das denn noch nicht getan?« fragte ich erstaunt.

»Natürlich nicht! Ich verschwende doch nicht Zeit und Geld, um über deine Amouren zu plaudern. Jetzt kommt der springende Punkt. Du kennst Bassetts Bernsteindings?«

»Die Statuette? Selbstverständlich.«

»Ich will, daß du sie für Tom kaufst. Ich bin an ein Sümmchen Geld herangekommen. Heute war ich bei meinem Anwalt in London, und zwar wegen einer kleinen Erbschaft, die ich antrete. Von einer alten Schulfreundin, falls es dich interessiert. So zwei- oder dreitausend Pfund werden wohl rausspringen dabei, und ich will, daß du mir dafür diese Statuette besorgst.«

»Es dürfte nicht ganz einfach sein, sie hier loszueisen.«

»Du schaffst das schon. Wenn's sein muß, bietest du ihm bis zu fünfzehnhundert Pfund. Oder kannst du Sie nicht einfach einstecken? Ich müßte mich dann nicht so in Unkosten stürzen. Aber das ist wohl zuviel verlangt von dir. Knöpf dir also Bassett vor und kauf sie ihm ab.«

»Ich werde mein bestes tun. Ich weiß, wie sehr Onkel Toms Herz an dieser Statuette hängt. Verlaß dich auf mich, Tante Dahlia.«

»So ist's recht.«

Ich kehrte eher versonnen in den Salon zurück, denn mein Verhältnis zum alten Bassett war so geartet, daß sich eine gewisse Peinlichkeit nicht vermeiden ließ, wenn ich mit ihm in geschäftliche Verhandlungen eintreten wollte. Dennoch war ich einigermaßen erleichtert darüber, daß die alte Blutsverwandte von der Idee abgekommen war, das Dingsda zu entwenden. Erleichtert, aber auch erstaunt, denn meine langjährige Verbindung mit ihr hat mich eines in aller Deutlichkeit gelehrt: Wenn sie einem geliebten Gatten einen Gefallen tun will, läßt sie in bezug auf die anzuwendenden Methoden jeweils fünfe grade sein. Sie war es gewesen, die den Diebstahl des Sahnekännchens initiiert hatte, falls das der passende Ausdruck ist, und eigentlich hätte man damit rechnen müssen, daß sie auch beim vorliegenden Geschäft Geld sparen wollte. Schon immer hat sie der Ansicht zugeneigt, daß es sich nicht um Diebstahl handelt, wenn ein Sammler dem anderen irgend etwas mopst, und da ist ja vielleicht sogar was dran. Ohne Zweifel hätte auch der alte Bassett in Brinkley Onkel Toms Sammlung geplündert, wäre er nicht streng überwacht worden. Mit dem Gewissen dieser Sammler ist es kaum weiter her als mit demjenigen von Panzerknackern, nach denen die Polizei ständig ihre Netze auswirft.

Solchen Gedanken hing ich also nach, wobei ich mir auszumalen versuchte, wie ich wohl am besten an den alten Bassett herantreten könnte angesichts meines Handikaps, daß er jedesmal, wenn er mich erblickte, wie ein Pudding im Sturmwind erbebte und in meiner Gesellschaft vorzugsweise mit stumpfem Blick dasaß und kein Wort sprach. In diesem Moment ging die Tür auf und Spode trat ein.

18. Kapitel

Als erstes konstatierte ich, daß er das phänomenalste blaue Auge hatte, das man sich vorstellen kann. Mir war zuerst nicht ganz klar, wie man es am besten würdigen sollte, denn während manche Veilchenträger nach Mitgefühl heischen, ist es anderen lieber, wenn man ihnen vorgaukelt, an ihrem Äußeren sei nichts Ungewöhnliches. Ich kam zu dem Schluß, daß es das Klügste sei, ihn mit einem unbekümmerten »Ach, Spode« zu begrüßen, was ich denn auch tat, obschon mir im Rückblick ein »Ach, Sidcup« angemessener erscheint. Noch während ich sprach, bemerkte ich aber, daß er mich mit dem nicht zugeschwollenen Auge äußerst bedrohlich anfunkelte. Ich habe von seinen Augen einmal behauptet, sie knackten jede Auster auf sechzig Schritt Entfernung, und obwohl im Moment nur eines in Betrieb war, verstörte mich dessen Blick ungemein. Tante Agathas Blick hat mich schon in ganz ähnlicher Weise getroffen.

»Ich habe Sie gesucht, Wooster«, sagte er.

Er sprach diese Worte mit jener unangenehm schnarrenden Stimme, die einst auch seine Gefolgsmänner auf Trab gehalten hatte. Bevor er zu seinem neuen Titel gekommen war, hatte er sich nämlich als einer jener Diktatoren betätigt, die seinerzeit zum festen Straßenbild der Hauptstadt gehörten, und war mit einer Bande von Befehlsempfängern umhergezogen, die schwarze Shorts getragen und »*Heil,* Spode« oder etwas Sinnverwandtes gebrüllt hatten. Davon ließ er zwar ab, als er zum Lord Sidcup geadelt wurde, doch er neigte weiterhin dazu, alle Welt in einem Ton anzusprechen, als stauchte er ein fehlbares Mitglied seiner Entourage zusammen, weil dieses mit geflickten Shorts herumlief.

»Ach, tatsächlich?« sagte ich.

»Ja, tatsächlich.« Er hielt kurz inne, fixierte mich aber weiterhin, und sagte dann: »Soso!«

»Soso!« ist wie »Sie!« und »Ha!« eines dieser Wörter, auf die man nur schwer eine passende Antwort findet. Mir wollte nichts wirklich Prägnantes einfallen, und so zündete ich mir bloß mit gespielter – und wohl leider schlecht gespielter – Nonchalance eine Zigarette an, worauf er fortfuhr.

»Ich hatte also recht!«

»Hä?«

»Mit meinem Verdacht.«

»Hä?«

»Er hat sich voll und ganz bestätigt.«

»Hä?«

»Sparen Sie sich Ihr ›Hä?‹, Sie elender Wicht, und hören Sie mir zu.«

Ich entsprach seinem Wunsch. Vielleicht hätte man erwartet, daß ich ihn, nachdem er vor kurzem noch von Reverend Pinker auf die Bretter geschickt und anschließend von Emerald Stoker und ihrer Bohnenschüssel außer Gefecht gesetzt worden war, verächtlich als halbe Portion ansehen und scharf zurechtweisen würde, weil er mich einen elenden Wicht genannt hatte, doch auf so eine Idee wäre ich gar nicht gekommen. Trotz aller Rückschläge war seine Moral intakt, und die Muskeln seiner sehnigen Arme präsentierten sich als die gleichen Eisenreifen, die sie schon immer gewesen waren. Falls er sich wünschte, daß ich mit dem Wort »Hä?« sparsamer umging, brauchte er es nur zu sagen.

Sein noch einsatzfähiges Auge durchbohrte mich mit unverminderter Heftigkeit, als er fortfuhr:

»Ich bin vorhin zufällig durch die Empfangshalle gekommen.«

»Ach?«

»Ich habe Sie am Telefon gehört.«

»Ach?«
»Sie haben sich mit Ihrer Tante unterhalten.«
»Ach?«
»Sagen Sie nicht ständig ›Ach?‹, verdammt noch mal!«
Angesichts dieser Restriktionen bekundete ich einige Schwierigkeiten, mich weiter am Gespräch zu beteiligen, aber da konnte man wohl nichts tun. Ich verfiel in ein recht würdevolles Schweigen, und er setzte seine Ausführungen fort.
»Ihre Tante hat Sie gedrängt, Sir Watkyns Bernsteinstatuette zu stehlen.«
»Hat sie nicht!«
»Ach nein? Ich dachte mir schon, daß Sie den Vorwurf zurückweisen würden, und habe mir vorsichtshalber Ihre Äußerungen notiert. Die Statuette wurde erwähnt, und Sie sagten: ›Es dürfte nicht ganz einfach sein, sie hier loszueisen.‹ Daraufhin drängte Sie Ihre Tante wohl dazu, alle Hebel in Bewegung zu setzen, denn Sie antworteten: ›Ich werde mein bestes tun. Ich weiß, wie sehr Onkel Toms Herz an dieser Statuette hängt. Verlaß dich auf mich, Tante Dahlia.‹ Was zum Teufel gibt es da zu glucksen?«
»Ich gluckse gar nicht«, stellte ich richtig, »ich lache nur zwanglos. Sie haben das Ganze nämlich mißverstanden, obwohl ich sagen muß, daß Sie den Dialog sehr schön festgehalten haben. Benutzen Sie Stenografie?«
»Wie bitte? Ich soll das Ganze mißverstanden haben?«
»Tante Dahlia hat mich gebeten, Sir Watkyn das Ding abzukaufen.«
Er schnaubte und sagte »Ha!«, und mir erschien es ziemlich ungerecht, daß er »Ha!« sagen durfte, während mir jedes »Hä?« oder »Ach?« verwehrt blieb. Eine gewisse Kulanz sollte man doch von allen Beteiligten erwarten dürfen, oder?
»Und das soll ich Ihnen glauben?«

»Warum, glauben Sie mir denn nicht?«
»Nein, kein Wort. Ich bin doch nicht bescheuert.«
Dieser Punkt war natürlich, mit Jeeves zu sprechen, diskutabel, doch ich wollte nicht darauf herumreiten.
»Ich kenne Ihre Tante«, fuhr er fort. »Sie würde einem noch die Füllung aus den Backenzähnen klauen, wenn sie sicher sein könnte, dabei nicht ertappt zu werden.« Er hielt kurz inne, und mir war klar, daß er an das Sahnekännchen denken mußte. Er hatte meine alte Blutsverwandte stets – und, wie ich zugegeben muß, nicht ganz grundlos – verdächtigt, dessen Verschwinden aktiv betrieben zu haben, und wahrscheinlich war es für ihn ein schwerer Schlag gewesen, daß man ihr dies nicht hatte nachweisen können. »Wooster, ich gebe Ihnen einen guten Rat: Lassen Sie sich von ihr nicht noch einmal zum Handlanger machen, denn wenn man Sie erwischt, und darauf können Sie Gift nehmen, dann sind Sie dran. Glauben Sie bloß nicht, daß Sir Watkyn die Sache vertuschen würde, nur um einen Skandal zu vermeiden. Sie landen im Gefängnis, und damit basta! Er kann Sie nicht riechen und würde Ihnen mit dem größten Vergnügen eine lange Haftstrafe ohne Zulassung einer ersatzweisen Geldbuße aufbrummen.«
Ich fand, daß das alte Warzenschwein eine Rachsucht an den Tag legte, die ich nicht billigen konnte, doch ich hielt es für unklug, mich dahingehend zu äußern. Statt dessen nickte ich nur verständnisvoll. Ich war froh, daß mit einer solchen Eventualität, wie Jeeves es formuliert hätte, nicht zu rechnen war. Da mich nichts auf der Welt dazu bringen konnte, diese vermaledeite Statuette zu klauen, blieb ich ruhig und nonchalant – oder wenigstens so ruhig und nonchalant, wie man es bleiben kann, wenn einen ein Kerl von gut zweieinhalb Metern Größe anfunkelt, dessen eines Auge blau ist, während sich das andere wie ein veritabler Schweißbrenner gebärdet.

»Jawohl, Sir!« sagte Spode. »Sie werden ins Kittchen wandern.«
Und als er gerade noch hinzufügte, daß es ihm großen Spaß machen würde, mir an Besuchstagen durch die Gitterstäbe Grimassen zu schneiden, kehrte der alte Bassett zurück.
Es handelte sich, verglichen mit der sprudelnden Frohnatur, die sich vor kurzem davongemacht hatte, allerdings um einen sehr gewandelten Bassett. Eben noch hatte er gesprüht vor Freude, wie das jeder Vater täte, dessen Tochter sich nicht mit Gussie Fink-Nottle vermählt. Nun aber war seine Miene abgespannt und seine ganze Erscheinung die eines hastigen Essers, der erst viel zu spät bemerkt, daß er eine etwas ältliche Auster hinuntergeschluckt hat.
»Madeline hat mir gesagt …«, setzte er an. Dann erblickte er Spodes Auge und verstummte. Dieses Auge mußte selbst einem Menschen, der andere Sorgen hatte, auffallen. »Um Gottes willen, Roderick«, sagte er, »bist du gestürzt?«
»Gestürzt, daß ich nicht lache!« erwiderte Spode. »Ein Kurat hat mir eine runtergehauen.«
»Gütiger Himmel! Und was war das für ein Kurat?«
»In dieser Gegend gibt es meines Wissens nur einen, oder?«
»Willst du mir etwa sagen, Mr. Pinker habe dich tätlich angegriffen? Du überraschst mich, Roderick.«
Spode antwortete voller Inbrunst:
»*Mich* hat das noch viel mehr überrascht. Ganz ehrlich, ich fand es eine regelrechte Offenbarung. Ich wußte gar nicht, daß Kuraten solche linken Haken austeilen. Mit geschicktem Antäuschen wirft er einen zuerst aus dem Gleichgewicht, und dann läßt er eine Art Seitwärtshaken folgen, für den man ihn nur bewundern kann. Hoffentlich bringt er mir den auch mal bei.«
»Du klingst ganz so, als seist du ihm überhaupt nicht böse.«
»Bin ich ja auch nicht. Eine höchst vergnügliche Klopperei ohne böses

Blut. Ich habe nichts gegen Pinker. Ein Hühnchen rupfen möchte ich dagegen mit der Köchin. Sie hat mir eine Porzellanschüssel auf den Kopf gehauen. Und zwar von hinten – so was Unsportliches! Wenn du mich entschuldigst, knöpf' ich mir diese Köchin jetzt mal vor.«
Er schien sich wie ein Kind darauf zu freuen, Emerald Stoker die Meinung zu geigen, und entsprechend ungern eröffnete ich ihm, daß er sich damit nur auf einen Metzgersgang begeben würde.
»Das geht nicht«, erklärte ich. »Sie weilt nicht länger unter uns.«
»Erzählen Sie keinen Stuß! Sie steckt doch in der Küche, oder?«
»Nein, leider nicht. Sie ist mit Gussie Fink-Nottle durchgebrannt. Es ist die Rede von einer Hochzeit, die über die Bühne gehen soll, sobald der Erzbischof von Canterbury die Sondererlaubnis erteilt.«
Spode wankte. Wiewohl er mich nur mit einem Auge anstarren konnte, holte er aus diesem das Letzte heraus.
»Stimmt das auch wirklich?«
»Hundertprozentig.«
»Tja, das ändert natürlich alles. Wenn sich Madeline wieder in Umlauf befindet ... Vielen Dank für diese Information, mein lieber Wooster.«
»Keine Ursache, Spode, mein Guter – beziehungsweise Lord Sidcup, mein Guter.«
Erst jetzt schien Bassett aufzugehen, daß der schmächtige, distinguierte junge Herr, der da auf einem Bein neben dem Sofa stand, kein anderer als Bertram war.
»Mr. Wooster«, sagte er. Dann hielt er inne, schluckte ein- oder zweimal und tastete sich zu dem Tisch mit den Alkoholika. Er wirkte fiebrig. Erst als er sich einen tüchtigen Schluck hinter die Binde gegossen hatte, vermochte er weiterzusprechen. »Ich war gerade bei Madeline.«
»Ach ja?« sagte ich höflich. »Wie geht's ihr denn so?«

»Wenn Sie mich fragen, ist sie nicht ganz dicht. Sie sagt, sie wolle Sie heiraten.«

Ich hatte ja etwas in diese Richtung erwartet, weshalb ich auch bloß wie ein aufgeschreckter Wackelpeter erbebte und die Kinnlade zirka fünfzehn Zentimeter nach unten sacken ließ, mich sonst aber ungerührt gab, was man von Spode nicht behaupten konnte, denn dieser wankte bereits zum zweitenmal und brüllte wie ein amerikanischer Schwarzbär, der sich die Zehe an einem Felsblock angestoßen hat.

»Du machst wohl Witze?«

Der alte Bassett schüttelte bedauernd den Kopf. Seine Miene wirkte verhärmt.

»Schön wär's, Roderick. Es wundert mich nicht, daß du aufgewühlt bist. Mir geht es nicht anders. Ich bin erschüttert und sehe keinen Silberstreif mehr am Horizont. Als sie mir davon erzählt hat, glaubte ich, der Blitz habe mich getroffen.«

Spode starrte mich entgeistert an. Selbst jetzt schien er die Situation noch nicht in ihrem ganzen Schrecken zu erfassen. Aus seinem gesunden Auge sprach Fassungslosigkeit.

»Aber sie kann doch unmöglich dieses *Subjekt* heiraten!«

»Ihre Entscheidung scheint unwiderruflich.«

»Aber er ist ja noch schlimmer als dieses elende Fischgesicht.«

»Da muß ich dir leider beipflichten. Viel schlimmer. Kein Vergleich.«

»Ich werde mit ihr reden«, sagte Spode und verließ uns, bevor ich meinen Unmut darüber artikulieren konnte, als *Subjekt* bezeichnet worden zu sein.

Vielleicht war es gar nicht so schlecht, daß schon eine halbe Minute später Stiffy und Stinker eintraten, denn wäre ich mit dem alten Bassett allein geblieben, hätte ich wohl nur mit Mühe ein Gesprächsthema gefunden, das zu faszinieren, zu erbauen und zu belustigen vermocht hätte.

19. Kapitel

Stinkers Nase war, wie nicht anders zu erwarten, seit seinem letzten Auftritt merklich angeschwollen, doch er schien bester Laune zu sein, und auch Stiffy war die Lebensfreude in Person. Beide dachten offensichtlich nur noch an ihr Happy-End, und tiefes Mitleid packte mich für die armen Tröpfe. Ich hatte Bassett während Spodes Auslassungen über Stinkers linken Haken nicht aus dem Auge gelassen, und was sich dabei in seiner Miene abgezeichnet hatte, war alles andere als ermutigend gewesen.

Diese Pfründner, die Vikariate zu vergeben haben, stellen stets höchste Anforderungen an jene Kuraten, die für eine Beförderung in den gehobenen Dienst in Frage kommen – linke Haken, und mögen sie technisch noch so vollkommen sein, gehören eindeutig nicht dazu. Wäre der alte Bassett ein Boxpromoter auf Talentsuche gewesen und Stinker ein vielversprechender Anfänger, der unbedingt für dessen nächsten Vorkampf über sechs Runden aufgestellt werden wollte, hätte jener diesen ohne Zweifel mit wohlgefälligem Auge betrachtet. Doch nun war das Auge, mit dem er ihn musterte, so kalt und düster, als stünde vor seinem Richterstuhl ein alter Spezi, den man des unerlaubten Schweinetransports oder des fahrlässigen Umgangs mit einem qualmenden Schornstein bezichtigte. Ich witterte Ungemach und hätte selbst bei großzügigster Quote nicht auf das oben erwähnte Happy-End gewettet.

Die für meine geschärften Sinne so eklatante Frostigkeit hatte sich Stiffy allerdings nicht mitgeteilt. Keine Stimme flüsterte ihr ins Ohr, daß man ihr gleich einen entsetzlich dicken Strich durch die Rechnung machen würde. Sie lächelte und grimassierte wild vor sich hin

und schien überzeugt, daß die Paraphierung des Dokuments nur noch eine Formsache sei.
»Da sind wir, Onkel Watkyn«, sagte sie überaus strahlend.
»Das sehe ich.«
»Ich habe Harold mitgebracht.«
»Auch das ist mir nicht entgangen.«
»Wir haben alles besprochen und glauben, daß wir die Sache schriftlich fixieren sollten.«
Das Auge des alten Bassett wurde kälter und finsterer, und ich wähnte mich immer mehr am Polizeigericht in der Bosher Street. Um die Illusion perfekt zu machen, fehlte eigentlich nur noch ein verschnupfter Gerichtsdiener, eine Luft, die zum Schneiden war, und einige herumlungernde junge Anwälte, die auf Mandate spekulierten.
»Ich kann dir leider nicht ganz folgen«, sagte er.
»Na, komm schon, Onkel Watkyn, du bist doch sonst nicht so begriffsstutzig. Ich rede von Harolds Vikariat.«
»Mir war gar nicht bewußt, daß Mr. Pinker im Besitz eines Vikariats ist.«
»Ich meine dasjenige, das du ihm geben wirst.«
»Ach?« sagte der alte Bassett, und selten hat mein Ohr ein garstigeres »Ach?« vernommen. »Ich habe mich gerade mit Roderick unterhalten«, ging er nun endlich in medias res.
Beim Stichwort Spode kicherte Stiffy los, und ich hätte ihr sagen können, daß dies ein Fehler war. In manchen Situationen ist mädchenhaftes Getue am Platz, in anderen nicht. Mir war keineswegs entgangen, daß der alte Bassett immer stärker angeschwollen war, als wäre er einer dieser seltsamen runden Fische, nach denen man in Florida angelt, und außerdem grollte er, wie es wohl auch Vulkane tun, bevor sie über die Anrainer herfallen, die sich alsbald wünschen, sie hätten ihre Zelte woanders aufgeschlagen.
Doch selbst jetzt schien Stiffy nichts von dem nahenden Unheil zu

ahnen. Erneut stieß sie ein silberhelles Lachen aus. Ich habe schon häufiger Mädchen erlebt, die die Großwetterlage überhaupt nicht einschätzen konnten. Die jungen Angehörigen des schwachen Geschlechts merken offenbar nie, daß es Momente gibt, in denen ihrem Publikum das silberhelle Lachen gestohlen bleiben kann.
»Ich wette, daß er ein Veilchen hatte.«
»Wie bitte?«
»War sein Auge blau?«
»Ja.«
»Das dachte ich mir schon. Harold hat Kräfte für zehn, denn an ihm ist kein Falsch. Wie sieht es denn nun mit dem Schriftstück aus? Hier habe ich einen Füllfederhalter. Na los, bringen wir die Chose hinter uns!«
Ich hatte erwartet, der alte Bassett würde nun eine Bombe imitieren, die auf ein Munitionsdepot fällt, doch das tat er nicht. Vielmehr verharrte er in jener frostigen Steifheit, wie sie Richter ausstrahlen, wenn sie für einen harmlosen Bubenstreich ein Bußgeld von fünf Pfund verhängen.
»Du scheinst da einem Irrtum aufzusitzen, Stephanie«, sagte er mit der gleichen stählernen Stimme, die einst auch der Angeklagte Wooster zu hören bekommen hatte. »Ich habe nicht vor, Mr. Pinker ein Vikariat anzuvertrauen.«
Stiffy war wie vom Donner gerührt. Sie zitterte vom zerzausten Scheitel bis zur Sohle, und wenn sie sich nicht an Stinkers Arm festgeklammert hätte, wäre sie wohl hingefallen. Man konnte ihre Gefühle ja auch verstehen. Sie war im Wissen durch die Welt spaziert, daß sie es geschafft hatte, und plötzlich kam, wie ein Blitz aus heiterem Himmel, dieser verhängnisvolle Satz. Zweifellos war es die völlige Unvermitteltheit des Schlages, die ihr das Herz in die Hosen rutschen ließ, falls eine solche Redewendung bei einer Rockträgerin überhaupt erlaubt ist. Sie fühlte sich in diesem Moment wohl ähnlich

wie Spode kurz zuvor, als sein Schädeldach mit Emerald Stokers Schüssel Bekanntschaft gemacht hatte. Ihre Augen traten aus den Höhlen, und ihrer Brust entrang sich ein inständiger Quiekser.

»Aber Onkel Watkyn! Du hast es doch versprochen!«

Ich hätte ihr sagen können, daß es reine Zeitverschwendung war, an das Gewissen dieses alten Rabenaases zu appellieren, denn Richter, und seien sie a. D., haben kein Gewissen. Stiffys Tremolo hätte wohl selbst das berühmte Herz aus Stein erweicht, doch auf den alten Bassett machte es kaum mehr Eindruck als das Zwitschern des hauseigenen Kanarienvogels.

»Bloß provisorisch«, sagte er. »Da wußte ich ja noch nicht, daß Mr. Pinker Roderick tätlich angegriffen hatte.«

Bei diesen Worten erwachte Stinker, der dem Dialog in einer solch steifen Haltung gelauscht hatte, als wäre er von einem guten Präparator ausgestopft worden, plötzlich zum Leben, doch da das einzige Geräusch, das er zustande brachte, an eine Badewanne erinnerte, aus der die letzten Wassertropfen abflossen, waren seine Bemühungen für die Katz. Immerhin gelang es ihm, den alten Bassett auf sich aufmerksam zu machen, und dieser funkelte ihn böse an.

»Ja, Mr. Pinker?«

Wenig später ließ Stinker dem Gurgeln eine Ansprache folgen, doch auch diese war kaum der Rede wert, denn er sagte lediglich:

»Ich … äh … er … äh …«

»Fahren Sie fort, Mr. Pinker.«

»Es war … das heißt, es war nicht …«

»Wenn Sie sich etwas klarer ausdrücken könnten, Mr. Pinker, wäre das der Untersuchung dieser Angelegenheit ungemein förderlich. Ich muß gestehen, daß mir Ihre Ausführungen nicht gerade luzide erscheinen.«

Es handelte sich um eine Stichelei, wie er sie während seiner Tage in der Bosher Street jeweils in gedruckter Form – und in Klammern gefolgt von dem Wort »Gelächter« – hatte nachlesen können, doch hier erwies sie sich als Rohrkrepierer. Mir entlockte sie nicht das leiseste Kichern, genausowenig wie Stinker, der bloß eine Nippfigur umstieß und noch intensiver errötete. Stiffy schließlich gab dem Alten tüchtig Kontra.

»Spar dir deine Richtersprüche, Onkel Watkyn.«

»Wie bitte?«

»Eigentlich hörst du sowieso besser auf zu sprechen und läßt mich die Sache erklären. Harold möchte dir folgendes mitteilen: Nicht er hat Roderick tätlich angegriffen, sondern Roderick ihn.«

»Soso? Mir ist die Geschichte aber anders zu Ohren gekommen.«

»Aber genau so war's.«

»Ich bin gerne bereit, mir deine Version des unrühmlichen Vorfalls anzuhören.«

»Also gut, die Sache verlief folgendermaßen: Harold gurrte Roderick wie eine Turteltaube an, und plötzlich holte Roderick aus und gab ihm voll eins auf den Zinken. Wenn du mir nicht glaubst, kannst du ihn dir ja mal ansehen. Das arme Kerlchen hat Blut verspritzt wie ein Springbrunnen in Versailles. Was hätte Harold denn tun sollen? Die andere Nase hinhalten?«

»Ich hätte von ihm als Gottesmann erwartet, daß er an seine Stellung denkt. Er hätte sich bei mir beschweren können, dann wäre ich zu Roderick gegangen und hätte von ihm eine förmliche Entschuldigung verlangt.«

Ein wahrer Höllenlärm brach los: Stiffy hatte geschnaubt.

»Eine Entschuldigung?« rief sie, nachdem sie ihr Schnauben beendet hatte. »Wozu sollte eine Entschuldigung gut sein? Harold hat das einzig Richtige getan. Er ist dazwischengefahren und hat Roderick außer Gefecht gesetzt, wie es an seiner Stelle jeder gemacht hätte.«

»Jeder, der nicht an seinen geistlichen Stand denken muß.«

»Um Himmels willen, Onkel Watkyn, man kann doch nicht pausenlos an seinen Stand denken. Es war ein Notfall. Roderick wollte Gussie Fink-Nottle ermorden.«

»Und Mr. Pinker hat ihn *abgehalten?* Großer Gott!«

Es entstand eine Pause, denn der alte Bassett rang um Fassung. Schließlich versuchte Stiffy, wie Stinker es schon mit Spode versucht hatte, das honigsüße Wort an den Mann zu bringen. Sie hatte vorhin behauptet, Stinker habe Spode wie eine Turteltaube angegurrt, und ich kann bestätigen, daß sein Gurren tatsächlich so geklungen hatte. An eine gurrende Turteltaube erinnerte nun auch sie. Wie die meisten Mädchen kann sie jederzeit einen schmelzenden Ton in ihre Stimme legen, so sie sich davon etwas verspricht.

»Es sieht dir überhaupt nicht ähnlich, Onkel Watkyn, daß du dein Ehrenwort brichst.«

In diesem Punkt hätte ich sie korrigieren können. Meines Erachtens sah es ihm nur zu ähnlich.

»Ich kann einfach nicht glauben, daß ausgerechnet du mir so übel mitspielst. Das ist doch sonst nicht deine Art. Du warst immer so nett zu mir. Ich habe dich lieben und schätzen gelernt. Du bist mir ein zweiter Vater geworden. Verbock doch jetzt nicht alles.«

Ein eindringlicher Appell, der bei jedem anderen Menschen zweifellos verfangen hätte. Beim alten Bassett dagegen fiel er mit Pauken und Trompeten durch. Schon vorhin hatte er wie ein Mann ohne Herz gewirkt – im übertragenen Sinn, versteht sich –, und er wirkte auch weiterhin so.

»Falls du mir mit diesem merkwürdigen Ausdruck vermitteln willst, ich solle es mir anders überlegen und Mr. Pinker das Vikariat trotzdem geben, muß ich dich leider enttäuschen. Ich werde nichts dergleichen tun. Nach meinem Dafürhalten hat er sich als unwürdig erwiesen, das Amt eines Vikars zu versehen, und mich erstaunt es

nach diesem Vorfall schon, wie er es noch länger mit seinem Gewissen vereinbaren kann, als Kurat zu arbeiten.«
Das war natürlich starker Tobak und entlockte Stinker ein Geräusch, das man entweder als gequältes Aufstöhnen oder als Schluckauf interpretieren konnte. Ich musterte den alten Knacker kalt und schürzte dabei wohl auch die Lippen, obschon ihm meine Verachtung wahrscheinlich verborgen blieb, da seine ungeteilte Aufmerksamkeit Stiffy galt. Sie war beinahe so puterrot angelaufen wie Stinker, und ich hörte ihre Schneidezähne geräuschvoll zusammenklacken. Und durch diese dergestalt gefletschten Zähne sprach sie nun.
»Ach, so siehst du das also?«
»Ja.«
»Und dein Entschluß steht fest?«
»Felsenfest.«
»Nichts vermag dich mehr umzustimmen?«
»Nichts.«
»Verstehe«, sagte Stiffy, nachdem sie eine Weile stumm auf ihrer Unterlippe herumgekaut hatte. »Das wird dir noch leid tun.«
»Das sehe ich anders.«
»Doch, doch, du wirst schon sehen. Bittere Reue wird dich ergreifen, Onkel Watkyn. Du solltest nie die Waffen einer Frau unterschätzen«, sagte Stiffy, und mit einem erstickten Seufzer – es mag sich jedoch abermals um einen Schluckauf gehandelt haben – eilte sie aus dem Zimmer.
Kaum hatte sie uns verlassen, trat Butterfield ein, der vom alten Bassett mit jener unverhohlenen Bockigkeit betrachtet wurde, die Männer von reizbarem Gemüt für Butler übrig haben, welche im falschen Moment in die gute Stube platzen.
»Ja, Butterfield? Was ist denn, was ist denn?«
»Wachtmeister Oates wünscht Sie zu sprechen, Sir.«
»Wer?«

»Polizeiwachtmeister Oates, Sir.«
»Und was will er?«
»Soviel ich weiß, hat er einen Hinweis auf die Identität des Knaben erhalten, der Sie mit einem hartgekochten Ei beworfen hat, Sir.«
Die Worte wirkten auf den alten Bassett genau so, wie Hornsignale auf Schlachtrosse wirken sollen – nicht, daß ich je einem Schlachtroß begegnet wäre. Mit einem Schlag veränderte sich seine ganze Haltung. Das Gesicht leuchtete auf und nahm jenen Ausdruck an, den man auch bei Bluthunden sieht, wenn sie die Fährte aufnehmen. Zwar sagte er nicht gerade »Jippih!«, was aber wohl einzig daran lag, daß ihm der Ausdruck nicht geläufig war. Innerhalb weniger Sekunden war er aus dem Zimmer verschwunden, während ihm Butterfield mit einigen Längen Rückstand folgte. Stinker, der gerade eine gerahmte Fotografie zurückstellte, die er von einem nahen Tisch gestoßen hatte, sprach mich mit merkwürdig gedämpfter Stimme an.
»Sag mal, Bertie, was hat Stiffy wohl mit ihrer Bemerkung gemeint?«
Auch ich hatte mir schon überlegt, was dem Spätzchen vorgeschwebt hatte. Eine Ausdrucksweise, die meines Erachtens nichts Gutes verhieß. Die Worte »du wirst schon sehen« hatten einen besorgniserregenden Beiklang. Ernst wog ich seine Frage ab.
»Schwer zu sagen«, antwortete ich, »es könnte genausogut dieses wie jenes bedeuten.«
»Sie ist immer so impulsiv.«
»Impulsiv ist gar kein Ausdruck.«
»Ich mache mir Sorgen.«
»Warum du? Wenn sich einer Sorgen machen sollte, dann doch wohl Bassett. Nach allem, was ich von ihr weiß, würde ich an seiner Stelle …«
Der von mir begonnene Satz hätte, falls er je zur vollen Blüte gereift wäre, in die Worte »das Nötigste in einen Koffer packen und nach Australien auswandern« gemündet, doch in diesem Moment sah ich aus

dem Fenster, worauf mir die erwähnten Worte im Hals steckenblieben. Das Fenster ging auf die Einfahrt hinaus, und von der Stelle, wo ich stand, konnte ich die ganze Haustreppe überblicken. Und als ich erkannte, was da diese Haustreppe hochkam, machte mein Herz einen entsetzten Sprung.

Es war Plank. Sein vierschrötiges, braungebranntes Gesicht war genauso unverwechselbar wie der zielstrebige Gang. Und als mir bewußt wurde, daß er schon im nächsten Moment von Butterfield in jenen Salon geführt werden würde, in dem ich mich aufhielt, und es zu einem Wiedersehen käme, da war ich mir ehrlich gesagt über mein weiteres Vorgehen nicht ganz schlüssig.

Zuerst dachte ich, ich könnte ja warten, bis er durch die Haustür getreten wäre, um dann durch das Fenster zu steigen, welches praktischerweise offenstand. Genau so nämlich hätte meines Erachtens auch Napoleon gehandelt. Und ich wollte, um Stiffys Wortwahl zu benutzen, die Chose schon hinter mich bringen, als ich den Hund Bartholomew anwackeln sah, was mir augenblicklich klarmachte, daß ich meine Strategie von Grund auf überdenken müßte. Man kann nicht unter der Aufsicht eines Scotchterriers wie Bartholomew, der immer nur das Schlimmste annimmt, aus Fenstern steigen. Irgendwann würde er zwar bestimmt erfahren, daß der vermeintliche Einbrecher, der da mit der Beute türmte, bloß ein harmloser Gast des Hauses gewesen war, und zerknirscht um Entschuldigung bitten, doch bis dahin hätten meine tiefer gelegenen Regionen längst so viele Löcher wie ein Emmentaler Käse.

Deshalb wich ich auf meine zweite Verteidigungsstrategie aus und duckte mich mit einem dahingemurmelten »Kein Sterbenswörtchen zu irgendwem, Stinker! Ich wünsche diesem Mann nicht zu begegnen« hinters Sofa, wo ich mich zusammenkugelte wie eine Schildkröte in ihrem Panzer. Und in diesem Moment ging die Tür auf.

20. Kapitel

Im Drones Club weiß man so gut wie anderswo, daß Bertram Wooster ein Mann ist, der den Kopf hoch und die Ohren steif zu halten versteht, auch wenn ihm ein noch so schneidender Wind ins Gesicht bläst. Selbst in des Schicksals tobendsten Stürmen geht er tapfer seinen Weg. Mit einem Wort: Er kann einstecken.

Doch als ich so an meinem Zufluchtsort kauerte, geriet mein Blut, wie ich einräumen muß, in beträchtliche Wallung. Das Leben in Totleigh Towers hatte mich, was ich bereits früher erwähnt habe, zermürbt. Offensichtlich konnte man in dem verdammten Haus nirgendwo länger verweilen. Entweder segelte man wie ein Adler auf Kommoden oder schoß wie eine Tauchente hinter Sofas, und abgesehen von der ungesunden Hektik kratzen solche Dinge auch an der Moral und schaden der messerscharfen Bügelfalte. Und deshalb geriet mein Blut in besagte Wallung.

Ich hegte zusehends bittere Gefühle gegenüber diesem Plank und seinem unbezähmbar scheinenden Hang, mich wie ein Familiengespenst in Panik zu versetzen. Mir war schleierhaft, was er hier zu suchen hatte. Mochte Totleigh Towers auch manchen Fehler haben, so hätte ich doch geglaubt, Planks Gesellschaft bleibe einem hier erspart. In Hockley-cum-Meston besaß er ein herrliches Haus, und es wollte mir ums Verrecken nicht einleuchten, warum er nicht dort blieb.

Mein Unmut erstreckte sich auch auf die Angehörigen diverser Volksstämme, deren Bekanntschaft Plank im Laufe seiner Forschungsreisen gemacht hatte. Seinen Berichten zufolge war er in Brasilien, im Kongo und an weiteren Orten jahrelang ungeladen bei den Eingeborenen hineinspaziert, und kein einziger von diesen schien den Schneid gehabt zu haben, ihm mit einem Speer nachzusetzen oder die Sprache von Giftpfeil und Blasrohr zu sprechen. Und diese Knilche wollten Wilde sein? Wilde, so ein Witz! Bei den Wilden in den Büchern, die ich als Kind gelesen habe, wäre Plank in den Todesanzeigen gelandet, bevor er auch nur den Mund aufgemacht hätte. Die heutigen Repräsentanten neigen aber offenbar zu Schlamperei und Laissez-faire. Bin nicht in Stimmung – sollen andere ran – George wär' der richtige Mann für so was. Manchmal fragt man sich schon, wo das noch hinführen soll.

Obwohl mein Gesichtsfeld momentan etwas eingeengt war, erkannte ich ein Paar imperiale Halbschuhe, woraus ich schloß, daß Butterfield Plank die Tür geöffnet und ihn hereingeführt hatte. In dieser Annahme sah ich mich kurz darauf bestätigt, als er das Wort erhob. Diese Stimme vergaß man, hatte man sie einmal vernommen, nicht mehr so schnell.

»Tach«, sagte er.

»Guten Tag«, antwortete Stinker.

»Ziemlich warm heute.«

»Sehr warm.«

»Was ist denn hier los? Wozu stehen all die Zelte und Schaukeln im Park?«

Stinker erklärte, das alljährliche Schulfest sei soeben zu Ende gegangen, und Plank gab seiner Erleichterung darüber Ausdruck, es verpaßt zu haben. Schulfeste, so meinte er, seien verdammt gefährliche Veranstaltungen, um die der Kluge einen großen Bogen mache, da sie allzuoft Babyschönheitswettbewerbe enthielten.

»Fand bei Ihnen ein Babyschönheitswettbewerb statt?«

»Ja, allerdings. Die Mütter bestehen immer darauf.«

»Dabei sind es gerade die Mütter, die man im Auge behalten sollte«, erwiderte Plank. »Ich will nicht behaupten, die kleinen Scheusale seien nicht schlimm genug, denn sie sabbern einen aus dem Mundwinkel voll und so weiter. Doch die wahrhaft tödliche Gefahr geht von den Müttern aus. Schauen Sie nur«, sagte er und zog in diesem Moment wohl sein Hosenbein hoch. »Sehen Sie die Narbe da an meiner Wade? Die habe ich mir in Peru zugezogen, weil ich mich idiotischerweise breitschlagen ließ, als Preisrichter bei einem Babyschönheitswettbewerb mitzutun. Die Mutter eines Babys, das nicht mit aufs Treppchen steigen durfte, stach mich mit einem landesüblichen Dolch ins Bein, als ich nach meiner Rede gerade das Richterpodest verlassen wollte. Tat höllisch weh, das können Sie mir glauben, und bei feuchtem Wetter zwackt es mich noch heute. Ein Bekannter von mir pflegt zu sagen, daß die Hand, die die Wiege schaukelt, die Welt beherrscht. Ob das der Wahrheit entspricht, kann ich nicht sagen, doch mit einem peruanischen Dolch weiß die betreffende Hand eindeutig umzugehen.«

Ich sah mich gezwungen, die recht unbarmherzige Meinung, die ich mir von der Schlappheit und dem Schlendrian des modernen Wilden gebildet hatte, wenigstens partiell zu revidieren. Die Männer mochten in den letzten Jahren tatsächlich auf den Hund gekommen sein, doch die Frauen schienen das Herz noch immer auf dem rechten Fleck zu haben, auch wenn bei einem Kerl wie Plank der Stich in den Wadenmuskel nicht mehr als ein Schritt in die richtige Richtung sein kann, ein reines Kratzen an der Oberfläche, wenn man so will.

Plank schnatterte weiter drauflos. »Sie wohnen hier in der Gegend?« erkundigte er sich.

»Ja, im Dorf.«

»Totleigh?«

»Ja.«

»Sie haben nicht zufällig eine eigene Rugbymannschaft in Totleigh?«

Stinker verneinte die Frage. Die Sportler in Totleigh-in-the-Wold zögen, so führte er aus, das Fußballspiel nach dem *Association Code* vor, worauf Plank »Gott im Himmel!« sagte und dabei wohl auch erschauerte.

»Haben Sie je Rugby gespielt?«

»Ein bißchen.«

»Steigen Sie doch richtig ein! Einen schöneren Sport gibt's nicht. Ich versuche unser Team in Hockley-cum-Meston zum Gespräch von ganz Gloucestershire zu machen. Jeden Tag trainiere ich die Burschen, und sie machen prächtige, wirklich ganz prächtige Fortschritte. Jetzt brauche ich nur noch einen guten Erste-Reihe-Stürmer.«

Statt eines solchen wurde ihm der alte Bassett zuteil, der in diesem Moment ins Zimmer preschte. Er wünschte Plank einen guten Tag, und Plank revanchierte sich mit ähnlich lautenden Worten.

»Freut mich, daß Sie mich mal besuchen, Plank«, sagte Bassett. »Darf ich Ihnen etwas zum Trinken anbieten?«

»Aaah«, antwortete Plank, dem es offensichtlich ernst damit war.

»Ich würde Sie ja gern zum Dinner einladen, aber leider ist einer meiner Gäste mit der Köchin durchgebrannt.«

»Schlaues Köpfchen – wenn man schon mit jemandem durchbrennen will. Köchinnen sind heutzutage sehr dünn gesät.«

»Deshalb ist natürlich unser ganzes Hauswesen durcheinandergeraten. Weder meine Tochter noch meine Nichte sind fähig, die schlichteste Mahlzeit zuzubereiten.«

»Dann müssen Sie eben ins Wirtshaus gehen.«

»Ich sehe auch keine andere Lösung.«

»Wenn Sie in Westafrika wären, könnten Sie bei einem Stammeshäuptling vorbeischauen und essen, was auf den Tisch kommt.«

»Ich bin aber nicht in Westafrika«, erwiderte der alte Bassett leicht unwirsch, und ich konnte seine Gereiztheit verstehen. Es ist immer ärgerlich, in der Tinte zu sitzen und von anderen gesagt zu bekommen, wie toll es doch wäre, wenn man nicht darin säße, und wie prima man es doch hätte, wenn man anderswo weilte.

»In Westafrika habe ich sehr häufig auswärts diniert«, sagte Plank. »Manche dieser Burschen haben mir ganz famose Gerichte vorgesetzt. Der Haken war nur, daß man nie wußte, ob der Hauptgang nicht aus einem angeheirateten Verwandten bestand, den man über der Glut gegrillt und mit einer speziellen Soße übergossen hatte. Dem Appetit war das nicht unbedingt förderlich, es sei denn, man hatte einen Mordshunger.«

»Das kann ich mir vorstellen.«

»Ist natürlich Geschmackssache.«

»Genau. Wollten Sie mich wegen etwas Bestimmtem sprechen, Plank?«

»Nicht daß ich wüßte.«

»Dann müssen Sie mich jetzt entschuldigen, ich sollte nämlich zurück zu Madeline.«

»Und wer ist Madeline?«

»Meine Tochter. Bei Ihrem Eintreffen führte ich gerade eine ernsthafte Unterhaltung mit ihr.«

»Fehlt der Kleinen irgendwas?«

»Ihre fünf Sinne. Sie gedenkt eine fatale Ehe einzugehen.«

»Alle Ehen sind fatal«, erwiderte Plank, der sich zwischen den Zeilen als Junggeselle zu erkennen gab. »Sie führen zu schönen Babys, und schöne Babys führen zu Babyschönheitswettbewerben. Ich habe diesem Gentleman gerade erzählt, welche Erfahrung ich in Peru einmal machte. Dabei habe ich ihm auch die Narbe an meinem Bein gezeigt, die ich Esel mir zuzog, weil ich mich breitschlagen ließ, bei einem dieser Wettbewerbe als Preisrichter mitzutun. Möchten Sie die Narbe an meinem Bein sehen?«

»Vielleicht ein andermal.«

»Wann immer Sie wollen. Was macht denn die Ehe, die Ihre Tochter einzugehen gedenkt, so fatal?«

»Die Tatsache, daß Mr. Wooster nicht der Richtige für sie ist.«

»Und wer ist Mr. Wooster?«

»Der Mann, den sie heiraten will. Ein typischer junger Taugenichts, wie man sie heutzutage an jeder Straßenecke findet.«

»Ich habe mal einen Wooster gekannt. Wird aber kaum derselbe sein, denn mein Wooster wurde vor kurzem am Sambesi von einem Krokodil gefressen, weshalb er wohl eher ausscheidet. Also schön, Bassett, eilen Sie schon zurück zu Ihrer Tochter und richten Sie ihr aus, daß mit ihrem Verstand irgendwas nicht stimmt, wenn sie jeden Hinz und Kunz gleich heiraten will. Hätte sie schon so viele Häuptlingsweiber wie ich gesehen, würden ihr die Flausen schnell vergehen. Das reinste Hundeleben führen diese Frauen. Mahlen den lieben langen Tag Maismehl und bringen ein Baby nach dem anderen auf die Welt. Also gut, Bassett, ich will Sie nicht länger aufhalten.«

Man hörte eine Tür zuschlagen, nachdem der alte Bassett davongezischt war. Plank wandte seine Aufmerksamkeit wieder Stinker zu und sagte:

»Ich habe es dem alten Esel verschwiegen, weil ich nicht wollte, daß er hier noch lange Phrasen drischt, aber ich bin tatsächlich wegen etwas Bestimmtem hier. Wissen Sie, wo ich einen Mr. Pinker finde?«

»Ich heiße Pinker.«

»Sind Sie auch sicher? Bassett hat behauptet, Sie heißen Wooster.«

»Nein, Wooster ist der Bursche, der Sir Watkyns Tochter heiraten wird.«

»Ach ja, stimmt. Jetzt fällt es mir wieder ein. Ob Sie wohl der Mann sind, den ich suche? Mein Pinker ist Kurat.«

»Ich bin Kurat.«

»Tatsächlich? Herr im Himmel, Sie haben völlig recht. Wie ich sehe, knöpfen Sie Ihren Kragen im Nacken zu. Sie sind wohl nicht zufällig H.P. Pinker?«

»Doch.«

»Bis vor ein paar Jahren Erste-Reihe-Stürmer für Oxford und England?«

»Ja.«

»Hätten Sie Interesse, Vikar zu werden?«

Man hörte etwas krachen, und ich vermutete, daß Stinker im Überschwang der Gefühle seinen obligaten Tisch umgeworfen hatte. Nach einer Weile sagte er mit belegter Stimme, daß er sich – ich zitiere sinngemäß – nichts sehnlicher unter den Nagel zu reißen wünsche als ein Vikariat, und Plank antwortete, das höre er aber gern.

»Mein Mann in Hockley-cum-Meston geht auf die neunzig zu und schmeißt demnächst den Bettel hin, und ich habe schon die ganze Gegend nach einem Ersatzmann abgeklappert. Die Suche gestaltet sich ungemein schwierig, da ich einen Vikar will, der gleichzeitig ein guter Erste-Reihe-Stürmer ist. Und die Geistlichen, die wissen, wo bei einem Rugbyball vorne und hinten ist, kann man an einer Hand abzählen. Ich habe Sie leider nie spielen sehen, da ich lange im Ausland war, aber Ihrem Ruf nach zu urteilen, müssen Sie eine ziemliche Kanone sein. Sie können Ihr Amt antreten, sobald der alte Bellamy die Zelte abbricht. Wenn ich nach Hause komme, werde ich die Sache gleich schriftlich fixieren.«

Stinker sagte, er wisse nicht, wie er ihm danken solle, und Plank erwiderte, das sei gern geschehen und es gebe nichts zu danken.

»Wenn einer dankbar sein muß, dann bin ich es. Mit den Halb- und Dreiviertelspielern ist ja alles in Butter, aber letztes Jahr haben wir gegen Upper Bleaching verloren, weil sich unser Erste-Reihe-Stürmer als Null entpuppt hat. Dieses Jahr werden wir es ihnen aber zeigen. Ein Riesenglück, daß ich Sie getroffen habe, was ich übrigens allein meinem Freund Witherspoon, Chefinspektor von Scotland Yard, zu verdanken habe. Er rief mich vorhin an und sagte mir, daß Sie in Totleigh-in-the-Wold wohnten und man mir in Totleigh Towers bestimmt Ihre Adresse nennen könne. Unglaublich, was diese Schnüffler von Scotland Yard alles rauskriegen. Bestimmt steckt dahinter jahrelange Übung. Was war denn das für ein Geräusch?«

Stinker sagte, er habe nichts gehört.

»Eine Art Japsen. Ich glaube, es kam vom Sofa. Werfen Sie doch mal einen Blick dahinter.«

Einen Moment lang spürte ich, wie Stinker auf mich hinuntersah, doch dann wandte er sich wieder ab.

»Hinter dem Sofa ist nichts«, sagte der redliche Geselle und gefährdete einem alten Kumpel zuliebe seine unsterbliche Seele, indem er es mit der Wahrheit nicht so genau nahm.

»Für mich hat es sich angehört, als würde sich ein Hund übergeben«, sagte Plank.

Und vermutlich hatte es genau so geklungen. Die Enthüllung von Jeeves' ruchlosem Verrat war mir durch Mark und Bein gegangen und hatte mich vollkommen vergessen lassen, daß in der gegenwärtigen Lage Schweigen Gold war. Schön dumm, so zu japsen, ich weiß, aber wenn man jahrelang einen Diener am Busen genährt hat und Knall auf Fall erfahren muß, daß dieser einem mit voller Absicht Brasilienforscher auf den Hals hetzt, dann wird man sich wohl noch wie ein von Brechreiz geschüttelter Hund verhalten dürfen. Ich konnte mir Jeeves' niederträchtiges Benehmen überhaupt nicht erklären und war ein, zwei Minuten lang zu benommen, um der Unterhaltung folgen zu können. Als sich der Nebel schließlich lichtete, hatte sich Plank einem anderen Thema zugewandt.

»Wie es Bassett wohl mit seiner Tochter gehen mag? Können Sie mir irgend etwas über diesen Wooster sagen?«
»Er ist einer meiner besten Freunde.«
»Bassett scheint ihn nicht besonders zu mögen.«
»Nein.«
»Na ja, wir haben alle unsere Vorlieben und Abneigungen. Welches der zwei Mädchen ist eigentlich diese Madeline, von der er gesprochen hat? Ich habe alle beide schon in der Gegend gesehen, aber nie kennengelernt. Ist sie das kleine Gör mit den großen blauen Augen?«
Ich glaube nicht, daß Stinker es besonders schätzte, wenn man seine Geliebte als kleines Gör bezeichnete – dabei hätte ihm die Vernunft doch sagen müssen, daß sie nichts anderes war. Trotzdem antwortete er mit großer Gelassenheit.
»Nein, das ist Sir Watkyns Nichte, Stephanie Byng.«
»Byng? Warum kommt mir der Name nur so bekannt vor? Aber natürlich, der alte Johnny Byng! Hat mich einst auf eine Expedition begleitet. Ein rothaariger Bursche, hab' ihn seit Jahren nicht mehr gesehen. Ein Puma hat den armen Tropf einmal gebissen, und noch heute soll er stark zögern, bevor er sich setzt. Stephanie Byng, wie? Sie kennen sie natürlich?«
»Sehr gut.«
»Nettes Mädchen?«
»Das möchte ich meinen, und wenn Sie gestatten, überbringe ich ihr jetzt die gute Nachricht.«
»Welche gute Nachricht denn?«
»Über das Vikariat.«
»Ach so, na klar. Und Sie glauben, so was könnte sie interessieren?«
»Da bin ich mir ganz sicher. Wir heiraten nämlich.«
»Gütiger Himmel! Können Sie sich nicht mehr aus der Affäre ziehen?«

»Das will ich doch gar nicht.«

»Erstaunlich! Ich bin einmal per Anhalter von Johannesburg bis nach Kapstadt gefahren, um einer Hochzeit zu entgehen, während Sie die gleiche Aussicht offenbar geradezu begeistert. Na ja, über Geschmack läßt sich nicht streiten. Also gut, dann machen Sie sich eben auf die Socken. Und ich plaudere jetzt besser noch ein bißchen mit Bassett, bevor ich mich verabschiede. Der Bursche langweilt mich zwar zu Tode, aber man will ja nicht unhöflich sein.«

Die Tür schlug zu, und Stille trat ein. Nachdem ich vorsichtshalber noch ein paar Minuten gewartet hatte, glaubte ich aus der Versenkung auftauchen zu können. Und ich hatte dies gerade getan und schüttelte die Glieder, die sich leicht verkrampft hatten, als die Tür aufging und Jeeves mit einem Tablett eintrat.

21. Kapitel

»Guten Abend, Sir«, sagte er. »Wünschen Sie einen Appetithappen? Ich nehme Mr. Butterfield heute diese Pflicht ab. Er ist gerade damit beschäftigt, an der Tür des Zimmers zu horchen, in dem Sir Watkyn und Miss Bassett konferieren. Er hat mir erzählt, er schreibe an seinen Memoiren und nutze jede Gelegenheit, um geeignetes Material zusammenzutragen.«

Ich musterte den Mann despektierlich. Meine Miene war so kalt und hart wie ein Ei an einem Schulfest. Wohl nie hatte ich gerechteren Zorn verspürt.

»Was ich will, Jeeves, ist nicht eine feuchte Brotschnitte mit einer toten Sardine darauf …«

»Sardelle, Sir.«

»Oder meinetwegen Sardelle, ich bin nicht in Stimmung für solche Spitzfindigkeiten. Ich verlange eine Erklärung, und zwar kategorisch.«

»Sir?«

»Sie können dem Thema nicht ausweichen, indem Sie ›Sir?‹ sagen, Jeeves. Antworten Sie mit einem einfachen Ja oder Nein. Warum haben Sie Plank aufgefordert, nach Totleigh Towers zu kommen?«

Ich hatte gedacht, er würde unter der Frage einknicken wie ein Strohhalm, doch er trat nicht einmal von einem Fuß auf den anderen.

»Tief bewegt erfuhr ich von Miss Byngs traurigem Geschick, Sir. Bei einer zufälligen Begegnung machte die junge Dame auf mich einen äußerst verzagten Eindruck, was Sir Watkyns Weigerung geschuldet war, Mr. Pinker das Vikariat zu geben. Sogleich erkannte ich, daß ich es in der Hand hatte, ihre Not zu lindern. Auf der Poststelle von Hockley-cum-Meston war mir gesagt worden, daß der dortige Pfründeninhaber bald in den Ruhestand treten würde, und da mir bekannt war, daß Major Plank die Sturmreihe von Hockley-cum-Meston zu verstärken wünschte, hielt ich es für eine ausgezeichnete Idee, ihn und Mr. Pinker zusammenzubringen. Um Miss Byng heiraten zu können, bedarf Mr. Pinker eines Vikariats, während Major Plank dringend einen Vikar mit Mr. Pinkers reicher Erfahrung als Erste-Reihe-Stürmer braucht, falls er auf dem Rugbyfeld anderen Dörfern Paroli bieten will. Die Interessen der beiden schienen mir zu korrelieren.«

»Tja, Ihre Rechnung ist voll aufgegangen. Stinker hat es gepackt.«

»Dann wird er also Mr. Bellamys Nachfolger als Pfründeninhaber in Hockley-cum-Meston?«

»Sobald Bellamy die Arbeit an den Nagel hängt.«

»Ich freue mich sehr, das zu hören, Sir.«

Ich blieb zuerst eine Antwort schuldig, da mich ein jäher Muskelkrampf in Anspruch nahm.

Nachdem dieser aus der Welt geschafft war, sagte ich mit unverminderter Frostigkeit:

»Ihre Freude mag ja groß sein, doch meine war es in der letzten Viertelstunde nicht, denn ich kauerte hinter dem Sofa und mußte jede Sekunde damit rechnen, von Plank demaskiert zu werden. Sie haben wohl nicht bedacht, was passiert wäre, wenn er mich hier vorgefunden hätte?«

»Ich war mir sicher, Sir, daß Sie Ihr scharfer Intellekt befähigen würde, einer Begegnung auszuweichen, und so ist es ja auch gekommen. Sie haben sich hinter dem Sofa versteckt?«

»Auf allen vieren.«

»Ein sehr kluger Schachzug, Sir, wenn ich mir die Bemerkung

erlauben darf. Sie haben damit große Geistesgegenwart bewiesen, für die man Sie nicht genug rühmen kann.«

Meine Frostigkeit schmolz dahin, ja man hätte mich als geradezu eingelullt bezeichnen können. Es kommt nicht oft vor, daß man mir in solcher Weise um den Bart streicht, denn der Großteil meines Bekanntenkreises – und namentlich Tante Agatha – neigt eher zu Tadel als Lob. Und erst nachdem ich mich am Spruch über meinen »scharfen Intellekt« gebührend enthusiasmiert hatte, falls das der passende Ausdruck ist, kam mir wieder in den Sinn, wie drohend die Hochzeit mit Madeline Bassett vor mir aufragte, und ich zuckte mit solcher Merklichkeit zusammen, daß Jeeves wissen wollte, ob ich mich nicht wohl fühlte.

Ich schüttelte das Haupt.

»Körperlich schon, Jeeves, aber nicht geistig.«

»Ich kann Ihnen nicht ganz folgen, Sir.«

»Also schön, dann hören Sie jetzt die Nachrichten, heute mit Bertram Wooster: Ich werde mich vermählen.«

»Tatsächlich, Sir?«

»Jawohl, Jeeves, vermählen! Das Aufgebot ist so gut wie bestellt.«

»Ob ich mir die Frage erlauben darf ...«

»Mit wem? Sparen Sie sich die Frage. Gussie Fink-Nottle ist mit Emerald Stoker durchgebrannt. Dadurch entsteht ein ... wie nennt man das noch gleich?«

»Ob Vakuum das Wort ist, nach dem Sie suchen, Sir?«

»Genau. Ein Vakuum, das ich zu füllen habe. Es sei denn, Sie sehen irgendeinen Ausweg für mich.«

»Ich werde mir die Sache gründlich durch den Kopf gehen lassen, Sir.«

»Vielen Dank, Jeeves«, sagte ich und hätte weitergesprochen, wenn ich in diesem Moment nicht gesehen hätte, daß die Tür aufging, was

mich sogleich verstummen ließ. Doch es war nicht, wie ich befürchtet hatte, Plank, sondern bloß Stiffy.
»Hallo ihr beiden«, sagte sie. »Ich suche Harold.«
Ich erkannte auf den ersten Blick, daß Jeeves sie mit gutem Grund verzagt genannt hatte. Die Stirn war umwölkt, und ihre ganze Erscheinung zeugte von einem überreizten Gemüt. Zum Glück konnte ich ein paar Sonnenstrahlen in ihr Leben zaubern. Ich legte die eigenen Kümmernisse vorläufig zur Seite und sagte:
»Er sucht dich. Er hat dir eine seltsame Geschichte zu erzählen. Hast du die Sache mit Plank schon gehört?«
»Was soll mit ihm sein?«
»Ich verrate dir gleich, was mit ihm ist. Du magst Plank bisher bloß als schemenhafte Gestalt wahrgenommen haben, die sich in Hockley-cum-Meston herumtreibt und Bernsteinstatuetten verkauft, aber er hat noch eine andere Seite.«
Ihre Haltung verriet eine gewisse Ungeduld.
»Falls du glaubst, ich sei an Plank interessiert ...«
»Wieso, bist du das nicht?«
»Nein.«
»Wart's ab. Er hat wie gesagt noch eine andere Seite. Er ist Grundbesitzer und kann Vikariate vergeben. Ich will, wie man dies ohnehin nie tun sollte, nicht länger als unbedingt nötig um den heißen Brei herumreden. Er hat Stinker gerade eines gegeben.«
Ich hatte recht gehabt mit meiner Annahme, daß sich diese Mitteilung positiv auf ihre düstere Stimmung auswirken würde. Zwar habe ich noch nie gesehen, wie eine Leiche von der Totenbahre gesprungen ist, um auf den Putz zu hauen, aber vermutlich hätte sich eine solche recht ähnlich verhalten wie die kleine Byng jetzt, als ihr der Sinn meiner Worte aufging. Ein jäher Glanz trat in ihre Augen, welche, wie Plank ganz zu Recht behauptet hatte, groß und blau

waren, und sie stieß dazu ein ekstatisches »Mich laust der Affe!« aus. Dann aber schienen sich leise Zweifel zu melden, und ihre Augen umwölkten sich erneut.

»Ist das auch wahr?«

»Hochoffiziell.«

»Du nimmst mich doch nicht etwa auf den Arm, oder?«

Hochmütig richtete ich mich auf.

»Nicht im Traum käme es mir in den Sinn, dich auf den Arm zu nehmen. Hältst du Bertram Wooster etwa für jemanden, dem es Spaß macht, eitle Hoffnungen zu wecken, nur um diese … wie lautet der Spruch schon wieder, Jeeves?«

»Am Boden zu zerschmettern, Sir.«

»Vielen Dank, Jeeves.«

»Keine Ursache, Sir.«

»Sei versichert, daß diese Information aus allererster Quelle stammt. Ich war vor Ort, als das Geschäft abgewickelt wurde. Hinter dem Sofa zwar, aber doch vor Ort.«

Sie schien noch immer nicht ganz zu begreifen.

»Aber das ist mir unerklärlich. Plank und Harold kennen sich ja gar nicht.«

»Doch, Jeeves hat die beiden zusammengebracht.«

»Tatsächlich, Jeeves?«

»Jawohl, Miss.«

»Sie sind ein Prachtkerl!«

»Vielen Dank, Miss.«

»Und er hat Harold tatsächlich ein Vikariat gegeben?«

»Das Vikariat in Hockley-cum-Meston. Er wird die Sache heute abend schriftlich fixieren. Im Moment vikariiert dort noch ein anderer Vikar herum, aber der ist alt und gebrechlich und möchte hinschmeißen, sobald ein Ersatzspieler in die Bresche springt. So wie's aussieht, werden wir Stinker schon in den nächsten Tagen auf die armen Sünder von Hockley-cum-Meston loslassen können.«

Meine schlichten Worte hatten, im Verein mit meiner seriösen Haltung, ihre letzten Zweifel beseitigt. Allfällige Bedenken darüber, ob die Sache auch wirklich astrein sei, lösten sich in Luft auf. Stiffys leuchtende Augen sahen einem Sternenpaar zum Verwechseln ähnlich, und sie stieß animalische Schreie aus und legte ein paar Tanzschritte aufs Parkett. Doch schon bald hielt sie inne und stellte eine Frage.

»Wie ist Plank?«

»Na, wie soll er schon sein?«

»Er hat doch keinen Bart, oder?«

»Nein, einen Bart hat er nicht.«

»Prima, ich möchte ihn nämlich küssen, und wenn er einen Bart hätte, müßte ich es mir noch einmal überlegen.«

»Schlag dir das gleich aus dem Kopf«, bat ich sie eindringlich, denn Planks Seelenleben war für mich ein offenes Buch. Sämtliche Äußerungen dieses eingefleischten Junggesellen hatten mich zur Einsicht gebracht, daß er sich lieber mit einem landesüblichen Dolch ins Bein stechen als von Frauenzimmern mit heißen Küssen bedecken ließ. »Ihn würde glatt der Schlag treffen.«

»Aber irgendwen muß ich einfach küssen. Darf ich Sie küssen, Jeeves?«

»Nein danke, Miss.«

»Dich, Bertie?«

»Lieber nicht.«

»Dann werde ich jetzt eben Onkel Watkyn küssen, auch wenn er sich heute wie eine lupenreine Ratte aufgeführt hat.«

»Was heißt denn da heute?«

»Und nachdem ich ihn geküßt habe, werde ich Bericht erstatten und ihn mit Hohn und Spott übergießen, weil er sich diese einmalige Gelegenheit durch die Lappen gehen ließ. Ich werde ihm sagen, mit seinem Verzicht auf Harolds gute Dienste habe er es dem nieder'n Indianer gleichgetan.«

Ich hatte keinen Schimmer, wovon sie sprach.

»Welchem nieder'n Indianer denn?«

»Meine Gouvernanten ließen mich immer diese Geschichte lesen, in der er vorkommt. Der arme Simpel, dessen Hand … Wie lautet die Stelle noch mal, Jeeves?«

»Die Perle wegwarf, mehr wert als all sein Volk, Miss.«

»Genau. Und dann werde ich ihm auch noch sagen, daß sich sein künftiger Vikar hoffentlich als elender Kümmerling mit chronischem Schnupfen und blökender Stimme herausstellt. Doch wo wir gerade von Onkel Watkyn sprechen: Dafür habe ich keine Verwendung mehr.«

Und mit diesen Worten klaubte sie das potthäßliche Bernsteindings aus den Tiefen ihres Kostüms – wie ein Zauberer, der aus seinem Zylinder ein Kaninchen zieht.

22. Kapitel

Mir war, als hätte sie plötzlich eine Schlange der gemeinsten Gattung zum Vorschein gebracht. Entsetzt starrte ich hin. Das schlug dem Faß endgültig den Boden aus!

»Wo hast du die her?« fragte ich mit ebenso leiser wie bebender Stimme.

»Ich hab' sie geklaut.«

»Und warum zum Teufel hast du das getan?«

»Ganz einfach. Ich hatte vor, zu Onkel Watkyn zu gehen und ihm mitzuteilen, er kriege sie erst zurück, wenn er Harold Gerechtigkeit widerfahren lasse. So was nennt man doch Machtpolitik, nicht wahr, Jeeves?«

»Oder Erpressung, Miss.«

»Ja, vielleicht auch Erpressung. Doch im Umgang mit den Onkel Watkyns dieser Welt verbietet sich der Einsatz von Glacéhandschuhen. Da Plank aber nun zur Entspannung der Situation beigetragen und uns den Weg geebnet hat, brauche ich sie nicht länger, und es wäre wohl das Klügste, sie in die Sammlung zurückzustellen, bevor ihr Fehlen bemerkt wird. Bring sie doch zurück in den Ausstellungsraum, Bertie. Da hast du den Schlüssel.«

Ich schreckte zurück, als hätte sie mir den Hund Bartholomew anvertrauen wollen. Da ich mir schmeichle, ein *preux chevalier* zu sein, willfahre ich dem zarten Geschlecht wann immer möglich, doch es gibt Momente, da ist ein *nolle prosequi* das einzig Angemessene, und um einen solchen handelte es sich hier ohne Zweifel. Bei dem Gedanken, den von ihr ins Auge gefaßten hochriskanten Gang anzutreten, lief es mir eiskalt über den Rücken.

»Ich werde dem verflixten Ausstellungsraum hübsch fernbleiben. Glückspilz, der ich bin, würde ich darin bestimmt deinen Onkel Watkyn antreffen, Arm in Arm mit Spode, und es fiele mir wohl ziemlich schwer, glaubhaft zu erklären, was ich dort zu suchen und wie ich mir Zutritt verschafft hätte. Außerdem kann ich hier nicht gut herumstrolchen, solange Plank die Gegend unsicher macht.«
Sie stieß eines ihrer silberhellen Lachen aus, eine Marotte, der sie, wie ich bereits angedeutet habe, allzusehr huldigte.
»Jeeves hat mir von dir und Plank erzählt. Sehr witzig.«
»Freut mich, daß dich so was amüsiert. Wir fanden es weniger spaßig.«
Jeeves sah wie immer einen Ausweg.
»Wenn Sie mir das Objekt anvertrauen wollen, Miss, werde ich dafür sorgen, daß es an seinen Platz zurückgelangt.«
»Danke, Jeeves. Also, auf Wiedersehen allerseits. Ich mache mich jetzt auf die Suche nach Harold«, sagte Stiffy und tänzelte auf Zehenspitzen hinaus.
Ich zuckte die Schulter.
»Typisch Frau, Jeeves!«
»Jawohl, Sir.«
»Was für ein Geschlecht!«
»Jawohl, Sir.«
»Können Sie sich noch erinnern, was ich bei unserem letzten Aufenthalt in Totleigh Towers über Stiffy gesagt habe?«
»Im Moment leider nicht, Sir.«
»Sie hatte mir den Helm von Polizeiwachtmeister Oates zugeschoben, kurz bevor sich der alte Bassett und seine Lakaien daran gemacht hatten, mein Zimmer zu durchsuchen. Ich warf damals einen kurzen Blick in jene Zukunft, in der Stiffy, welche vom Fundament aufwärts aus einer einzigen Gummizelle besteht, Reverend Pinker

ehelichen würde, der seinerseits das größte Mondkalb ist, das je eine Predigt über die Hiwiter und Hethiter gehalten hat, und dabei stellte ich, wie Sie vielleicht noch wissen, Mutmaßungen darüber an, wie ihr Nachwuchs, sofern es welchen gäbe, ausfallen würde.«

»Ach ja, Sir, jetzt entsinne ich mich wieder.«

»Würden die Bälger, so fragte ich mich, die kombinierte Meise beider Elternteile erben?«

»Jawohl, Sir, Sie sorgten sich, wenn ich mich nicht täusche, vor allem um das Wohl und Wehe der Kindermädchen und Gouvernanten, aber auch der Haus- und Schullehrer, in deren Obhut man die Kleinen geben würde …«

»… und die keine Ahnung hätten, auf welchem Pulverfaß sie da saßen. Genau. Die Frage beschäftigt mich noch heute. Uns fehlt aber jetzt die Muße, um dieses Thema zu vertiefen. Sie bringen dieses gräßliche Objekt besser unverzüglich dorthin, wo es hingehört.«

»Jawohl, Sir. Wär's abgetan, so wie's getan ist, dann wär's gut, man tät' es gleich«, sagte er und steuerte auf die Tür zu, und nicht zum erstenmal fiel mir auf, wie elegant er solche Dinge auszudrücken pflegte.

Dies schien mir der richtige Augenblick zu sein, um die Strategie umzusetzen, die mir ursprünglich vorgeschwebt hatte – nämlich die Flucht durchs Fenster. Solange sich Plank im Haus herumtrieb und jeden Moment zu den Spirituosen zurückeilen konnte, bot höchstens eine Eibenallee oder ein Rhododendronweg in weiter Ferne sicheren Schutz, und ich gedachte mich eben dort zu verbergen, bis Plank sich verzogen hätte. Ich eilte also zum Fenster, mußte aber mit entsprechendem Kummer und Verdruß feststellen, daß Bartholomew seinen Bummel nicht etwa fortgesetzt, sondern vielmehr beschlossen hatte, auf dem Rasen unter dem Fenster ein Nickerchen zu halten. Ein Bein hatte ich bereits über die Fensterbank gestreckt, als ich ihn erblickte. Es hätte nicht viel gefehlt, und ich wäre, mit dem Dichter zu sprechen, auf ihn geträufelt wie des Himmels milder Regen zur Erde unter mir.

Ich erkannte die Situation mühelos als das, was man in Frankreich einen *impasse* nennt, und wie ich nun so dastand und mir überlegte, was zu tun sei, erklangen von draußen Schritte. Mir schoß durch den Kopf, daß es gut wär', man tät' es gleich, und so hechtete ich abermals hinter das Sofa, wobei ich meinen eigenen Rekord wohl noch um die eine oder andere Hundertstelsekunde unterbot.

Während ich mich in meinem Schlupfwinkel zusammenkugelte, überraschte mich das Ausbleiben jedes Dialogs. Bislang hatten all meine Besucher gleich beim Eintreten losgeschnattert, und es mutete mich seltsam an, daß mir jetzt zwei Taubstumme Gesellschaft leisteten. Doch als ich vorsichtig hervorlinste, sah ich, daß ich zu Unrecht geglaubt hatte, ein Gästeduo um mich zu haben. Madeline war allein hereingeschneit. Sie näherte sich dem Flügel, und irgend etwas sagte mir, daß sie sich mit der Absicht trug, alte Volkslieder zu singen, ein Steckenpferd, dem sie, wie bereits erwähnt, mit Begeisterung die Sporen gibt. Besonders stark neigt sie zu dieser Ruhestörung immer dann, wenn ihre Seele von wilden Stürmen gepeitscht worden ist und besänftigt werden will, was offenbar auch jetzt wieder der Fall war.

Ich sah mich in meinen Befürchtungen bestätigt. Kurz hintereinander sang sie zwei Weisen, und beim Gedanken daran, daß solches Zeug fester Bestandteil unseres Ehelebens wäre, wurde mir heiß und kalt. Gegen alte Volkslieder bin ich schon immer allergisch gewesen, und je älter sie sind, desto heftiger ist meine Abneigung.

Glücklicherweise wurde Madeline unterbrochen, bevor sie mit einem dritten loslegen konnte. Man hörte stampfende Schritte, der Tür-

knauf wurde umgedreht, ein schweres Schnaufen war zu vernehmen, und eine Stimme sagte »Madeline!«. Die Stimme gehörte Spode und war heiser vor Erregung.
»Madeline«, sagte er. »Ich habe schon überall nach dir gesucht.«
»Ach, Roderick! Wie geht's deinem Auge?«
»Mein Auge tut jetzt nichts zur Sache«, erwiderte Spode. »Ich bin nicht hier, um über Augen zu reden.«
»Man sagt, die Schwellung lasse sich mit einem Stück Beefsteak lindern.«
»Und auch nicht über Beefsteaks. Ich habe von Sir Watkyn die furchtbare Neuigkeit über dich und Wooster erfahren. Stimmt es, daß du ihn heiraten wirst?«
»Ja, Roderick, es stimmt.«
»Aber du kannst doch nicht eine hirnverbrannte, unterbelichtete Knalltüte wie diesen Wooster lieben«, sagte Spode, was ich höchst ehrenrührig fand. Drücken Sie sich bitte gewählter aus, Spode, hätte ich sagen können, wenn ich denn aufgestanden wäre und ihm die Stirn geboten hätte, doch ich sah aus verschiedenen Gründen davon ab und blieb zusammengekugelt liegen, um nun Madeline schwer seufzen zu hören – sofern es sich nicht bloß um einen Luftzug unter dem Sofa handelte.
»Nein, Roderick, ich liebe ihn nicht. An meine innersten Gefühle vermag er nicht zu rühren. Trotzdem empfinde ich es als meine Pflicht, ihn glücklich zu machen.«
»Pah!« sagte Spode – so jedenfalls hörte es sich an. »Warum solltest du einen Wicht wie Wooster glücklich machen wollen?«
»Er liebt mich, Roderick. Du hast bestimmt auch schon den tumben, schmachtenden Ausdruck in seinen Augen gesehen, wenn er mich anstarrt.«
»Ich habe Besseres zu tun, als Wooster in die Augen zu sehen.

Obwohl ich dir gerne glauben will, daß sie tumb sind. Wir müssen diese Sache jetzt ein für allemal klären, Madeline.«

»Ich kann dir nicht folgen, Roderick.«

»Gleich wirst du's können.«

»Autsch!«

Beim Stichwort »Gleich wirst du's können« hatte er sie wohl am Handgelenk gepackt, so laut war ihr »Autsch!« ausgefallen, und in diesem Verdacht sah ich mich bestätigt, als sie sagte, er tue ihr weh.

»Ach, bitte entschuldige«, antwortete Spode. »Aber ich kann es nicht zulassen, daß du dein Leben verpfuschst. Du darfst diesen Wooster nicht heiraten. Ich bin der Mann, den du heiraten wirst.«

Ich war, wie man so schön sagt, Feuer und Flamme für seine Pläne. Nichts würde mich je zu Roderick Spodes Busenfreund machen, doch sein Vortragsstil war ganz nach meinem Geschmack. Falls er die Sache weiter vorantrieb, wäre ich schon bald meiner Ehrenpflichten ledig. Ach, hätte er diesen Standpunkt doch schon früher so zielstrebig vertreten!

»Ich liebe dich, seit du so klein warst.«

Da ich ihn nicht sehen konnte, blieb mir verborgen, wie klein das nun genau war, doch ich vermute, daß seine Hand in geringer Höhe über dem Boden schwebte. So etwa einen halben Meter, oder? Wohl ungefähr in dieser Größenordnung.

Madeline wirkte äußerst bewegt. Ich hörte sie schwer schlucken.

»Ich weiß, Roderick, ich weiß.«

»Du hast mein Geheimnis erraten?«

»Ja, Roderick. Wie tragisch das Leben doch ist!«

Spode konnte sich dieser Ansicht nicht anschließen.

»Überhaupt nicht. Das Leben ist schön. Zumindest wird es das sein, sobald du mit diesem vermaledeiten Wooster Schluß machst und mich heiratest.«

»Ich war dir schon immer treu ergeben, Roderick.«
»Na, was willst du mehr?«
»Gib mir Bedenkzeit.«
»Klar doch. Nimm dir soviel Zeit, wie du brauchst.«
»Ich möchte Bertie nicht das Herz brechen.«
»Warum denn nicht? Kann ihm nur guttun.«
»Er liebt mich innig.«
»Papperlapapp. Der hat in seinem ganzen Leben noch nie etwas anderes geliebt als seinen trockenen Martini.«
»Wie kannst du das sagen? Ist er nicht hier, weil er es fern von mir nicht länger ausgehalten hat?«
»Pustekuchen! Laß dir von dem bloß keinen Bären aufbinden. Er ist hier, um die Bernsteinstatuette deines Vaters zu klauen.«
»Was!?«
»So sieht's aus! Nicht nur eine trübe Tasse ist er, sondern auch ein hundsgemeiner Dieb.«
»Das darf doch wohl nicht wahr sein!«
»Es ist aber wahr! Sein Onkel will das Ding für seine Sammlung. Es ist noch keine halbe Stunde her, da habe ich gehört, wie er am Telefon mit seiner Tante Komplotte geschmiedet hat. ›Es dürfte nicht ganz einfach sein, sie hier loszueisen‹, hat er gesagt, ›aber ich werde mein bestes tun. Ich weiß, wie sehr Onkel Toms Herz an dieser Statuette hängt.‹ Ständig stiehlt er irgendwelche Dinge. Bei unserer ersten Begegnung – die fand in einem Antiquitätengeschäft in der Brompton Road statt – hätte er um ein Haar den Schirm deines Vaters mitgehen lassen.«
Eine ungeheuerliche Anschuldigung, die ich in aller Form zurückweise. Spode, der alte Bassett und ich waren damals zwar tatsächlich in dem erwähnten Antiquitätengeschäft in der Brompton Road gewesen, doch die Sache mit dem Schirm rührte nur von einem

dieser lächerlichen Mißverständnisse. Der alte Bassett hatte das zur Debatte stehende Ungetüm an einen Stuhl aus dem siebzehnten Jahrhundert gelehnt, und als ich es mir krallte, leitete mich einzig jener Urinstinkt, der einen unbeschirmten Mann (und ein solcher war ich an diesem Vormittag) unwillkürlich nach dem erstbesten Parapluie greifen läßt – wie eine Blume, die nach der Sonne strebt. Die ganze Angelegenheit hätte sich mit zwei Sätzen aus der Welt schaffen lassen, doch die beiden Herren hatten mich nicht einmal einen zu Ende sprechen lassen, so daß der Makel an mir haften blieb.

»Du schockierst mich, Roderick!« sagte Madeline.

»Ich dachte mir schon, daß dich das aufhorchen läßt.«

»Wenn das stimmt, wenn Bertie tatsächlich ein Dieb ist ...«

»Was dann?«

»Dann möchte ich mit ihm nichts mehr zu tun haben. Aber ich kann es einfach nicht glauben.«

»Ich hole jetzt Sir Watkyn«, sagte Spode. »Vielleicht schenkst du ihm mehr Glauben.«

Nachdem er hinausgepoltert war, sinnierte Madeline wohl minutenlang vor sich hin, denn aus ihrer Richtung kam kein Laut mehr. Schließlich aber ging die Tür auf, und als nächstes war ein Hüsteln zu hören, das ich sofort erkannte.

23. Kapitel

Es handelte sich um das leise Hüsteln von Jeeves, welches mich stets an ein hochbetagtes und sich auf einem fernen Berggipfel räusperndes Schaf erinnert. Bekanntlich hatte er haargenau so gehüstelt, als ich zum erstenmal mit dem Tirolerhut seine Netzhaut gestreift hatte. Normalerweise zeigt es Mißbilligung an, doch habe ich es auch schon vernommen, bevor er ein heikles Thema angeschnitten hat. Und als er nun sprach, wußte ich, daß er genau dies tun würde, denn in seiner Stimme schwang etwas merkwürdig Gedämpftes mit.

»Ob ich Ihre Zeit wohl für einen Moment in Anspruch nehmen dürfte, Miss?«

»Selbstverständlich, Jeeves.«

»Die Sache betrifft Mr. Wooster.«

»Ach ja?«

»Ich sollte vielleicht vorausschicken, daß ich vorhin an der Tür vorbeikam, als sich Lord Sidcup gerade mit Ihnen unterhielt, und dabei hörte ich ganz zufällig, was seine Lordschaft über Mr. Wooster zu sagen hatte. Seine Lordschaft verfügt über eine äußerst tragende Stimme. Ich befinde mich in einer recht diffizilen Lage, bin ich doch hin- und hergerissen zwischen der Loyalität gegenüber meinem Herrn und einem natürlichen Bedürfnis, meinen staatsbürgerlichen Pflichten nachzukommen.«

»Ich verstehe Sie nicht, Jeeves«, sagte Madeline, und da war sie nicht alleine.

Abermals hüstelte er.

»Ich möchte wirklich nicht anmaßend erscheinen, Miss, aber wenn ich offen sprechen darf ...«

»Bitte sehr.«
»Vielen Dank, Miss. Die Worte seiner Lordschaft schienen ein Gerücht zu bestätigen, das in der Gesindestube die Runde macht. Danach sollen Sie mit dem Gedanken spielen, an Mr. Woosters Seite in den Ehestand zu treten. Wäre es aufdringlich von mir, wenn ich mich erkundigte, ob dies den Tatsachen entspricht?«
»Jawohl, Jeeves, es stimmt.«
»Bitte verzeihen Sie mir die Bemerkung, Miss, aber meines Erachtens machen Sie da einen Fehler.«
Gut gebrüllt, Jeeves, die Richtung stimmt, sagte ich mir und hoffte, daß er noch weiter in diese Kerbe hauen würde. Mit Sorge erwartete ich allerdings Madelines Antwort, mußte ich doch gewärtigen, daß sie sich zur vollen Größe aufrichten und ihn unwirsch davonjagen würde. Doch sie tat nichts dergleichen, sondern sagte nur noch einmal, sie verstehe ihn nicht.
»Wenn ich mich erklären dürfte, Miss. Ich übe nur höchst ungern Kritik an meinem Herrn, aber Sie sollten wissen, daß er Kleptomane ist.«
»Wie bitte?«
»Jawohl, Miss. Ich hatte gehofft, sein kleines Geheimnis auch weiterhin hüten zu können, doch inzwischen hat er zu Methoden gegriffen, die ich nicht länger billigen kann. Als ich heute nachmittag seine Habe durchsuchte, fand ich, versteckt unter der Leibwäsche, diese schwarze Figurine.«
Der Madeline nun entfahrende Ton erinnerte an eine in den letzten Zügen liegende Siphonflasche.
»Aber die gehört doch Vater!«
»Mit Verlaub, Miss: Nichts, woran Mr. Wooster Gefallen findet, gehört irgend jemandem.«
»Dann hatte Lord Sidcup also recht?«
»Durchaus, Miss.«

»Er sagte, Mr. Wooster habe den Schirm meines Vaters stehlen wollen.«
»Ich habe das mitangehört, und seine Anschuldigung war wohlbegründet. Schirme, Schmuck, Statuetten – sie alle sind, wenn ich mir die Formulierung erlauben darf, ein gefundenes Fressen für Mr. Wooster. Er kann wohl gar nichts dagegen tun, handelt es sich doch um eine Art Geisteskrankheit. Ob die Geschworenen das auch so sehen würden, steht auf einem anderen Blatt.«
Madeline imitierte abermals einen Sodasiphon.
»Sie meinen, er könnte im Gefängnis landen?«
»Diese Möglichkeit muß in Betracht gezogen werden.«
Abermals schien mir die Richtung zu stimmen. Sein untrüglicher Instinkt hatte Jeeves eingeflüstert, daß nichts einem Mädchen die Ehe mit einem Burschen madiger macht als die Vorstellung, die Flitterwochen könnten jederzeit durch Kriminalkommissare vergällt werden, die den Göttergatten aus dem Liebesnest zerren, um ihn wegen Diebstahls einzubuchten. Keine junge Braut ist scharf auf solche Dinge, weshalb man es ihr auch nicht verübeln kann, wenn sie sich lieber mit einem Spode zusammentut, der zwar ein Gorilla in (mehr oder weniger) menschlicher Gestalt ist, dafür aber nie auf die schiefe Bahn gerät. Ich konnte fast hören, wie sich Madelines Gedanken in diese Richtung bewegten, und begrüßte Jeeves' tiefe Einsicht in die Individualpsychologie, um seinen Terminus zu verwenden.
Natürlich war mir klar, daß mich dies im Hause Bassett nicht unbedingt beliebter machen würde, aber es gibt Momente, da hilft nur noch das Seziermesser. Ermutigend fand ich auch den Gedanken, daß ich mich, sollte ich je wieder hinter dem Sofa hervorkommen, zu meinem ungeduldig auf mich wartenden Wagen schleichen könnte, um gen London zu brausen, ohne mich noch lange für den reizenden Aufenthalt bedanken zu müssen. Dadurch blieben mir sämtliche Kalamitäten – heißt es wirklich Kalamitäten? – erspart.

Madeline wirkte noch immer schwer erschüttert.
»Ojemine, ojemine!« sagte sie.
»Jawohl, Miss.«
»Das ist ein großer Schock für mich.«
»Dafür habe ich vollstes Verständnis, Miss.«
»Wissen Sie schon lange davon?«
»Seit ich die Stelle bei Mr. Wooster angetreten habe.«
»Ojemine, ojemine! Also gut, Jeeves, vielen Dank.«
»Keine Ursache, Miss.«
Offensichtlich war Jeeves nach diesem Wortwechsel abgeschwirrt, denn es trat Stille ein, und abgesehen davon, daß mich meine Nase zu kitzeln begann, passierte nichts. Ich hätte Gott weiß was dafür gegeben, einmal niesen zu dürfen, doch dieser Weg stand mir selbstverständlich nicht offen. Ich kauerte bloß am Boden und dachte an dies und das, und nach geraumer Zeit ging die Tür auf und ließ einen wahren Menschenauflauf hereinströmen. Ich konnte drei Paar Schuhe erkennen, woraus ich schloß, daß es sich um diejenigen von Spode, Bassett und Plank handeln mußte. Man mag sich erinnern, daß Spode den alten Bassett holen gegangen war, und bestimmt hatte sich Plank den beiden angeschlossen, da er hoffte, am Ziel der Reise auf irgendein kostbares Naß zu stoßen.
Spode erhob das Wort als erster, und in seiner Stimme schwang jener Triumph mit, der die Stimmen von Freiern zu erfüllen pflegt, die einen gefährlichen Rivalen in einer verfänglichen Situation erwischt haben.
»Da wären wir«, sagte er. »Ich habe Sir Watkyn mitgebracht, damit er meine Aussage über diesen hundsgemeinem Langfinger Wooster bestätigt, der alles einsackt, was nicht niet- und nagelfest ist. Geben Sie mir recht, Sir Watkyn?«
»Selbstverständlich, Roderick. Erst vor einem Monat haben er und seine Tante mein Kuhkännchen gestohlen.«

»Und was ist ein Kuhkännchen?« wollte Plank wissen.
»Ein silbernes Sahnekännchen. Eines der Paradestücke in meiner Sammlung.«
»Und die beiden haben dieses Ding tatsächlich mitgehen lassen?«
»Und ob!«
»Tja, wenn das so ist«, sagte Plank, »genehmige ich mir jetzt einen Whisky-Soda.«
Der alte Bassett begann sich in Fahrt zu reden, und seine Stimme übertönte sogar das Zischen, das Plank mit dem Siphon vollführte.
»Nur einem glücklichen Geschick war es zu verdanken, daß Wooster in der Brompton Road nicht mit meinem Schirm getürmt ist. Unter all den Fehlern dieses jungen Mannes sticht am grellsten sein totales Unvermögen heraus, zwischen *meum* und *tuum* zu unterscheiden. Ich erinnere mich noch, wie er vor mir auf der Anklagebank saß, weil er einen Polizeihelm gestohlen hatte, und es reut mich bis heute, daß ich ihm bloß eine Geldstrafe von fünf Pfund aufgebrummt habe.«
»Falsch verstandene Nachsicht«, sagte Spode.
»Das sehe ich auch schon lange so, Roderick. Ein saftiger Denkzettel hätte ihm weiß Gott gutgetan.«
»Man sollte bei solchen Burschen nie ein Auge zudrücken«, meinte Plank. »In Mosambik hatte ich einmal einen Diener, der sich ständig an meinen Zigarren vergriff, worüber ich Esel hinwegsah, weil er mir versicherte, er sei zum Christentum übergetreten und wolle künftig sauber bleiben. Doch keine Woche später machte er sich aus dem Staub, und zwar mit einer Kiste Havannas und meinem Gebiß, das er an einen der dortigen Stammeshäuptlinge verhökerte. Hat mich einen ganzen Kasten billigen Gin plus zwei Perlenketten gekostet, bis ich das Ding wieder hatte. Nur drakonische Strenge hilft. Der eiserne Besen. Alles andere wird einem bloß als Schwäche ausgelegt.«
Madeline stieß einen Schluchzer aus – so jedenfalls hörte es sich an.

»Aber Daddy!«
»Ja?«
»Ich glaube nicht, daß Bertie sich im Griff hat.«
»Wie sollte er auch, Kleines, wo sein Griff doch ständig in fremde Taschen wandert? Genau das kritisieren wir ja an ihm.«
»Ich will doch nur sagen, daß er Kleptomane ist.«
»Wie bitte? Wer hat dir das erzählt?«
»Jeeves.«
»Seltsam. Wie seid ihr denn auf dieses Thema gekommen?«
»Er hat mich darauf hingewiesen, als er mir das da überreichte. Er fand es in Berties Zimmer. Es schien ihn sehr zu bedrücken.«
Einen Moment lang herrschte ein vermutlich von Fassungslosigkeit geprägtes Schweigen. Doch dann sagte der alte Bassett: »Großer Gott!« und Spode sagte: »Herr im Himmel!« und Plank sagte: »Da schau her, das ist ja das kleine Dingsda, das ich Ihnen verkauft habe, Bassett, nicht wahr?« Madeline schluchzte noch einmal, und mich kitzelte die Nase schon wieder.
»Das ist ja allerhand!« sagte der Alte. »Und er will sie in Woosters Zimmer gefunden haben?«
»Versteckt unter der Leibwäsche.«
Der alte Bassett gab ein Geräusch von sich, das sich nach dem letzten Atemzug einer sterbenden Ente anhörte.
»Wie recht Sie doch hatten, Roderick, als Sie behaupteten, er sei einzig hierhergekommen, um die Statuette zu stehlen. Aber eines verstehe ich nicht. Wie ist er in den Ausstellungsraum gelangt?«
»Diese Burschen wissen sich eben zu helfen.«
»Scheint ziemlich hoch im Kurs zu stehen, dieses Ding«, meinte Plank. »Erst gestern kreuzte bei mir eine wahre Ausgeburt der Hölle mit einer miesen Verbrechervisage auf und versuchte es mir anzudrehen.«

»Wooster!«
»Nein, der Kerl, der zu mir kam, hieß nicht Wooster, sondern Tiroler-Joe.«
»Wooster arbeitet natürlich unter Pseudonym.«
»Ja, wahrscheinlich schon. Das habe ich mir gar nicht überlegt.«
»Na schön, nach diesem Vorfall ...«, sagte der alte Bassett.
»Jawohl, nach diesem Vorfall«, stimmte Spode ein, »ist es völlig ausgeschlossen, Madeline, daß du den Mann heiratest. Er ist noch schlimmer als Fink-Nottle.«
»Und wer ist Fink-Nottle?« fragte Plank.
»Der Mann, der mit Stoker durchgebrannt ist«, antwortete der alte Bassett.
»Und wer ist Stoker?« fragte Plank. Noch selten ist mir ein wissensdurstigerer Mensch begegnet.
»Die Köchin.«
»Ach so, das haben Sie mir ja erzählt. Dieser Knabe hat gewußt, was er tat. Ich bin zwar grundsätzlich dagegen, daß irgendwer irgendwen heiratet, aber wenn's denn sein muß, hält man sich wenigstens halbwegs schadlos, indem man eine Frau wählt, die weiß, was man aus einem Stück Rindfleisch machen kann. Ich kannte da mal einen Kerl in Malaysia, der ...«
Wahrscheinlich wäre seine Anekdote durchaus unterhaltsam gewesen, doch Spode fuhr ihm in die Parade. Zu Madeline sagte er:
»Du heiratest jetzt mich, und ich dulde keinen Widerspruch! Na, was hast du mir zu sagen, Madeline?«
»Ja, Roderick, ich will dir eine gute Gattin sein.«
Spode stieß einen Jauchzer aus, der meine Nase schlimmer denn je kitzeln ließ.
»So ist's recht! So gefällst du mir! Los, wir gehen in den Garten. Ich habe dir ja so viel zu erzählen.«

Vermutlich schloß er sie in diesem Moment in die Arme und bugsierte sie hinaus, denn als nächstes hörte ich die Tür zufallen. Und im gleichen Moment stieß der alte Bassett einen Jauchzer aus, der es an Schneidigkeit mühelos mit demjenigen aufnehmen konnte, der vorhin über Spodes Lippen gekommen war. Er schien ganz aus dem Häuschen zu sein, was ja auch nicht weiter erstaunt. Ein Vater, dessen Tochter endlich Vernunft annimmt, nachdem sie zuerst beinahe Gussie Fink-Nottle und dann beinahe mich geheiratet hat, um sich schließlich einem gutsituierten Mitglied der britischen Aristokratie in die Arme zu werfen, hat allen Grund, in Jubel auszubrechen. Ich mochte Spode nicht und hätte jeder peruanischen Matrone gern dabei zugesehen, wie sie ihm einen Dolch ins Bein stieß, aber es ließ sich nicht leugnen, daß er eine tolle Partie abgab.
»Lady Sidcup!« sprach der Alte und kostete die Worte auf seiner Zunge aus, als handelte es sich um erlesensten Portwein.
»Und wer ist Lady Sidcup?« fragte Plank, der sich wie immer auf dem laufenden halten wollte.
»Meine Tochter – in absehbarer Zeit. Einer der ältesten Adelstitel in England. Lord Sidcup ist der Mann, der uns gerade verlassen hat.«
»Aber der hieß doch Roderick.«
»Roderick ist sein Taufname.«
»Ach so!« sagte Plank. »Jetzt verstehe ich. Jetzt bin ich im Bild. Ihre Tochter wollte einen gewissen Fink-Nottle heiraten?«
»Ja.«
»Danach wollte sie diesen Wooster alias Tiroler-Joe heiraten?«
»Ja.«
»Und jetzt heiratet sie Lord Sidcup?«
»Ja.«
»Klar wie Kloßbrühe«, sagte Plank. »Ich war mir ganz sicher, daß ich diese Nuß irgendwann knacken würde. Man muß den Blick nur

unbeirrt aufs Wesentliche richten. Und Sie billigen die Heirat? Soweit sich«, fügte er hinzu, »eine Heirat überhaupt billigen läßt.«
»Aus vollem Herzen.«
»Wenn das nicht nach einem weiteren Whisky-Soda ruft!«
»Ich schließe mich an«, sagte der alte Bassett.
In diesem Moment konnte ich mein Niesen nicht länger zurückhalten.
»Wußte ich doch, daß hinter dem Sofa was ist!« sagte Plank, ging um dieses herum und fixierte mich mit dem gleichen Blick, den er früher wohl für Stammeshäuptlinge reserviert hatte, die die Rugbyregeln nicht kapierten. »Aus dieser Richtung kamen seltsame Geräusche. Großer Gott, das ist ja Tiroler-Joe.«
»Nein, das ist Wooster!«
»Und wer ist Wooster? Ach, das haben Sie mir ja schon erzählt, nicht wahr? Und welche Schritte gedenken Sie jetzt einzuleiten?«
»Ich habe nach Butterfield geläutet.«
»Und wer ist Butterfield?«
»Mein Butler.«
»Und wozu brauchen Sie einen Butler?«
»Damit er Oates herholt.«
»Und wer ist Oates?«
»Unser Dorfpolizist. Er genehmigt sich in der Küche gerade einen Whisky.«
»Whisky!« sagte Plank versonnen und begab sich, als sei ihm eben etwas eingefallen, zum Beistelltisch.
Die Tür ging auf.
»Ach, Butterfield, würden Sie bitte Oates rufen?«
»Sehr wohl, Sir Watkyn.«
»Mit der Kondition des alten Knaben steht's nicht zum besten«, sagte Plank und musterte Butterfields entschwindenden Rücken. »Ein paar

Partien Rugby würden ihn wieder auf Vordermann bringen. Was wollen Sie denn mit unserem Tiroler-Joe anfangen? Erheben Sie Anklage gegen ihn?«

»Ganz bestimmt. Todsicher hat er geglaubt, ich schrecke vor einem Skandal zurück, aber da hat er sich geschnitten. Das Gesetz soll seinen Lauf nehmen.«

»Recht so. Würgen Sie ihm die Höchststrafe rein. Sie sind doch Friedensrichter, oder?«

»Jawohl, und ich habe vor, ihn mit achtundzwanzig Tagen mittelschwerem Arrest zu belegen.«

»Warum nicht mit sechzig? Ist doch 'ne schöne runde Zahl, sechzig. Sechs Monate wären wohl zuviel verlangt, wie?«

»Ja, leider.«

»Sie haben da wohl einen festen Tarif. Na ja, achtundzwanzig Tage sind besser als nichts.«

»Polizeiwachtmeister Oates«, sprach von der Tür her Butterfield.

24. Kapitel

Ich weiß nicht genau, woran es liegt, aber wenn man auf eine Polizeiwache geschleppt wird, kommt man sich immer leicht albern vor. Wenigstens mir geht es so. Da spaziert man, untergehakt vom Arm des Gesetzes, und kann sich des Eindrucks nicht erwehren, daß man neben sich eine Art Gastgeber hat, an dessen Existenz man Interesse zeigen und den man aus der Reserve locken sollte. Zu einem echten Gedankenaustausch will es aber einfach nicht kommen, und die Konversation entwickelt sich nur zäh. Ich erinnere mich noch, wie in meinem Internat – wo ich auch den Preis für Bibelfestigkeit gewann – immer am Sonntagnachmittag einer von uns den Oberhäuptling, Reverend Aubrey Upjohn, auf einen der Belehrung dienenden Spaziergang begleiten mußte. Wann immer ich an seiner Seite auszurücken hatte, fiel es mir ausgesprochen schwer, vor Geist zu sprühen. Nun, da ich neben Wachtmeister Oates zum Dorfkittchen schritt, verhielt es sich nicht anders. Ich will gar nicht so tun, als habe Feststimmung geherrscht, denn dem war nicht so.

Wahrscheinlich hätte die Sache anders ausgesehen, wenn ich ein Schwerverbrecher gewesen wäre, der zehn Jahre Zuchthaus wegen Einbruchs oder Brandstiftung vor sich hatte, doch da ich zu den kleinen Fischen zählte, denen man achtundzwanzig Tage mittelschweren Arrest aufbrummt, ließ mich der Polizist seine Verachtung deutlich spüren. Zwar verkniff er sich ein höhnisches Grinsen, aber er gab sich doch so reserviert, als sei ich eines richtigen Polypen nicht würdig.

Und damit nicht genug. Als ich von meinem früheren Aufenthalt in Totleigh Towers gesprochen habe, erwähnte ich auch, daß der alte Bassett, nachdem er mich in meinem Zimmer eingekerkert hatte, die

Dorfpolizei unten auf dem Rasen postierte, damit ich mich nicht aus dem Fenster abseilen konnte. Der Repräsentant jener Dorfpolizei war aber kein anderer als Oates gewesen, und da es damals aus Kübeln gegossen hatte, wurmte ihn die Geschichte bestimmt noch immer. Nur ein sehr sonniger Wachtmeister übt gegenüber dem Mann Nachsicht, der ihm den übelsten Schnupfen seiner Karriere eingebrockt hat.
Jedenfalls erwies er sich nicht als Mann großer Worte – sein Talent schien eher darin zu liegen, andere in Zellen zu sperren. Von diesen gab es in Totleigh-in-the-Wold bloß eine, die ich ganz für mich hatte, ein urgemütliches Stübchen mit einem Fenster, das zwar nicht mit Stäben versehen, aber doch so winzig war, daß man nicht hinaussteigen konnte, mit einem Gitter in der Tür, einer Holzpritsche sowie jenem würzigen Duft nach Trunkenbolden, den man in dieser Art Herberge häufig antrifft. Ob sie der Zelle, die man mir in der Bosher Street zugewiesen hatte, das Wasser reichen konnte, war mir nicht ganz klar. Gehupft wie gesprungen, so fand ich.
Ich würde die Leserschaft täuschen, wollte ich behaupten, daß ich auf der Holzpritsche sogleich in einen traumlosen Schlaf gesunken sei. Vielmehr verbrachte ich eine ziemlich unruhige Nacht, ja, ich hätte schwören können, kein Auge zugemacht zu haben. Irgendwann muß mir dies aber doch gelungen sein, denn plötzlich sah ich die Sonne durchs Fenster blinzeln, und kurz darauf kam auch schon mein Gastgeber mit dem Frühstück.
Auf dieses stürzte ich mich mit einem Appetit, der mir um diese frühe Stunde sonst abgeht, und nach Beendigung der Mahlzeit kramte ich einen alten Briefumschlag aus der Tasche und tat, was ich, gebeutelt von des Schicksals schwersten Schlägen, schon häufig getan habe: Ich stellte eine Bilanz auf, wie es meines Wissens auch schon Robinson Crusoe getan hat. Ich versuche mir auf diese Art jeweils Klarheit darüber zu verschaffen, ob ich mich in einem bestimmten

Moment eher auf der Sonnen- oder auf der Schattenseite des Lebens befinde.
Die Rechnung präsentierte sich am Ende wie folgt:

HABEN	SOLL
Gar nicht schlecht, dieses Frühstück. Anständiger Kaffee. Wirklich ganz erstaunlich.	Hör auf, ständig ans Fressen zu denken, du Knastbruder!
Wer ist ein Knastbruder?	Du bist ein Knastbruder.
Na schön, wenn du's unbedingt so formulieren willst. Aber ich wasche meine Hände in Unschuld.	Wasch dir lieber das Gesicht.
Ich sehe wohl nicht gerade zum Anbeißen aus, wie?	Du siehst aus wie etwas, was die Katze ins Haus gebracht hat.
Ein Bad wird da schnell Abhilfe schaffen.	Was man im Gefängnis ja auch kriegt!
Glaubst du tatsächlich, daß man es so weit kommen läßt?	Du hast doch gehört, was der alte Bassett gesagt hat.
Wie das wohl sein mag, achtundzwanzig Tage im Loch? Bisher habe ich immer nur kurz übernachtet.	Es wird dir überhaupt nicht gefallen. Bestimmt langweilst du dich zu Tode.
Da weißt du mehr als ich. Man kriegt doch ein Stück Seife und ein Gesangbuch, stimmt's?	Und was willst du mit einem Stück Seife und einem Gesangbuch?
Damit werde ich schon irgendwie die Zeit totschlagen. Und vergiß eins nicht: Ich muß Madeline nicht heiraten. Na, was sagst du jetzt?	

Darauf verstummte das Soll. Ich hatte ihm das Maul gestopft.
Jawohl, dachte ich, als ich die Zelle nach Brotkrumen absuchte, die ich übersehen hatte, dies entschädigte mich voll und ganz für die Unbill, der ich mich gegenwärtig ausgesetzt sah. Ich sinnierte noch ein Weilchen in diesem Stil weiter und versöhnte mich mehr und mehr

mit meinem Los, als eine silberhelle Stimme erklang und ich wie eine entsetzte Heuschrecke hochfuhr. Zuerst wußte ich nicht, woher die Stimme kam, und überlegte mir schon, ob sie meinem Schutzengel gehören mochte, den ich mir aber aus unerfindlichen Gründen immer männlich vorgestellt hatte. Schließlich erblickte ich ein halbwegs menschliches Antlitz hinter dem Gitter, und bei genauerer Betrachtung stellte ich fest, daß es sich um Stiffy handelte.

Ich warf ihr ein herzliches »Hallihallo« zu und zeigte mich etwas überrascht, sie an diesem Ort anzutreffen.

»Ich hätte nicht gedacht, daß Oates dir Einlaß gewährt. Heute ist doch gar nicht Besuchstag, oder?«

Sie erklärte, daß sich der eifrige Gesetzeshüter zu ihrem Onkel Watkyn begeben und sie sich nach seinem Abgang eingeschlichen habe.

»Ach, Bertie«, sagte sie. »Wenn ich dir bloß eine Feile zustecken könnte!«

»Was soll ich denn mit einer Feile?«

»Die Stäbe durchfeilen, du Dussel!«

»Da sind doch gar keine Stäbe.«

»Ach nein? Das macht die Sache aber schwierig. Dann lassen wir's eben. Hast du schon gefrühstückt?«

»Bin grade fertig geworden.«

»Und, war's in Ordnung?«

»Sehr schmackhaft.«

»Das freut mich. Ich mache mir nämlich schlimme Vorwürfe.«

»Du? Warum denn?«

»Streng mal deinen Grips an! Hätte ich diese Statuette nicht gemopst, wäre nichts von alledem passiert.«

»Laß dir deswegen keine grauen Haare wachsen!«

»Das tue ich aber. Soll ich Onkel Watkyn erzählen, daß du unschuldig bist und ich hinter dem Verbrechen stecke? Du mußt unbedingt rehabilitiert werden.«

Spornstreichs legte ich mein Veto gegen diesen Vorschlag ein.

»Kommt nicht in Frage. Schlag dir das gleich aus dem Kopf.«

»Willst du denn nicht rehabilitiert werden?«

»Nicht, wenn du die Suppe auslöffeln mußt.«

»Onkel Watkyn würde mich schon nicht in den Bau stecken.«

»Das wohl nicht, aber Stinker würde alles erfahren und einen Riesenschreck kriegen.«

»Mensch! Daran habe ich noch gar nicht gedacht.«

»Dann denk jetzt daran. Er müßte sich zwangsläufig fragen, ob ein Vikar gut beraten ist, wenn er mit dir eine Ehe eingeht. Nicht nur leichte Zweifel kämen ihm, sondern schwerste Bedenken. Schließlich willst du keine Gangsterbraut werden. Ein Gangster hätte natürlich seine helle Freude daran, daß du alles klaust, was dir in die Finger kommt, und würde dich mit Worten und Gesten anfeuern, doch mit Stinker ist das was anderes. Wenn er dich heiratet, wirst du die Kirchenkasse für ihn führen müssen. Erzählst du ihm aber die Wahrheit, ist es um seinen Seelenfrieden geschehen.«

»Ich verstehe, was du meinst. Ja, vielleicht liegst du da gar nicht so falsch.«

»Stell dir nur vor, wie zappelig es ihn machen würde, wenn er dich am Sonntag neben dem Opferstock sähe. Nein, es gibt nur eins: Stillschweigen und Geheimhaltung.«

Sie seufzte ein bißchen, als mache ihr das Gewissen zu schaffen, doch dann erkannte sie die Schlüssigkeit meiner Beweisführung.

»Du hast wohl recht, aber ich sehe dich wirklich nicht gern hinter Schloß und Riegel.«

»Die Sache hat auch ihre Vorteile.«

»Als da wären?«

»Mir bleibt das Schafott erspart.«
»Das …? Ach so, ich verstehe. Du brauchst Madeline nicht zu heiraten.«
»Genau, und wie ich dir schon sagte: Ich meine es überhaupt nicht böse, wenn ich feststelle, daß es deinem alten Freund Bertram beim Gedanken an einen Lebensbund mit Madeline von jeher kalt über den Rücken gelaufen ist. Was keineswegs gegen sie spricht. Mir würde es nicht anders gehen beim Gedanken an eine Vermählung mit manchen der trefflichsten Damen dieser Welt. Gewisse Frauenzimmer achtet, bewundert und verehrt man, wenn auch nur aus sicherer Distanz, und genau dieser Gruppe rechne ich Madeline zu.«
Und ich wollte das Thema noch vertiefen und hätte wohl auch die erwähnten Volkslieder gestreift, als eine schroffe Stimme unser Tête-à-tête unterbrach, sofern man von einem Tête-à-tête sprechen kann, wenn man eine vergitterte Eisentür zwischen sich hat. Wachtmeister Oates war von seinem Ausflug zurückgekehrt. Da ihm Stiffys Anwesenheit mißfiel, sprach er in strengem Ton.
»Was hat das zu bedeuten?« wollte er wissen.
»Was hat was zu bedeuten?« konterte Stiffy energisch und erwischte ihn damit, wie ich fand, eiskalt.
»Gespräche mit den Gefangenen verstoßen gegen die Vorschriften, Miss.«
»Oates«, sagte Stiffy, »Sie sind ein Quatschkopf.«
Das war zwar die lautere Wahrheit, wurmte den Polizisten aber doch beträchtlich. Ihm behagte dieser Vorwurf nicht, und das sagte er auch, worauf Stiffy erwiderte, er solle ihr bloß nicht frech kommen.
»Ihr Knallchargen von der Polente steht mir bis hierhin. Ich wollte ihn doch nur ein bißchen aufheitern.«
Ich hatte den Eindruck, der Wachtmeister schnaube erbittert, und wenig später verriet er uns auch den Grund dafür.
»Wenn hier jemand aufgeheitert werden will, dann bin ich es«, sagte

er verdrossen. »Eben war ich bei Sir Watkyn, und er hat mir eröffnet, daß er die Anklage zurückzieht.«

»Was!?« rief ich laut.

»Was!?« heulte Stiffy auf.

»Jawoll!« antwortete der Wachtmeister, und es war nicht zu übersehen, daß die am Himmel stehende Sonne mitnichten in sein Herz vordrang, wofür ich ein gewisses Verständnis hatte, denn nichts verdrießt einen Ordnungshüter mehr, als einen Straftäter entwischen zu sehen. Er befand sich in der fast gleichen Lage wie ein Krokodil am Sambesi oder ein Puma in Brasilien, auf dessen Speisekarte just jener Plank steht, der gerade einen Baum hochkraxelt.

»Man wirft uns Polizisten Knüppel zwischen die Beine, verdammt!« sagte er und spuckte dabei wohl auch auf den Boden. Sehen konnte ich ihn natürlich nicht, aber ich glaubte ein Spuckgeräusch zu hören. Stiffy jauchzte vor Freude, und wenn ich mich recht erinnere, jauchzte auch ich. Obwohl ich nach außen hin furchtlos geblieben war, hatte mir die Aussicht, achtundzwanzig Tage in einem düsteren Verlies zu schmachten, keineswegs Freude bereitet. Eine Nacht im Gefängnis mag ja angehen, aber man soll's nicht übertreiben.

»Na, worauf warten wir noch?« fragte Stiffy. »Ein bißchen dalli, Herr Wachtmeister. Macht hoch die Tür, die Tor' macht weit.«

Oates tat, wie ihm geheißen, wobei er seine Drangsal und Enttäuschung gar nicht erst zu verbergen suchte, und ich schritt an Stiffys Seite hinaus in die weite Welt, die sich vor den Kerkermauern auftat.

»Leben Sie wohl, Oates«, sagte ich zum Abschied, denn man will ja die Form wahren. »War nett, Ihre Bekanntschaft zu machen. Wie geht's übrigens Mrs. Oates und den Kleinen?«

Als einzige Antwort erklang ein Geräusch wie von einem Nilpferd, das den Fuß aus dem Uferschlamm zieht, und ich sah, wie Stiffy die Stirn runzelte, als kränke sie sein Verhalten.

»Weißt du was?« sagte sie, als die Polizeiwache hinter uns lag. »Diesen Oates sollten wir uns mal vorknöpfen, damit er lernt, daß wir nicht nur des Vergnügens wegen auf dieser Erde sind. Spontan fällt mir zwar nichts ein, aber wenn wir die Köpfe zusammenstecken, kommt uns bestimmt eine Idee. Du solltest hierbleiben, Bertie, und mir helfen, ihn zu piesacken, bis sich ihm jedes einzelne rotblonde Haar sträubt.«

Ich zog eine Augenbraue hoch.

»Als Gast deines Onkels Watkyn?«

»Du könntest deine Zelte ja bei Harold aufschlagen. In seinem Häuschen gibt's ein Gästezimmer.«

»Nein, tut mir leid.«

»Du willst nicht hierbleiben?«

»Auf gar keinen Fall. Ich will in möglichst kurzer Zeit möglichst viele Meilen zwischen Totleigh-in-the-Wold und meine Wenigkeit bringen. Und nenn mich gar nicht erst einen ›memmenhaften Hasenfuß‹, denn ich bleibe eisern.«

Sie machte das, was man wohl als Schmollmund bezeichnet. Dazu spitzt man die Lippen und zieht sie wieder ein.

»Ich habe schon gedacht, daß man dich nicht zu fragen braucht. Dir fehlt es einfach an Mut und Unternehmungsgeist. Dann werde ich eben Harold bitten müssen.«

Während ich noch erschauerte angesichts des Bildes, das ihre Worte heraufbeschworen hatten, schob sie wutschnaubend ab. Ich überlegte mir, in welch gigantisches Faß Tinte sie den braven Gottesmann wohl tauchen wollte, und gleichzeitig hoffte ich, er möge die Umsicht besitzen, nicht hineinzusteigen. In diesem Moment sah ich Jeeves vorfahren – ein hocherfreulicher Anblick.

»Guten Morgen, Sir«, begrüßte er mich. »Sie haben hoffentlich gut geschlafen?«

»Sporadisch, Jeeves. Diese Holzpritschen sind nicht das Wahre für die Glieder.«
»Das kann ich mir lebhaft vorstellen, Sir. Und ich sehe mit Bedauern, daß Sie nach unruhiger Nacht etwas zerzaust sind. Sie wirken nicht unbedingt wie aus dem Ei gepellt.«
Ich hätte hier einen müden Scherz über gepellte Eier und deren Unverdaulichkeit in den frühen Morgenstunden einflechten können, ließ es aber bleiben. Weit tiefere Gedanken nahmen mich in Anspruch. Ich war in nachdenklicher Stimmung.
»Wie heißt es doch so schön, Jeeves: Durch Schaden wird man klug.«
»Sir?«
»Na ja, diese Episode hat mir die Augen geöffnet. Sie war mir eine Lehre. Nun weiß ich, wie man sich täuschen kann, wenn man einen Menschen als elendes Rabenaas abstempelt, nur weil er sich in aller Regel wie ein elendes Rabenaas aufführt. Schaut man genauer hin, stößt man noch an den unwahrscheinlichsten Orten auf wahre Menschlichkeit.«
»Eine sehr tolerante Geisteshaltung, Sir.«
»Nehmen Sie Sir W. Bassett. Voreilig habe ich ihn als Höllenhund taxiert und kein gutes Haar an ihm gelassen. Doch was muß ich feststellen? Im Grunde ist er voller Sanftmut. Selbst wenn er Bertram auf einem noch so dünnen Ast sitzen sieht, sägt er diesen nicht, wie man vermuten könnte, ab, sondern läßt Gnade vor Recht ergehen und die Anklage fallen. Ich war tief gerührt, als ich merkte, daß hinter der abweisenden Fassade ein Herz aus Gold schlägt. Warum gucken Sie denn wie ein ausgestopfter Frosch, Jeeves? Sind Sie nicht einverstanden?«
»Zumindest nicht mit Ihrer Ansicht, daß Sir Watkyns Milde reiner Herzensgüte entspringt. Es gab gewisse Anreize.«
»Ich werde nicht klug aus Ihnen, Jeeves.«
»Ich habe Ihre Freilassung zur Bedingung gemacht, Sir.«

Meine Unfähigkeit, aus ihm klug zu werden, intensivierte sich noch. Er schien dummes Zeug zu reden, so ziemlich das letzte, was man von seinem Diener hören will.

»Was meinen Sie mit Bedingung? Bedingung wofür?«

»Dafür, daß ich die Stelle bei ihm annehme, Sir. Ich sollte vielleicht erwähnen, daß sich Sir Watkyn während meines Aufenthalts in Brinkley Court höchst lobend über die Art ausließ, mit der ich meinen Dienst versah, und mir das Angebot unterbreitete, den Posten bei Ihnen aufzugeben und einen ebensolchen bei ihm anzutreten. Dieses Angebot habe ich nun, unter der Bedingung Ihrer Freilassung, akzeptiert.«

Die Polizeiwache von Totleigh-in-the-Wold liegt in der Hauptstraße des Dorfes, und momentan hatte ich in meinem Gesichtsfeld die Geschäftslokale eines Fleischers, eines Bäckers, eines Lebensmittelhändlers und eines zum Verkauf von Tabakwaren, Bier und Spirituosen konzessionierten Gastwirts. Und als ich diese Worte vernahm, schienen der Fleischer, der Bäcker, der Lebensmittelhändler und der Gastwirt vor meinen Augen Pirouetten zu drehen, als wären sie vom Veitstanz befallen.

»Sie verlassen mich?« stöhnte ich ungläubig auf.

Sein Mundwinkel zuckte. Er schien lächeln zu wollen, überlegte es sich dann aber doch anders.

»Nur vorübergehend, Sir.«

Abermals wurde ich nicht klug aus ihm.

»Vorübergehend?«

»Es erscheint mir mehr als wahrscheinlich, daß es nach ungefähr einer Woche zu Meinungsverschiedenheiten zwischen Sir Watkyn und mir kommt, die mich nötigen werden, meine Stellung zu kündigen. Sollte das geschehen, Sir, würde ich mich, falls Sie bis dann nicht schon anderweitige Vorkehrungen getroffen haben, überaus glücklich schätzen, in Ihren Dienst zurückzukehren.«

Nun war mir alles klar. Es handelte sich um eine List, und weiß Gott nicht um die schlechteste. Sein Gehirn, durch ständigen Fischverzehr angeschwollen, hatte einen Ausweg entdeckt und eine für alle Beteiligten akzeptable Lösung gefunden. Vor mir lichtete sich der Nebel, und der Fleischer, der Bäcker, der Lebensmittelhändler und der zum Verkauf von Tabakwaren, Bier und Spirituosen konzessionierte Gastwirt kehrten in den sogenannten Status quo ante zurück. Ich wurde von meinen Gefühlen überwältigt.

»Jeeves«, sagte ich, und daß meine Stimme dabei bebte, kümmerte mich nicht, denn wir Woosters sind auch nur Menschen, »keiner kann Ihnen das Wasser reichen. Sie schweben über allen Dingen, dem Irdischen entrückt, wie mal einer gesagt hat. Wenn ich nur wüßte, wie ich mich bei Ihnen revanchieren kann.«

Er ließ sein schafartiges Hüsteln vernehmen.

»Es gibt da einen Gefallen, Sir, den zu tun in Ihrer Macht stünde.«

»Raus mit der Sprache, Jeeves. Verlangen Sie von mir, was Sie wollen, und sei es die Hälfte meines Königreichs.«

»Wenn es Ihnen möglich wäre, sich von Ihrem Tirolerhut zu trennen, Sir.«

Darauf hätte ich selbst kommen können. Das Hüsteln hätte mich stutzig machen müssen. Doch da es dies nicht getan hatte, fiel der Schock um so heftiger aus. Einen Moment lang geriet ich, wie ich zugeben muß, ins Wanken.

»Sie würden tatsächlich so weit gehen?« fragte ich und biß mir auf die Unterlippe.

»Es war lediglich ein Vorschlag, Sir.«

Ich nahm den Hut ab und betrachtete ihn. Die Morgensonne spielte darauf – nie hatte er so blau, nie seine Feder so rosarot ausgesehen.

»Ihnen ist doch wohl klar, daß Sie mir das Herz brechen?«

»Das tut mir leid, Sir.«

Ich seufzte. Aber wie ich schon sagte: Wir Woosters können einstecken.

»Also schön, Jeeves. Sei's drum.«

Ich reichte ihm den Hut und fühlte mich dabei wie ein Vater, der sein Kind schweren Herzens vom Schlitten stößt, um das nachhetzende Wolfsrudel abzulenken, wie es ja im winterlichen Rußland an der Tagesordnung sein soll. Was blieb mir auch anderes übrig?

»Und Sie gedenken diesen Tirolerhut zu verbrennen, Jeeves?«

»Nein, Sir. Ich werde ihn Mr. Butterfield schenken. Er glaubt damit sein Liebeswerben befördern zu können.«

»Sein *was*?«

»Mr. Butterfield wirbt um die Gunst einer verwitweten Dame im Dorf, Sir.«

Das erstaunte mich.

»Aber er hat doch bestimmt schon sein 104. Lebensjahr hinter sich.«

»Jawohl, Sir, der Jüngste ist er wahrlich nicht mehr, aber …«

»… je oller, desto doller?«

»Ganz recht, Sir.«

Mir schmolz das Herz. Ich dachte nicht länger an mich. Soeben war mir eingefallen, daß es mir ohnehin nicht möglich wäre, Butterfield zum Abschluß meines Aufenthalts ein Trinkgeld zu geben. Der Hut würde in die Bresche springen.

»Na schön, Jeeves, geben Sie ihm den Deckel. Möge der Himmel seine Brautwerbung beflügeln. Das können Sie ihm ruhig ausrichten.«

»Ich werde es nicht versäumen. Herzlichen Dank, Sir.«

»Keine Ursache, Jeeves.«